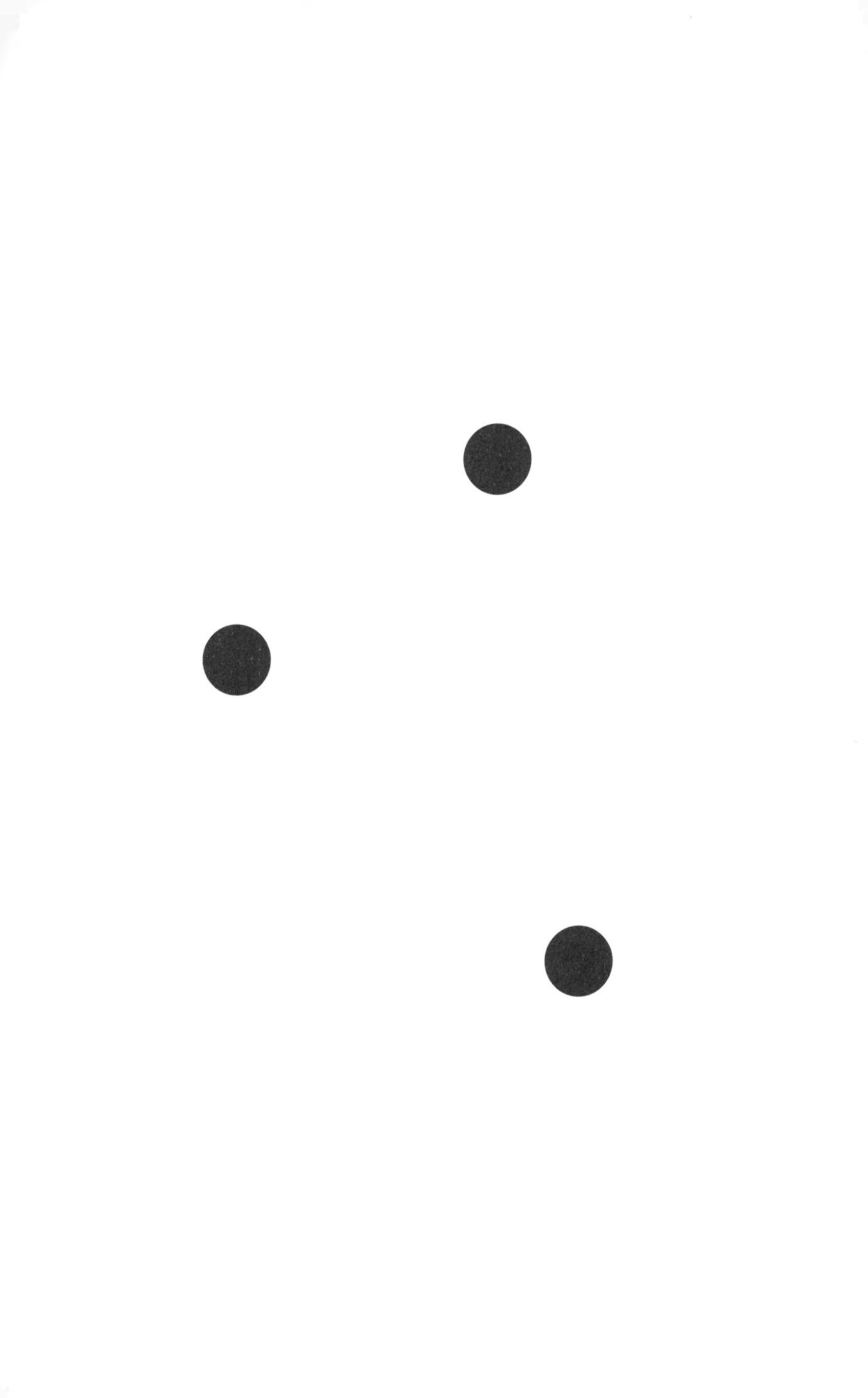

自選戯曲集

竹内銃一郎集成

Juichiro Takeuchi *Compilation Book*

耳ノ鍵

mimi no kagi

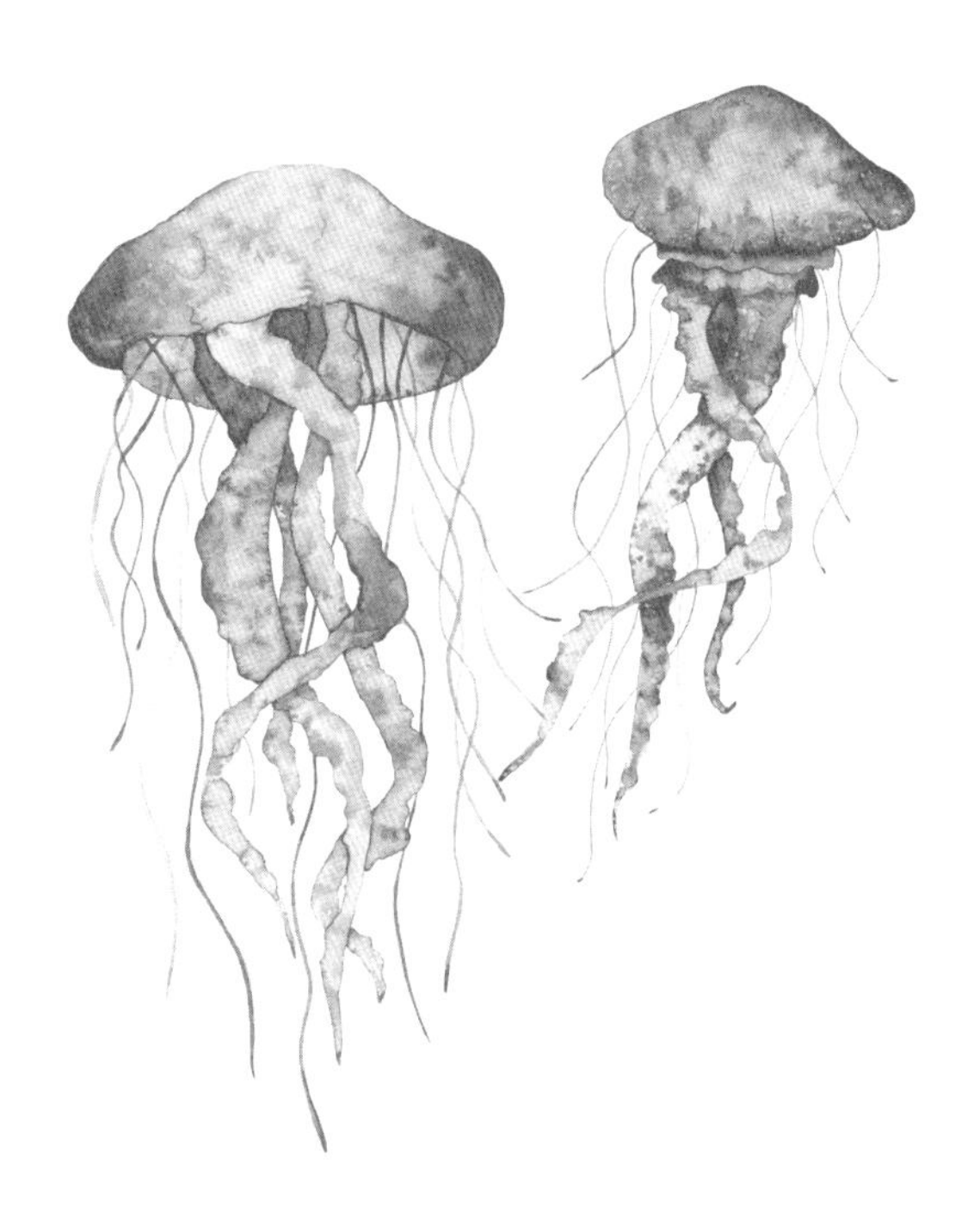

松本工房

目次

凡例

1　本書は竹内銃一郎集成全五巻の第三巻（Volume III）である。集成全体の構成および各巻の編輯は著者自身によるものである。

2　作中における別作者作品からの引用は当該箇所に注番号を付し戯曲の最後に注記した。また、参考文献および参考作品についても戯曲の最後に列記した。

3　上演および演出するにあたって重要と思われる事項は戯曲の最後に記した。

4　三点リーダー（…）の使用方法および前後の空白は、著者独自の台詞の間合いの表現であるが、読解および解釈は読者ないし演者に委ねられる。

少年巨人

登場人物

旧・ミスター（或いは父親）
新・ミスター（或いは長男）
マシン（或いは次男）
ナボナ（或いは母親）

季節（とき）　鳴いた鴉も摺りガラス、通底不能の厳冬直下。

場所（ところ）　強者どもが消えた後のスタジアム。或いは、柱時計の振り子も踊る、煽情的なリヴィングルーム。


厳かに『君が代』が流れる。

彼方に審判が現れて、右手を上げて声高く
「プレーボール！」

どこからか、「昭和三十三年　栄光の巨人軍に入団して以来今日まで十七年間　…」

と、かって「ミスター」と呼ばれた長嶋茂雄の引退声明が聞こえる。

障子に明かりがさし、男と女の影が映る。そのハレーションで、ロープで柱に括りつけられた、新・ミスターの首うなだれた姿が仄めく。

障子の向こうから男女の声が聞こえる、耳元でささやくような。

女　ね。
男　なんだ。
女　あなた、あの方が好きなんでしょ。
男　好きだ。
女　わたしよりも？
男　あの方って誰だ。
女　ふざけないで、真面目なのだから。
男　真面目なのか。
女　ええ。
男　いいね。
女　ごまかさないで。ね、ほんとのこと返事して。
男　はい。
女　はいだなんて。　…あなた、あの方を嫌いだと言ってくださらない？
男　誰にだ。
女　わたしに。
男　言った方がいいのか？
女　言ってくだすった方がいいわ。
男　じゃ、嫌いだ。
女　じゃあって、どういうわけなの？
男　それでは、という意味だ。

女　じゃ、あの方のどこがお嫌いなの？
男　眼と鼻と口と手と足と首と声と、肩が嫌いだ。
女　好きなところはあとの残りが全部なの？
男　あと何が残っているんだ。
女　髪も残っているし、胸も頬も顔も残っていますわ。
男　ずいぶん残っているんだな。
女　まだ心臓も胃もあるわ。
男　心臓も胃も言うのか。
女　見えないところは言わないの？
男　言ってもいいさ。
女　言ってちょうだい。
男　お前がいま言ったのと、脳と腸と……腸はまだだったな。
女　ええ。
男　……それから、何だろう？［注①］

障子の明かり、消える。
キラキラと星が瞬くような音楽。
月光が差し込む。それに促されたかのように、新・ミスター、ゆっくり顔を上げて。

新　……月明かりの下(もと)、無人のグランドに俺たち。十メートルほど離れて向き合う。奴の傍には夜目にも映えよと石灰をまぶした練習用ボールが山と積まれて、真夜中。奴の奇声が闇をつんざき細身のバットをひと振りふた振り、オーと応えて小石を蹴散らし踵を上げて身構える俺だ。バットがヒュンと弧を描く。ボールにまぶした石灰が火の粉のようにパッと飛び散る。うなりを上げて地を噛みながら俺を目がけて熱球が、真一文字だ！

いつの間にかバットを持った旧・ミスターが現れて、新の台詞が終わるや否や、一発二発と新をバットでぶん殴る。

新　千本ノックの始まり！

バシッ、バシッと肉を撃つ音が鈍く響いて……。

朝日が差し込む。
何事もなかったかのように

新　マシン、水だ。

背筋をピアノ線で吊ったような男＝マシンが、じょうろを手に飛んでくる。

旧　なんだ、それは。俺はヤマタノオロチじゃないぞ、ご覧の通り口はひとつしかないんだ。そんなもので水が飲めるか。

マシン、素早くUターンして今度は、お猪口に水を入れてソロリソロリと現れる。

旧　マシン！
マシン　ミスタ！
旧　俺の顔をよく見ろ。その程度の水で俺の喉の渇きが癒されると思うか。俺はみの虫じゃない！
マシン　ミスター！
旧　早く水を持ってこい。慌ててる暇なんかないんだ。

マシンは取って返し、すぐさまコップに水を入れて飛んで帰って来るが、文字通り飛んで帰って来たため、アッチで躓きコッチでぶつかり、旧の手に渡された時にはコップの中に水はない。

旧　マシン！
マシン　ミスタ！
旧　俺はヤマタノオロチでもなければみの虫でもない、ましてやホタル等ではさらさらない。わたしが欲しているのは滴ではなく水だ。分かるな、わたしの欲しているのは断じて滴などではナイ！
マシン　ミスター！（と、戻ろうとするが）
旧　もういい。お前に頼みごとをしたのが間違いだった。
マシン　ミスタ　…

旧　たったコップ一杯の水を思うように飲めないだなんて、砂漠のような東京じゃないか。

マシン　ミスター！

旧　マシン、わたしがいま欲しいのはミズダ！

(と、去る)

マシン、旧が消えたのを見届けて首うなだれた新に近づき、持っていたタオルで新のからだを拭く。愛憎を込めてゴシゴシと、まるで愛用の自転車でも磨くように。そして新の耳元で、例えば「朝の光りにさらされた、あんたはまるで子どものままだ」と囁いたりするのだが、むろん、誰の耳にも、新の耳にさえ届きはしない。

旧、戻ってくる。マシン、慌てて新から離れる。

旧　ああ、飲んだ飲んだ。ざまあみやがれ。胃袋の中にクジラを放し飼い出来るほど飲んでやったぞ。(と、元気溌溂バットを振って)さあ、元気出していくゾー。

マシン　オーオー。

旧　声を出せ。声を出すんだ、手前ら。お通夜の晩じゃねえんだぞ、下っ腹に力を入れて声を出すんだ。

マシン　オーオー。

旧　声を出せえ。

マシン　オーーオーーオーー。

旧、新に近づきなにか話しかけるが、マシンの声がひどくうるさい。そこで旧、まるで拡声器と化したマシンをバットでぶん殴る。

マシン　?!

旧　何を考えているんだ。お前のワンマンショーじゃないんだ、チームワークを考えろ。チーム内におけるおまえの果たすべき役割とは何か。

マシン　ミスタ。

旧　レギュラーの邪魔にならぬよう、隅っこで犠牲バントの練習でもしていなさい。

マシン　ミスタ。

旧　マシーン。

マシン　ミスタ！

新　ああー。

旧　おお！

新　なんて静かな夜だろう。

旧　やっとお目覚めのようだな。

新　足の小指の爪の先から身体中が溶けて流れちまいそうな今朝の静けさじゃないか。

旧　傷は痛むのかい。

新　こんな静かな朝にはひとり静かにバロック音楽でも聴きながら

旧　傷は痛むんだろ？

新　カッポレなんぞ踊ってみたい。

旧　傷は痛くないのか。

新　残念だな。俺は極めて健康だ、心身ともに健康そのものだよ。

旧　（ニッコリと）元気で何よりだ。

新　（ニッコリと）お互いにな。

　旧、新をバットで殴る。

マシン　ナイス・バッチン！

旧　傷は痛むんだ。

新　ああ、痛くて痛くて　…涙が出るよ。

旧　マシン、こちらのお方の傷口に、上等のツバキ油を塗りたくってあげなさい。

　マシン、新に近づこうとする。

新　やめろ。

　旧、ケタケタ笑う。

新　朝っぱらからご機嫌だな。

旧　思いのほかお前が元気そうなんでな。実は心配していたんだよ。今朝はお目覚めが早く、わたしがいくらノックをしても返事がないし、とうとうもしかしたらモシカシタのではなかろうかとね。

新　立ったまま眠るのも今日で三日目、慣れちまうとなかなか快適なもんでね。久しぶりにぐっすり寝込んじまったから、あんたの生半可なノックくらいじゃ起き出さないのは当たり前さ。ノックをするんならもっと気合を入れてやらなっくっちゃ。

旧　立ったままぐっすり眠ると、顔の形まで変わってしまうらしいな。

新　ああ、からだのアチコチ青に赤に紫と色とりどりに染め分けられて、なかなか凝った作りだろ。

旧　胸から腹にかけての腫れ具合といい色の加減といいまさに絶品、二目と見られぬ美しさだ。

新　こんなにして頂いたんだ、あんたにはいつかたっぷりお礼をさせて頂かないと。

旧　そのお礼とやら、こっちでリクエストしていいかな。いつかと言わず今すぐ欲しいものがあるんだ。なあに、金高（きんだか）のはるもんじゃない、お前からのたった一言でいいんだが。

新　なんて言えばいいんだろう？

旧　わたしとお前の仲だ、四の五の言わない。ここはサッパリ「ごめんなさい」といこうじゃないか。

新　ごめん下さい。

旧　ハイハイ。

新　安田生命のものですが。

バシッと旧、バットで新を殴る。

マシン　ナイス・バッチン！

新　また借りを作っちまった。

旧　もっと素直になった方がいい。

新　なかなかストレートにいかなくってね。

旧　まったく。お前はキャッチもままならぬ大したクセ球だ。

新　何しろ手元でググっとナチュラルに変化するから。

旧　ググっとな。この見事な変わりよう、親に見せたらいったいなんと言うか。

新　なんて言うかな。

ひと呼吸。

旧　お前、セイレーンって知っているか。

新　オッと、うって変わってやぶから棒のご質問？

旧　英語読みならサイレン。その怪しい歌声で通りがかりの船乗りたちの心を惑わせ、我を忘れて近づいて来た男たちを、持ち前の鋭い爪でズタズタに引き裂いてしまう、ギリシャ神話に出てくる鳥の姿をした魔女たちのことさ。

新　その話なら昔々、どこかの誰やらに聞いた覚えがある。もしも彼女たちの歌声に惑わされないで無事そこを通り抜ける者がいたら、セイレーンたちは恥ずかしさのあまり死んでしまうと言うんだろ。

旧　よく覚えていたな。

新　幸か不幸か記憶力はいい方なんでね。

旧　いやいや、セイレーンの爪の鋭さがそれほどだとは。

新　何が言いたい。

旧　分からんかな、この謎が。後先になってしまったが、身も心もズタズタに引き裂かれてしまったお前のために、ここいらでセイレーンの歌声、つまり試合終了のサイレンを聞かせてやろうかと、ご提案申し上げているんだ。

新　冗談じゃない、ゲームのヤマはこれからなんだ。

旧　回は早いがコールドゲームという手もある。

新　あんたの放棄試合だってンなら一考の余地ありだが。

旧　ドロンゲームで勝負預かりとしたっていいんだ。

新　意味不明。

旧　お前が二度とアノ事を口にしなければ、これまでの経緯（いきさつ）は水に流してもいいと言ってるんだ。

新　お涙頂戴の泣き落とし作戦か。とうとう受け身に回ったな、攻守ところを変えたってわけだ。

旧　慌てちゃいけない。続けろと言うのならいつまでだってこっちの攻撃は続けられるんだ。

こうしてノックバットを振るうのも久しぶりだからな、ここまでは小手調べ。ぎごちなかった身体もようやく温まって、そろそろ本格的な殺人ノックを始めようかと思っているんだが、本当に殺してしまっては洒落にもならない。子を思う親心で試合終了を申し出たのさ。

新　チャンスの後にはピンチありってジンクスはいつだって生きてるぜ。

旧、バットで新を殴る。

マシン　ナイス・バッチン！

新　八百十四！　分かってるか。いまので八百と十四発目だぞ。

旧　ホンの気つけ薬代わりだ、早く目を覚ましてもらおうと思ってな。

新　ホー。俺はまたマッサージサービスかと思ったぜ。次の一発は、出来ればボンノクボあたりにどうかヨロシコ。

旧、笑う。新も笑う。そしてマシンも。
旧、新はすぐに止めるが、マシンはすぐには止まらない。

旧　マシン！

マシン　ミスタ！

旧　笑うヒマがあったらデッドボールの食らい方でも研究してろ。

マシン　ミスタ！

新　もっと冷静にならないと状況判断に狂いを来すぜ。

旧　せっかくのご忠告だが、なあに、少々の状況判断の狂いが勝敗を左右するような状況にないことを判断することは出来る。

新　相手が相手だ、一筋縄ではいかないぞ。

旧　だからこうして、三筋の縄で縛りあげてるんだ。

新　クソッ！（と、身体を捻って縄を切ろうとするが）

旧　ギブアップしたらどうだ。

新　あああ……（と、欠伸する）

旧　確かに、最後まで勝負を投げないお前の敢闘精神には敬意を表する。が、しかし、事ここに至っては、負けは負けとあっさり認める潔さこそ真のスポーツマン精神にのっとった態度だと思うんだが。

新　その台詞、そっくりあんたにお返しするよ。

バシッと旧、バットで新を殴る。

マシン　ナイス・バッチン！

旧　お前はまだ若い。確かに若いがこんな状態を無限に続けられるほどもう若くはないんだ。

新　仰せの通りだよ。あんたはまだ若い。まだ若いがこんな状態を無限に続けられるほどもう

旧　（遮って）いつまで寝言を言ってりゃ気がすむんだ！（と、新をバットで）

マシン　ナイス・バッチン！

バシバシと連打につぐ連打。

マシン　ナイス、ナイス、ナイス・バッチン！

新　八百と

もう一発。

新、グッタリと頭を垂れて声が出ない。

旧　どうした？　声がないゾ。声を出すんだ。（と、新に）

マシン　オーオー、行くぞオ。オラオラ、オーオー。（と、拡声器使用並みの大声で）

旧　（優しく）マシン。

マシン　ミスタ。

旧　二軍に落とされたくなかったら、折れたバットで芋でも焼いてろ。（と、あくまで優しく）

マシン　ミスタ！

旧　ヨシッ。（と言って、マシンの頭をバットの細い下部でポカリと殴る）

マシン　ミスタ！

旧　ヨシッ。（と、今度は二発を同様に）

マシン　アヤッタ！　（「ありがとうございました」を簡潔に言ったのだ）
旧　（新に）おい、どうした。
マシン　ミスタ　…。（と、呟く）
旧　苦しそうだな。ひどい汗だ、まるで土の上に星が落ちたみたいだぞ。
新　まるで毛穴がみんな開いちまって、星を捻り出してる気分さ。
旧　ギブアップするんだ。
新　ムカムカするぜ。
旧　ギブアップ。
新　たまんねえよ。
旧　ギブアップ。
新　近づけるな、顔を。
旧　ギブアップ。
新　臭えんだよ。
旧　ギブアップ。
新　あんた、目には見えねえが腐ってる。きっと生きたまま腹の中から腐り始めてるんだ。
旧　燃えてるんだよ。
新　…（旧の気迫に一瞬言葉が詰まる）
旧　いつの間にかこんなにデカくなっちまったお前を目の当たりにすると、否が応でも燃え上がる。ああ、尻の毛羽まで燃えてるよ。
新　そいつはヤバイ。あんた、いま燃えているのは風前の灯火ってヤツだぜ。

一発。

マシン　ナイス・バッチン！
新　八百と二十三発！

もう一発。

新　落ち着けよ。もうそんなに急ぐことはないんだ。あと二百足らずであんたは終わっちまうんだからな。
旧　ギブアップ！　ギブアップするんだ！
新　ギブアップップップップー。（と、思いっきり旧に唾を吐きかける）

旧　（手で顔を拭い、努めて冷静に）暑さにやられて相当のぼせ上っているらしいな。頭を冷やしてやろう。マシン、水だ！

マシン、すぐさまヤカンに水を入れて持って来る。

旧　なんだこりゃ！

マシン　ミスタ。

旧　おへそで茶を沸かそうってんじゃないんだ。

マシン、慌てて引き返し今度はバケツを持って飛んで来る。

旧　マシン！

マシン　ミスタ！（と、引き返そうとするが）

旧　これでいいのだ。

旧、新にバケツの水をぶちまける。と、思いきや、バケツの中身は紙吹雪！

三人　ファンタスティック！

旧、思わず言ってしまった後でハタと我に返り、その鋭い眼光でマシンを刺せばマシンはこの場の釈明を黙して語らねばならない。

新　バケツの水が紙吹雪に変わるとは、なんてリアルな厳冬直下だ！

急速なフェイドアウトとともに、音楽。
障子の向こうに明かりが点り、女の影が映り……消える。
フェイドイン。

旧　自由になりたいとは思わないのか。戒めを解いて思いっきり手足を伸ばし、例えば、鼻くそなんぞ久しぶりにカッポジッテみたいとは思わないのか。

新　俺はすっかり成熟しちまってるからな。いつかあんたが、まるで犬のように俺の前に這い

旧　つくばって、縄を解かせてくれと申し出る時まで、気長に待ってるつもりさ。お前の名前を教えてもらおう。

新　いい心がけだよ、若いの。お前の名前を教えてもらおう。

旧　何度言ったら！　ああ、あ、歳は取りたくないもんだ。

新　振り出しに戻っちまったようだからな。

旧　無慈悲なようだがやり直しはきかないぞ。時間はとぐろを巻いている。あんたは着々とリミットに近づいているんだ。

新　お前の名前だ！　中村錦之助がいつの間にか萬屋錦之介に変わっていたという、まるで悪夢のような例もある。もう一度はっきり確かめておきたい。

旧　僕、巨人軍の王です。

新　　一発。

マシン　ナイス・バッチン！

新　八百五十本！

旧　お前の本当の名前を教えてほしいんだ。

新　僕、巨人軍の

旧　（遮って）親から貰った名前があるだろ。

新　ミスター。

旧　なんだ？

新　俺の名前だよ。

マシン　ムッ？

旧　冗談のつもりか。

新　俺の名前はミスター。生まれた時からミスターだ。

マシン　ムッ！　ムッ？

旧　マシン！

マシン　ミスタ！

旧　カエルの気持ちをおもんぱかって蛙飛びでもしてなさい、もう！

マシン　ミスタ。（と言って、蛙飛びを始める）

旧　（新に）ミスターとはいったい何か、お前には分かっているのか。ミスターとは単なる敬称、愛らしいニックネームなどではなく、何の誰兵衛という凡百の固有名詞の彼方に、彼らの

新　カクアレカシという願望の総体として燦然と屹立するイメージの固有名詞なんだぞ。男の影をミスターと呼ぶのならなおのこと、あんたの影はあまりに薄い。今更あんたのことをミスターと呼ぶのは心なきひと。あんたは金二十円也の書き方用消しゴムでアッという間に消えちまう、愚かなミスと呼ぶべきなのだ。

旧　わたしが愚かなミスだって？　フン。実にまったく文字通り、お前はわたしの愚かなミスの産物であることを忘れるな。

新　分かってるよ！　だから、だから俺はその愚かなミスの穴埋めに体をはったんじゃないか。

一発。

マシン　（慌てて蛙飛びを止め）ナイス・バッチン！

旧　お前は子供だ。

新　あんたは生き腐れだ。

旧　お前は子供だ！

新　僕、巨人軍の王です。自由が丘・亀屋萬年堂のナボナは

さらに一発。

マシン　ナイス・バッチン！

新　分かってるか。これで八百と五十二発、俺を殴ったんだからな。

旧　まったく理不尽極まりないことさ。最初（はな）っからなにもしていないと分かり切ってるお前を、心ならずもこうして殴り続けなきゃならないんだからな。愛の鞭、或いは一種のスキンシップだと割り切りつつも、わたしとしては実に実に辛いことだよ。

新　ああ、俺はなんにもしちゃいないさ。あんたに黙ってナボナを食べたほかには何もな。

マシン　（遮るように）ヒエー！（と、奇声をあげる）

旧　マシン！

マシン　ミスタ！

旧　発作なら頭に靴をいただけばおさまるはずだ

が、待てよ。お前の場合、頭に五寸釘の四、五本もぶち込んだ方が手っ取り早いかもしれんな。

マシン　ミスタ。

旧　いい加減吐いたらどうだ。楽になるぞ。

新　掃くよ。掃くからこの縄を外して

旧　おお。

新　ほうき貸してくれ。

旧　誰が庭の掃除をしろと言った！

新　庭を掃くんじゃなかったら下駄でも履いてみせようか。

旧　証拠はあがってンだがな。

新　証拠だろうがパン粉だろうが好きなものアゲるがいいさ。

旧　証拠は何もない！

新　！　なにがなにやら?!

旧　お前が何もしてないという証拠はあがっているが、お前が何かしたという証拠は何もないと言ってるんだ。

新　俺のからだの隅から隅まで念入りに調べ上げればハッキリするんだ。口の中、歯と歯の間、へそ下三寸股座（またぐら）の香り、垂れ流しの小便だってナボナ色に輝いてるぞ。

　一発。

マシン　ナイス・バッチン！

旧　いつまで夢を見てるんだ。

新　そいつはあんたの希望的観測ってヤツだろ、夢ならいつか醒めるからな。生憎だがこの俺さまは、夢でも見なきゃ持ちこたえられないほどしみったれちゃいないんだよ。

旧　分からんな。どうして出来もしない出鱈目をでっち上げてまでこんな恥さらしな真似を続けようというのか、わたしにはお前の真意がサッパリ

新　(被せて) サッパリ分からない。どうしてあんたが血相変えてあんなありふれた日常茶飯事を否定するのか、俺にはサッパリ

厳しい一発。

マシン　ナイス・バッチン！

新　八百五十四。

旧　お前は子供だ！

新　あんたは生き腐れだ！

旧　恥を知れ！　お前がナボナを、俺のナボナを食べることが日常茶飯事であってたまるか！

新　あんたのものは俺のもの。あんたに出来て俺に出来ないことは何もない。

旧　…大きく出たな。お前にはナボナを口に入れるはおろか、指で触ることさえ出来ないはずだ。がしかし、たとえ妄想であるにせよ、言葉に出来るようになっただけでも大きな進歩と言えようか。なにしろ以前のお前ときたらナボナを前に出されると、手は震え足はすくみ、額からは滝のように汗がほとばしり、腹の中の臓物という臓物は慌てふためきごった返し、今にも口から飛び出すかといった具合だったんだからな。

新　胸やけだよ。ただちょっと胸やけしただけさ。目にしただけで胸やけか。これはおかしい。

旧　ワッハッハッ　…マシン。

マシン　ミスタ！

旧　お前も笑え。ひとりで笑うとなぜか空しい。

マシン　ミスタ！

旧・マシン　（声を揃えて）セーの。ハッハッハッ　ハノハノハッ。

新　朝から晩まで球っころを追い回して汗と泥にまみれていたあの頃の俺には、ナボナの白さは眩しすぎナボナの香りは甘すぎて、なにやら疎ましかったんだ。

旧　今だってナボナは抜けるように白く、甘酸っぱい香りだってそのままだ。創業以来、ナボナの品質に改良はあっても劣化は皆無だ。

新　ナボナに変わりはなけれども、俺は変わった、大事なところにゃ毛も生えた。

旧　アー、コリャコリャと。

新　食わず嫌いはやめたんだ。

一発。

旧　ナイス・バッチン！
マシン　ナボナはお前の手の届かぬところに置いてある！　それにもましてわたしの水も漏らさぬ鉄壁のブロック。お前は決死のスライディングも空しくホーム寸前タッチアウトだ。屁にもならないアッピールは適当なところで引っ込めて、潔くベンチに帰れ。今なら若さゆえの暴走と大目に見られないこともない。
新　あんたにタッチされるまで、いったい俺が何度ホームを踏みにじったか知らないのか。あの時あんたが障子を開けるまで、いったい俺が幾つナボナを口に入れたか知らないのか。
旧　これは初耳だ。聞かせてもらおう、わたしが顔を出す前に貴様がナボナを幾つ口に入れたか。
新　三十。
マシン　（被せて）ギェー！
旧　てめえ！　ベンチの隅でスパイクのヒモでもしゃぶってろ！
マシン　ミスタ！
旧　邪魔が入って聞きもらしてしまった。お前、いまナボナを幾つ食べたと言った？
新　三十。
旧　続けて？
新　休まず？
旧　三十だと？
新　イエス　サーティ。
旧　おいおいおい、もうひとつオイ！　お前、三十って幾つか知ってるのか。
新　三十で目の玉ひん剝いてちゃ話にならねえな。食べろと言われりゃ五十や百だって食べ続けてやるぞ。
旧　…お前、誰かに脳味噌盗まれたと違うか？　三十と言ったら親子三人力を合わせ手の指折らなきゃいけない数だ。それが五十だ百だって言ったら、田舎から爺ちゃん婆ちゃん・甥・姪・従妹まで、汽車賃払って呼ばなきゃいけないじゃないか。

新　俺は底なしだ。

旧　ナヌ？

新　吐いては食べ食べては吐き、俺は際限なく食い続けることが出来るんだ。忘れたのか。毎日毎晩千本ノックを食わされて血反吐を吐いてぶっ倒れた俺に、あんた、汗臭いからだを震わせながら怒鳴ってたじゃないか。ガッツだ、立ち上がれ！　ガッツで己が限界を乗り越えろって。

旧　ガッツか。ガッツでナボナをガッツガッツと三十個も食べたというのか。

新　計算器持ってくれれば千個が万個だって食べてやるぞ。

マシン　（被せて）ギーッ！

旧　マシン！

マシン　ミスタ。

旧　驚くお宅はごもっとも。まったく、こいつときたら桁違いのガッツン野郎だからな。あの敗戦からウン十年が過ぎた今でも、未だにこんな飢えた男がいようとは、今上陛下もご存じあるまい。

新　飢えてなんかいるものか。俺はいつだって満ち足りてるよ。満ち足りていてなおかつナボナを三十食い尽くしたんだ。

旧　いいか、よく聞け。三つ食べたら虫歯がうずく、五つ食べたら目が回る。八つも食べたら、お天道様がセピア色に見えてくるというのが、アノテノモノを食する際の世間の常識だ。それがナボナを、あのナボナを三十だなんてそんな話、誰が信じるものか。角の乾物屋のかち栗だって信じはしない。

新　お望みとあらばあの時の再現フィルムを回してやろうか？

言い終わらぬうちに旧の一発。ひと呼吸。マシンの掛け声を待つ間。

旧　マシン！

マシン　ミスタ！

旧　マシン！

新　ナイス・マッサージって言えばいいんだよ。

旧、マシンの尻をバットで殴る。

マシン　ナイス・バッチン?!

旧　ナボナはそんじょそこらの甘ったたれたミルクチョコとはわけが違うぞ。お前のやわなみそっ歯で太刀打ち出来る代物じゃないんだ。

新　俺は底なしのミスターだ。

一発。

新　八百と

旧　マシン！

マシン　（慌てて）ナイス・バッチン！

旧　人間は力以上のことをやろうとすれば必ず失敗することになってる。

新　それは違うぞ、古（いにしえ）のミスター。人間は人間の力を超えて無限の数の方へ近づけば近づくほど、その力はますます永続的になり、ますます強められるんだ。だから人間は、出来るだけ早く或いは考えられるだけ速く、人間の力を超えてしまうことが望ましいんだよ。［注②］

旧　なぜそんなに背伸びする。

新　あんたの影よりもっと大きくなりたいからさ。

旧　お前は子供だ。

新　あんたは生き腐れだ。

旧　お前は子供だ！　時代錯誤の食い意地のはった、卑しい子供に過ぎないのだ。

新　ああ、お前が恐怖の大飯食らいだってことはよぉく覚えてるよ。おまけに、竹輪も吹き出すブキッチョときてるから、無芸大食を絵に描いて額縁に飾ったような男だってこともな。しかし、ナボナを食うには芸がいるんだ。箱から出す型、皮を剥く型、ふたつに割る型、歯形のつけ型、あんこの舐め型、喉チンコの通し型、などなどエトセトラ。堅実無比にして絢爛豪華なテクニックが要求されるんだが、出来るのかなお前に、ええっ、ミスター額縁。そこがそれ、もって生まれた動物的勘の恐ろしさ。ちょっと見てくれよ、この泡立つようなフットワークを、蝶のように舞い蜂のように刺すってやつを。ホレホレホレホレホレ。

足を踊らせる新に旧の一発。

新　八百と五十九！

旧　なにがホレホレだ、お前は花咲か爺の犬か！　なにが泡立つようなフットワークだ、ナボナを食うのはスポーツか、ええっ、お前にはロマンのへったくれもねえのか。

新　ロ、ロマン！

旧　なにも変わっちゃおらんぞ。こたつ布団にタバコの焦げ穴、ナボナは無傷だ。西日差し込む窓のカーテンはだらしなく垂れさがってナボナは無傷だ。床にこけしの首が二つ三つ転がっている、ナボナは無傷だ。茶箪笥の上のオルゴール付き目覚まし時計は鳴り響き、長針と短針は相も変らぬ大股開きでナボナは無傷だ。なにも変わってはおらん。裃(かみしも)着けて箱におさまり一分の隙さえ見せてはおらん。ナボナはいつだって手付かずのまんまのナボナだ。

新　ミスター、あんたには本当になにも見えないのか、ミスター。かつて時速百六十キロで飛んでくる快速球の縫い目の数まで読み取ったという、あんたの脅威のバッティング・アイはどこへ行っちまったんだ。

ひと呼吸。旧が熱くなった頭を少しばかり冷やそうとする間。

旧　わたしにはよく見えるよ、ナボナを前にしたお前の姿が。キョロキョロと落ち着かぬ目玉、上気して真っ赤に染まった耳、いたずらに繰り返すしゃっくりへっくり。じっとり汗ばんだお前の右手には古ぼけた少年ジャイアンツの会員証が、まるでお守りのようにしっかり握られていたんだ。

新　あんた、ナボナの白さを知ってるか、ナボナの香りを知ってるか。ナボナの白さは眩しすぎナボナの香りは甘すぎて、それはそれは涙をもよおす強烈さだが、大事なところにゃ毛も生えて俺は底なしのミスターだから、胸やけの発作もぴったり口に合っちまって、十が二十になると二十が三十になってしまい、歌なんぞ聴こえなきゃまるで無間地獄のプレーオフ、スコアボードが何枚あったって収まりのつくものじゃなかったんだ。歌さえ、歌さえ聴こえなきゃな。

旧　歌が聴こえただと？

新　ああ、まるでギリシャ神話に出てくるセイレーンが歌っているような……

マシン、腹の底から、えも言われぬ声を絞り出す。

旧　マシン！

マシン　ミスタ！

旧　お前という男は、うーん、何をか言わんや！（と、天を仰いで）

新　ナボナが歌ったんだ！

旧　耳の穴かっぽじってよぉく聞け。可愛い子熊は踊っても文明堂のカステーラは決して踊らないように、ナボナは断じて歌わない。

新　せいぜいそうやって聞き分けのない駄々っ子のように首を横に振り続けるがいい。あんたが首を振れば振るだけ俺はますます巨人と化して、妬まし気に俺を見上げるあんたの眼差しはいつしか遠くかすんで見えなくなり、俺も気分がせいせいするってもんさ。

一発。

新　八百六十！

旧　マシン！

マシン　自分は、自分はミスタを愛しております。

旧　ナ、なんだ藪から棒に、お恥ずかしい。

マシン　自分はミスタを愛しております。

新　誠実なるマシーンは、あんたのすっかり劣化したバッティングにナイス！と叫ぶのが心

旧　苦しくなってきたんだよ。
マシン　マシン！
旧　ミスタ、自分は
マシン　もういい。
新　ミスタ！
あんたは哀れな被害者だ。白昼の通り魔に襲われた小便臭いバージンだって今のあんたほど取り乱したりはしないよ。
旧　寝た子を起こすようなことは言わない方がいい。
新　悲しいことに、こっちの寝た子はすっかり起きちまってるよ。
旧　減らず口はそれだけか。
重苦しい間。
新　（ぶち破るように）僕、巨人軍の王です。自由が丘亀屋萬年堂のナボナは、やっぱりお菓子のホームラン王です。［注③］

マシン、旧に駆け寄りバットを奪って、新に一発！
旧　マシン。
マシン　ミスタ！
旧　誰がお前に打てと言った、万年補欠は声だけ出してりゃいいんだ。
マシン　ミスタ、あの
旧　ストップ。言わなくとも分かっとる。お前はこう言いたいんだろ、自分はミスタを愛しています、と。
マシン　いいえ。
旧　アリャ？
マシン　いえ、あの、その、あの　…
旧　時間がないんだ。早く言わないと登録抹消して永久追放にするぞ。
マシン　あの、あのひとのことを　…
旧　あのひと？
マシン　あのひとのことを、あの、その、オーオーオー。
旧　バカタレ！（と、殴る）

マシン　自分はミスタを愛しております！

新　スタミナのロスは避けた方がいい。もうあと少しであんたは終わっちまうんだから。

旧　千本ノックだからと言って千本で打ち止めだと思ったら大間違いだぞ。

新　あんた、千という数が幾つだか知ってるのか。

ひと呼吸。

旧　忘れもしない、月も凍える冬の夜。わたしの課したささやかな特訓に音を上げて、少年ジャイアンツの会員証片手に風呂場の窓から裸のまんま逃げ出したお前の後ろ姿。以来十余年、酒とバラの日々を過ごしてすっかり荒んだお前のカラダが、果たして、わたしの千本ノックに耐えられるものかどうか。

新　酒とバラの日々にだって春も来れば冬も来る。逆シングルを無難にこなすバックボーンは切って捨てたが、ラインドライブに身を翻すバネは上々。かっての栄光にすがり、夢のまにまに漂う形なしミスターの千本ノックが食えなくて、なんでナボナが食べられるだろう。

旧　ミスターのミスターたるところを思い出してもらおう。苦さも苦し、腕に覚えの千本ノック、右に左に打ち分けて今日こそお前の胸に滞る、甘いナボナのイリュージョンを叩きだしてやる。

新　燃えてるな。

旧　燃えてるよ。まるで飛び立ったツグミを撃ち落とさんとする散弾銃のようにな。音を上げるのならいまのうちだ。ナボナの包み紙抱きしめ、裸のまんま逃げ出すのなら今のうちだ。からだは燃えて熱いくらいだ。ゴーのサインが脊髄を走れば、ノックはすぐには止まらない。

新　燃えてる燃えてる、ほんとに真っ赤だよ。とうとうあんたの尻に火がついたんだ！

旧・ミスター、新・ミスターをバットで殴る。カーンと快音。ワーッと歓声が上がり、割れるような拍手。

アニメ『巨人の星』の主題歌が流れる。

旧、獣じみた声を発しながら、曲に合わせて新の体にバットを叩き込む。

マシンは、両手を膝に、中腰の体をブルブルと震わせてこの光景を見ている。

奇妙に漫画チックな惨劇だ。

『巨人の星』に被って、どこか哀調を帯びた音楽が流れだす。

新は、まるで取りつかれたようにバットを振り続ける旧に、次のような言葉を浴びせる。

新　ヘッドを回せ。バカ、バットのヘッドだよ。質屋のオヤジじゃあるまいし、手前の頭回してどうすンだ。　…顎が上がった。もう、スウィングが波打っちまってこの野郎、サーファーにでもなるつもりか。　…ポイントを絞れ。そうそう、肩が凝ってるからな、ツボをめがけて二、三発。ヨシッ。いいぞ、その調子。腰を使って。バッティングはペッティングじゃないからな。撫でるんじゃないぞ、こねるんじゃないぞ。腰を入れて、そう、思いっきり振り抜くんだ。

次第に暗くなってくる。

旧の声は聞こえなくなり、代わって、「九百八十一、九百八十二　……」と数を数える新の静かな声と、そしてバットの肉打つ音だけが響き渡る。

そして、闇。

マシン　オー　オー　オー　オー。

新　九百九十六、九十七、九十八、九十九

次には当然、声高く「千」と叫ばれるかと思いきや、あたかもその声とすり替わったかのように突如音楽、女性の歌声だ！

〽摘みとられても　摘みとられても
わたしはあなたの夢枕
みぞれ音なす　軒下の

肩すぼめては　雀のように
あなたを呼んでおりまする
寒（かん）さす枯野にひとりのあたし
ささやくものは風ばかり
ささやくものは風ばかり

（作詞：沢田情児）

障子に明かりが点り、女の影が映る。そのハレーションで、まるで死んだように首うなだれた新の姿が仄めく。

女　ね。……眠っていらっしゃるの。
旧　そうだ。
女　まあ。
旧　……
女　眠ってて口をきいていなさるの？
旧　眠ってて口をきいているんだ。
女　こっちを向いてくださらない？
旧　いやだ。
女　わたし、指でシーツに手紙を書いてるの。
旧　シーツに？
女　だって、あなたにあげる手紙なの。
旧　ありがと。
女　なんて書いたか知ってる？
旧　知らない。けれどもありがと。
女　せなかに書かしてね。
旧　いやだ。
女　わかるように書くわ。
旧　せなかは手紙を書くところではない。
女　じゃ、どこへ書くの？
旧　……夢で俺に手紙を書け。
女　あなたの夢の中へとどくかしら。
旧　お前が寄こせばとどくだろう。
女　だって、あなただけの夢じゃないの。わたしの手紙をどこから入れるの？
旧　枕の下から入れるんだ。［注④］

ゆっくりとフェイドイン。

旧　お前には聞こえないか、お前の背中の柱のすすり泣く声が。お前は覚えているか。三日とあげずこの柱の前に立ち、わたしに背の高さを計ってくれとせがんだあの黄金時代。あの日あの時、使い古しの安全剃刀でこの柱に刻み込んだわたしとお前のアレやコレやが、いま一斉に大口開けて泣いてるんだ。お前がナボナを食べていようと食べていまいとわたしはお前を許さない。わたしとお前の固い絆のシンボルだったこの柱を今日(こんにち)、憎しみのバックグラウンドにすり替えたお前を、わたしは決して許さない。なぜ帰ってきた、ええっ？お前はなぜ帰って来たんだ。

新　(微動だにせず) ……

旧　声を出せ。声を出すんだ、手前ら。お通夜の晩じゃねえんだぞ。下っ腹に力を入れて、天にも届けと声を出すんだ！

マシン　オー　オー　オー　オー。

　　バリっと障子が破れて女の指がのぞく。

女　わたしはあの方を愛しています。

旧　(思わず) ナボナ……！

新　僕、巨人軍の王です。

旧　(不意を食らって) アリァアリャッ！

新　自由が丘亀屋萬年堂のナボナは、やっぱりお菓子のホームラン王です。

　　マシン、あっという間もなく旧からバットをもぎ取り、新に一発！

旧　マシン……！

マシン　あのひとのことを……

旧　あのひと？

マシン　あのひとのことをナボナと呼ぶのはやめて下さい。

旧　ストライク！　よく言った。ナボナにはもっと親和力のある呼び名があるんだ。例えば、警官を呼ぶのに「ポリ公」と言うのはいけない、バケツではないのだから。正しく「フランダースの犬」と呼べば、お門違いの彼らの献身ぶりが手に取るように見えるではないか。或いは、学校教師を「セン公」と呼ぶのもいけない、花火ではないのだから。正しく「天才バカボン」と呼べば、彼らの目眩くようなバカボン家ぶりがまざまざと目に浮かぶではないか。同様に、あのひとのことを「ナボナ」と呼ぶのは控えろ、三時のおやつではないのだから。正しく……なんと呼べばいいんだろう、彼女のことを。懐かしくも暑苦しいアットホームな呼び方があったはずだが……

新　ナボナはナボナ。上から読んでも下から読んでもナボナはナボナ。

旧　ナボナは山本山の海苔ではない！

新　打て、俺を打て。九百九十九の次の一発、甘いナボナのイリュージョンを叩き出す、千本ノックを打ってみろ。

旧、ウロウロする。

新　どうした？　何を探してるんだ。

旧　打っても打っても甦る、まるで大黒ミミズのようなお前に投げつける、侮蔑の形容詞を探してるんだ。

バリっと障子を破って、女の指が。

女　わたしはあの方を愛しています。

旧　ナボナ！

女　わたしはあの方を愛しています。

旧　あの男はお前を愛しているのか。

女　わたしはあの方を愛しています。

旧　それじゃ、あの男はお前を愛していないんだな。

女　わたしはあの方を愛しています。

マシン　自分はミスタを愛しています！

旧　マシン！

マシン　ミスタ！

旧　マシン、今のその言葉、これまでになく感動を覚えたが出来ればもうひとつ、付け加えてもらいたいものがある。分からんか？　ケイだよ。「ケイ」を加えていま一度、さっきの台詞を言ってほしいんだ。

　　マシン、自分の髪の毛を口にくわえて言おうとする。

旧　ああ、ケイを加えろと言ったら髪の毛ェくわえこんじゃって。マシン、今のわたしはそんな安直なギャグを受け入れられる心境にないんだ。

マシン　ミスタ！

旧　加えるのはケイという文字だ。断っておくがケイの入る場所はアイの前だぞ。間違っても「わたしKは　…」なんて言うなよ、不条理作家じゃないんだから。

マシン　ABCDEFGHIJK　HIJK？

旧　考え込むな、マシン。今は英語ではなく国語の時間だからケイはアイの前でいいのだ。

マシン　（頷いて）自分は、自分はミスタを敬・愛しています。

旧　ストライク・ツー！

新　僕、巨人軍の王です。自由が丘亀屋萬年堂のナボナは

　　マシン、バットで新を打つ。

旧　マシン　…！

マシン　あのひとのことをナボナと呼ぶのはやめて下さい！

旧　よし、分かった。お前をわたしの指名代打としよう。この大黒ミミズを打って打って打ちまくり、お前のありふれた、もとい、お前の溢れかえる敬愛の心をこいつのからだに叩き込んでやれ、一万ボルトの敬愛マシーン！

マシン　ミスタ！

新　ミスター！　あんたの仕事はまだ終わっちゃいない。九百九十九発の次の一発がまだ残ってるんだ。

旧　撃て、マシン。ポイントを前に置きダウンスウィングでしばき上げろ！

新　怖いのか。最後の一発、地獄の扉をノックす

るのが怖いのか、形無しミスター。

マシン、バットを振って新を撃つ。

新　マシン……！

マシン　あんたは子供だ。朝の光にさらされた、あんたはまるで子供のままだ。

旧　ストライク！　またまたストライク。まるで機械さながら、針の穴をも通す絶妙のコントロールですよ、ねえ、小西さん。

新　マシン、バットを捨てろ。冬の朝、凍てついた舗道に滑り止めの松ヤニを撒いて町内の人々に脅威のマナコを見張らせた、心優しいお前のバットでは俺を打ちのめすことは出来ん。

旧　ひるむな、マシン。下手に考え込むと配線回路に支障をきたすぞ。お前はただ闇雲にバットを振り抜き、こいつの胸に愛の弾丸ライナーを突き刺せばそれでいいのだ。撃て、マシン！

新　マシン、バットを捨てろ。バットを捨ててたった一言、「ナボナはお菓子のホームラン王です」と叫べばお前もミスターの仲間入り、俺たちは志ひとつの兄弟だ。

バリっと障子が破れて、女の指が。

女　わたしはあの方を愛しています。

マシン　マンマ！

旧　…思い出したぞ、懐かしくも暑苦しい彼女の呼び名を。その名はマンマ！

マシン　自分は父上を敬愛しております。自分は母上を敬愛しております。自分は兄上を敬愛しております。

新　マシン！

マシン、新を打つ。驚くほどの力と速さで、新を滅茶苦茶に打ちまくる。

旧　（驚きのあまり）あれよ、あれよ。

新、耐え切れず、ウォーと叫び声をあげ、縛られていたロープを振り千切ってマシンに武者ぶりつく。そして、ふたりは抱き合ったまま、溢れ出る言葉にならない言葉をわめきながら、ゴロゴロと転げ回る。

旧　（さらに驚き）あれよあれよと言うばかり　…

新とマシン、固く抱き合ったまま動かなくなる。旧は、そんなふたりに一歩二歩まで近づき、様子を見ているが　…

旧　…アメリカでは、囚人が二千二百ボルトの電流で電気死刑に処せられるということだった。もちろん、死は瞬間的であって肉体は黒焦げになり、しかも硬直痙攣が起こる。その痙攣があまりに凄いので、あたかも殺した装置が屍体を生き返らせたのではないかと思われるほどであるという。ところで、もしもその四倍以上の電流、たとえば一万ボルトの電流を流してみてはどうだろう？［注⑤］

マシンが起き上がる。

マシン　ああ、肺が焼けつく。こめかみがガンガンする。この陽射しに眼の中を夜がうねる。心臓が、手足が　…［注⑥］

旧　マシン。

新　どこへ行くんだ。戦いか？　俺は弱い！　ほかの奴らは進んで行く。戦具が、武器が　…。時間だ！［注⑦］

旧　この野郎、すっかりオーバーヒートしちまいやがって。（と、去る）

マシン　父上様母上様　三日とろろ美味しうございました。干し柿もちも美味しうございました。敏雄兄姉上様、おすし美味しうございました。勝美兄姉上様、ブドウ酒　リンゴ美味しうございました。巌兄姉上様、しそめし　南ばんづけ美味しうございました。
喜久造兄姉上様、ブドウ液、養命酒美味しうございました。又いつも洗濯ありがとうございました。
幸造兄姉上様、往復車に便乗さして戴き有難とうございました。モンゴいか美味しうございました。

旧、いかにも重そうにバケツをさげて戻ってくる。

マシン　止男兄姉上様 お気を煩わして大変申し訳ありませんでした。
幸雄君、秀雄君、幹雄君、敏子ちゃん、ひで子ちゃん、良介君、敬久君、みよ子ちゃん、
ゆき江ちゃん、光江ちゃん、彰君、芳幸君、
恵子ちゃん、幸栄君、
裕ちゃん、キーちゃん、正嗣君、
立派な人になってください。
父上様母上様　幸吉は、もうすっかり疲れ切ってしまって走れません。
何卒　お許し下さい。
気が休まる事なく、御苦労、御心配をお掛け致し申し訳ありません。
幸吉は父母上様の側で暮らしとうございました。[注⑧]

旧　よくやったぞ、マシン。お前にも最後のひと花を咲かせてやろう。

旧、バケツの水をマシンにかぶせる。
バリっと障子が破れて、女の二の腕が！

女　わたしはあの方を愛しています。

マシン　僕、巨人軍の王です。

旧　マシン！

マシン　（踊るように全身を痙攣させながら）自由が丘亀屋萬年堂の、ナボナはやっぱりお菓子の　…ホームラン王です。

マシンは言い終わると同時にばったり倒れ、その反動で（?）新が甦る。

旧　あれよあれよと言ってばかりはおられんぞ、こりゃ。よくもわが軍の秘密兵器から敬愛の心を吸い出しおって。

新　わたしは彼女を熱愛している。

旧　？　なんだと？

新　誰でも知っているように、ふたつの電気力学的な機械が接触している時、他方へ電気を送り込むのはポテンシャルの高い方の機械である。確かにマシンは愛情を生産していたが、愛情はわたしからマシンへと流れたのだ。なんとなれば、わたしは彼女を熱愛している！

旧　燃えてるな。

新　燃えてるぞ。極上のラム酒を飲みながら走る蒸気機関車と、永久運動食を服用した五人の男たちが操る自転車とが先を競った、あの花の都の一万マイル競走のゴールに燃えていたという、一輪の紅バラのようにな。

旧　この止めどない乱打戦の決着（おとしまえ）、勝利のセーブポイントは、八時半になれば必ず登場するあの濡れ髪のファイアマンに捧げるにしても、かかる火の粉は払わにゃならん。断じて、この無謀なホームスチールだけは阻止せねばならん。

新　あんた、ナボナの白さを知ってるか、ナボナの香りを知ってるか。ナボナの白さは眩しすぎ、ナボナの香りは甘すぎて、それはそれは……

旧　ストップ！　みなまで言うな。わたしは信じるよ、その話。世界の誰ひとり信じなくともわたしは信じる。わたしの千本ノックを食らってなおその話を繰り返すことが出来れば、お前がわたしとアイツとの間に出来た子供であるという、およそ馬鹿げた話さえわたしは信じる。

新　際限なく恋愛することの出来る人間ならば、その他のどんなことを行うとしても、やはり際限なく行うのにそれほどの困難を感じないだろう。酒を飲むにしたって、食べ物を消化するにしたって、筋肉の力を使うにしたって、その他なんにしたって行為の性質がどうであれ、最後は最初と同じなのだ。土木局が間違いさえしなければ、最後の一キロメートルは最初の一キロメートルと等しいように、千本目のノックは一本目のノックと同じなのだ。

旧　無際限なんてことはありえない！　一個のレスラーは種馬でもなければ思想家でもない。万能のヘラクレスなんてものは存在しなかったし、これからも決して存在しない！［注⑨］

新　俺は底なしのミスターだ。

旧　食らえ。最後の一発、死の千本ノックを。

一呼吸、二呼吸。ふたりは見つめ合ったまま動かない。

じりじりする間。

旧は耐え切れず、助走して無防備なまま突っ立っている新の腹部をバットで殴る。

新、その場に片膝をつく。旧は勢い余ってよろよろと二歩三歩、歩き …。

嵐のような歓声と拍手を背に受けて。

旧　（呟くように） …昭和三十三年、栄光の巨人軍に入団して以来今日まで十七年間、巨人並びに長嶋茂雄のために絶大なるご支援をいただきましてありがとうございました。振り返りますれば …いろんなことがございました。好調の時には …また不調の時には ……、今日、自らの限界を知るに至り、引退を決意 …　我が巨人軍は ……最後の最後まで全力を尽くして戦ってまいりましたが、力及ばず …の夢は破れ去りました。 ……我が巨人軍は永久に不滅です。 …ありがとうございました …（崩れるように倒れる）［注⑩］

新　あんた、ナボナの白さを知ってるか、ナボナの香りを知ってるか。ナボナの白さは眩しすぎナボナの香りは甘すぎて、それはそれは涙をもよおす強烈さだが、大事なところにゃ毛も生えて俺は底なしのミスターだから、胸やけの発作もモノカワぴったり口に合っちまって、十が二十になると二十が三十になってしまい、歌なんぞ聴こえなきゃまるで無間地獄のプレーオフ、スコアボードが何枚あったって収まりのつくものじゃなかったんだ。歌さえ、歌さえ聴こえなきゃな。

音楽。以前にも流れた、あの女性の歌声だ。

新、破れ障子をガラッと開ける。そこには、マスクとプロテクターで身を固めた審判が仁王立ち。

新　胸やけとはなにか。胸やけとは、胃内の酸が増えてみぞおちあたりの食道内に、焼けるような熱さと、にぶい痛みを感じること……。(苦し気に)わたしは彼女を熱愛している。(なお苦し気に)わたしは彼女を熱愛している!

言い終わるや否や新の体から炎が噴き上げ、そして爆発する!

彼方より、首に白い包帯を巻いた濡れ髪のナボナが現れる。

ナボナ　まあ、なんてきれいな夕焼けだこと! こん畜生。現在(いま)は何時だと思っているのさ。あなた方、今日もまたグランドのど真ん中にホームベース置いて車座に座り込み、西の空見上げると、「おお、これは大変なごちそうじゃないか」なんて言っちゃって、お互いの汗舐めくりながら夕焼け雲を頬ばっているんでしょ。もう、許さない許さない。夕べのマンマはホカホカ湯気を立てて待っているのに、こん畜生! あと三つ数えるうちに玄関のチャイムを鳴らさないと、ミスターAさん、Bさん、アンドCさん、夕べのマンマは今日もおあずけよ。ひとぉつ、ふたぁつ、みぃっつ……いつかの夢で見たのかな　それとも噺にあったのか　不思議となんでもおんなじに風邪で寝ていたことがある　丁度このように寝かされて　おんなじようにそのときも　ガラスのくもりも陽のかげも　薬も盆も水飲もシイツのぬれた形から　二時をうってる時計まで　何から何までそっくりとおんなじことがもう一度あったようだと眼をつむり思い出せずにゐたのです　…。［注⑪］
まあ、なんてきれいな夕焼けだこと。ええいっ、こん畜生！

ガーンと巨人軍の歌『闘魂こめて』が流れる。

審判　ゲーム！

ウーーと試合終了のサイレンの音。その音に目覚めたのか、旧、新、マシン、ともにガバと立ち上がり、流れる汗を拭って、にこやかに声を揃えて。

三人　アヤッタア！

流れる曲はさらにヴォリュームを上げて耳を聾せんばかり。

［注］

注①　尾形亀之助「話（小説）—或るひは『小さな運動場』」より一部を引用
注②　A・ジャリ／澁澤龍彦 訳『超男性』（白水社）より引用
注③　ナボナを一躍有名にした、王貞治によるCMのフレーズ
注④　注①に同じ
注⑤　注②に同じ
注⑥　A・ランボー／粟津則雄 訳『地獄の季節』より引用
注⑦　注⑥に同じ
注⑧　円谷幸吉の遺書全文を引用
注⑨　注②に同じ
注⑩　長嶋茂雄引退セレモニーにおけるスピーチより引用
注⑪　尾形亀之助の詩「風邪」全文引用

マダラ姫

登場人物

斑目あさひ……………………正午の双子の妹。美術家
吉村公三郎……………………あさひの婚約者。魚類行動生態学者（自称）
心・平……………………舞台演出家
さきささき……………………正午の（元）恋人。女優
米良哲男……………………県警のベテラン刑事
桜井千里……………………県警の新米刑事
永井つかさ……………………女子高の演劇部員
小鴨由香……………………女子高の演劇部員

＊

斑目正午……………………売り出し中の若手劇作家

1

物語の設定は、冬も間近の北国の海辺の瀟洒な別荘、ということになっている。

が、実際の舞台（装置）は、建設途中で投げ出されてしまったような、稽古場に作られた仮の舞台装置のような、見てはいけないものが剥きだされた、見ようによっては間抜けな感じの、そんな造りになっている（はずだ）。

そう。幕があいたその瞬間に観客たちが、これから始まる物語の行く末と、登場人物たちの深刻かつ滑稽な振る舞いを予感してしまうような……

＊

舞台奥の大きく開かれた窓のむこうに、海が広がっている。

上手側に、玄関・キッチン・バス・トイレ、二階に至る階段が。下手側には書斎があって、そのドアはかたく閉ざされている。

昼下がり。舞台中央にテーブルとソファ。吉村と米良はソファに。米良の背後に立っている桜井は、時々キッチンの方を盗み見ている。

吉村　いったいこれはどういうことなんだろう、小さなオスはどこにいるんだろう？　ほかの岩礁のハレムもいくつか調べてみたんですが、やっぱりどのグループのオスも一尾いるだけで、あとはオスよりもからだの小さいメスばかり。もちろん、一夫多妻の生き物はこの自然界には数多いますが、それだって周りにほかのオスがいないわけじゃない。はたして、小さなオスはどこに消えてしまったのか……？
米良　消されるんですか？
吉村　消される？
米良　オスは大きくなる前にハレムのボスに食べられて……
吉村　自分の王国を維持存続するために？
米良　ええ、多分。
吉村　人間的な、あまりに人間的なご推察ですが、

米良　違います。（振り向いて桜井に）違うんだって。

米良は身を乗り出すようにして吉村の話を聞いているのだが……

吉村　待てよ、とわたしは考えました。これだけ探しても見つからないのは、もしかしたら小さなオスはもともと存在しないのかもしれない。ホンソメワケベラは小さいときはすべてがメスで、大きくなるとオスに性転換するのではないか。

米良　なるほど。（と、ポケットからティッシュを取り出し）そう考えればすべての話の辻褄があう。（と言って、鼻をかむ）

吉村　早速わたしは、ハレムからオスを取り除く実験をやってみました。するとどうでしょう？　それから十五日目の明け方、なんとメスの中でいちばん大きな個体が放精、即ち、精子を放出したんです。

米良　セイシホウシュツ。

吉村　性転換をする魚がいることはいまや常識になっていますが、七十年代半ばといえば、まだ一部の研究者にしかその事実は知られておりませんでした。それをまだ中学生であったわたしが、素朴な疑問に導かれるようにして、独力で明らかにしてしまったんです。

米良　天才だ。

吉村　これだけではないんです。

米良　（桜井に）まだあるんだって。

吉村　この発見から五年後、大学に入って二年目の春のことです。母が亡くなりまして。

米良　アララ。

吉村　その葬式の時です。肩を落とした父の寂しそうな後姿を目にして、待てよ、とわたしは考えました。

米良　ジャスト　モメント　アゲイン。

吉村　つれあいを亡くしたホンソメワケベラはどうなるんだろう？　もしも独身のオス同士が出会ったらどうなるんだろう、もしかしたら小

米良　さい方のオスは　…
吉村　メスに変わる。
米良　正解。
吉村　やったあ。
ハレムからメスが一斉にいなくなるなんてことは考えにくいことですが、同種の魚が少ない場所ではハレムを作れず、オスメス一尾ずつということもありうるわけです。そんなペアのメスの方が先に死んだら、オスはやもめになってしまいます。しかし、自らの子孫を残したいと思うのはあらゆる生物のいわば本能ですから、いつまでもヤモメのままでというわけにはいかない。孤独な男と孤独な男が、寂しさを抱えた二尾のオスたちがたまたま遭遇したら、はたして結果はどうなるか。

さきが、人数分のコーヒーを用意して、現れる。

米良　すみません、客でもないのに。
さき　こちらこそお待たせしてしまって。
吉村　（そんなやりとりを無視するように）もちろん、広い海の中でそんな奇跡的な出会いがあるとは考えにくいわけですが、しかし可能性がないわけじゃない。幸か不幸か、その年わたしの大学の実験所があった海のサンゴが
米良　先生。（と、吉村の話をせき止める）
吉村　なんでしょう？
米良　ひと息入れませんか、コーヒーも入ったことですし。
吉村　疲れました？
米良　ずっと頭の中がギシギシ、音をたててるような具合で。
吉村　錆びついてるのかな。
米良　（ムッとする）…
吉村　ええっと　…（と、立ち上がる）
さき　なにか？
吉村　コーヒーはミルクがないと飲めないんだ。
（と、キッチンへ）
米良　（額に手を当て）ただでさえ熱があるっていうのに。

さき　(桜井に) どうぞ。
桜井　失礼します。(と、ソファに座る)
米良　そうだ、クスリクスリ、と。(と、数種のクスリを取り出して、テーブルに並べ) 昨日から風邪気味で。おまけに年中、胃の調子が悪いときてる。医者には早メシ早グソがよくないっていわれてるんですが、こんな商売をしておりますと、チンタラ食ったり出したりしてるわけにもいかないんですよ。分かっちゃいるけどやめられない。(と、クスリを飲み) どうした？ (と、桜井に)
桜井　は？
米良　おまえも風邪か。
桜井　いえ。
米良　じゃ、なんで震えてンだよ。
桜井　大丈夫です。(と、カップを手にした手が震えている)
吉村　(戻って来て) ミルク、どこにあるんだろう？
さき　冷蔵庫には？
吉村　それがないの。
さき　じゃ、ないんですよ、この家には。
吉村　だって昨日の夜はあったんだよ。
さき　じゃ、なくなったんですよ。
吉村　買い置きしとけよ、コーヒーのミルクくらい！ あ、誤解しないで。きみじゃない、彼女に、あさひに言ったんだからね。気がきかないんだからなあ。(と、再びキッチンへ)
さき　誰なんですか、あの方。
米良　誰って、え、お知り合いじゃないんですか。
さき　全然。
米良　いやいや、親しそうにお話しされてるからわたしはてっきり。
さき　会うのは今日が初めてなのに最初からあんな調子で。
米良　いわゆるアメリカ流ってやつですか。長い間留学されてたって話だから。
さき　当人がそう言ってるだけでしょ、本当かどうかは。
米良　まあ、あれもこれも妹さんがお帰りになれば。
さき　ありえない、あんな男が正午の妹の婚約者だ

桜井　なんて。
米良　ウラとりますか。
桜井　吉村が本当にアメリカに留学していたのかどうか。
米良　ウラ？　なんの？
桜井　念のために一応……
米良　なんのために？
米良　今度の事件になんの関係があるんだ。お前、熱でもあるんじゃないのか？
桜井　……

玄関のチャイムが鳴る。「ハーイ」と吉村の声。

米良　お帰りになったのかな。

正面の開いた窓から、貝殻の入ったビニール袋を手にした心・平が入って来る。
ふたりの刑事は、その思わぬ登場に一瞬身構える。

さき　お帰りなさい。
心・平　お土産だ。（と、袋をさきに）
さき　貝殻なんか拾ってたんですか。
心・平　きれいだろ。
さき　いいな、のんきで。
心・平　ここまで来てジタバタしたって始まらないよ。
米良　失礼ですが
心・平　（さきに）どなた？
米良　（警察手帳を示して）県警の米良と申します。
心・平　刑事？
米良　こちらの斑目正午さんに、二、三お尋ねしたいことがあってお伺いしたんですが。
心・平　正午がなにか？
米良　斑目さんとはどういうご関係で？
さき　演出家です。
桜井　演出家。（と、手帳にメモする）
さき　いつも正午と一緒に仕事をしてる……
心・平　（食い気味に）いつもじゃないよ。
米良　じゃ、東京からこちらのささきさんとご一緒に。
心・平　ええ。

桜井　お名前は？
さき　心・平。心に平ら。間になかぐろを入れて。
（と、桜井の手帳を覗いて指示）
桜井　苗字は？
心・平　ない。
桜井　ない？
米良　芸名なんだよ。
桜井　ああ……
米良　ご存じかどうか、一昨日の深夜、隣町の女子高生が惨殺されるという事件があったんですが、実はそのガイシャの所持していた携帯のメモリに、斑目さんのメールアドレスが入っておりましてね。
心・平　正午に容疑が？
米良　いやいや、ガイシャの交友関係をひとつずつ洗い出してるだけのことで。
桜井　一応、念のために。
吉村、宅急便の箱を手に戻って来る。
吉村　クール宅急便は冷蔵庫冷凍庫、どっちに入れておけばいいんだろう？
桜井　（誰も答えないので）多分どっちでも。
吉村　ありがとう。（と、消える）
米良　（心・平に）なにかご存じのことでもあれば。
心・平　（吉村のコーヒーを飲んで）なにか？
米良　ですから、斑目氏が最近女子高生とつきあってたとかどうとかって類の。
心・平　さあ。会ってもお互いプライベートな話はしないから。一緒に仕事をするようになって四、五年になりますが、正午に双子の妹がいるなんてことも今日ここに来て初めて知ったくらいで。
米良　なるほど。じゃ、斑目氏がいまどこにいるのかも？
心・平　聞きたいのはこっちですよ。この十日ばかり何度も電話やメールをしてるんですが、ウンともスンとも。
米良　ええ、それはさっきこちらのささきさんから。
心・平　こんなことは初めてです。あいつは見かけに

よらず律儀なところがあって、今度のように

ホンが遅れたときには、あと何日、あと何頁

で終わりますとか、こまめにメールで知らせ

てくるような男なんです、それが……。だ

からなにかあったんじゃないかと心配になっ

て来てみたら、この仕事場にももう何日も帰

ってないって話で。

米良　斑目正午、謎の失踪か……。妹さんもなか

なかお帰りになりませんなあ。（桜井に）どう

する桜井、出直すか。

桜井　せっかくここまで待ったんですからもう少し

……

さき　大丈夫ですよ。

心・平　大丈夫、なにが？

さき　なにがって聞かれても困るんだけど。

心・平　お前、ほんとは正午のこと、なにか知ってン

じゃないのか。

さき　知らないわよ。だからわざわざこんな遠くま

で来てるんでしょ。

吉村、戻って来る。手に牛乳。

吉村　あ、ぼくのコーヒー。

心・平　え？

吉村　（心・平に）それ、わたしのコーヒーだったん

だけど。いや、いいです。でも、この牛乳ど

うしよう？　そうか、飲めばいいんだ。う

ん？　わたしの座る場所がない。

座っていた四人、立ち上がる。

吉村　いや、そんなつもりで……。意地悪だなあ、

みんな。（と、笑いながら窓の方に移動し）……

海。広い海。悠久無限の波の音。懐かしい。

みなさん、ひとはなぜこうして波の音を耳に

すると、誰もが懐かしい気持ちでいっぱいに

なるのでしょう？　それは、わたしたちがこ

の世に生まれ出る前、母親の胎内で耳にして

いた血液の優しいざわめきの音と、この寄せ

ては返す波の音とが、とてもよく似ているか

らです。ご承知のように、この地球上に住むあらゆる生き物の遠い祖先たちはみな、海で生まれ海で育ったのです。昔わたしたちは魚だった。だからあるいは、波の音を聴くたび、わたしたちの細胞のどこかに眠る、遠い昔の魚の記憶が

突然、桜井の携帯電話の着信音が鳴り響く。

桜井　もしもし。ハイ、いらっしゃいます。課長から。

米良　（電話を受け取り）ハイ、米良です。出頭？　あかね町の交番に？　ホシは？　へえ、それはまた意外なところに。分かりました。じゃ、すぐに本部の方へ。（と、電話を切って、みんなに）女子高生殺しの犯人、自首して来ましたよ。

桜井　ホシは？

米良　ガイシャが通ってた高校の教頭だってさ。

桜井　ナンジャ、コリャアー！（と、大声で）

米良　（呆気にとられ）どうした、おまえ。

桜井　すみません、やり過ぎました。

米良　どうもお騒がせしまして。行くぞ。（と、去る）

桜井、あとを追う。

心・平　一件落着と。

さき　よかった。

心・平　正午のこと、疑ってたのか。

さき　そういうわけじゃないけど。

吉村　そうか。あの刑事の名前がメラっていうからベラの話を始めたんだ、ぼくは。

心・平　（さきに）悪いけど、飛行機の時間を調べてくれるかな。

さき　帰るんですか。

心・平　肝心の正午がいないのにいつまでもこんなところでグダグダしてたってしょうがないだろ。

さき　どうするんですか、ホン。

心・平　聞くなよ、俺に！

桜井が戻って来る。

吉村　なに、忘れ物？

桜井　（さきに近づき）すみません、握手して下さい。（と、手を差し出し）ささきさきさんのファンなんです。

さき　変わってるわね。（と、握手）

桜井　ありがとうございます。（と、走り去る）

　玄関のあたりから、桜井の「ヤッター！」という声が聞こえる。

さき　（手のひらを見て）あの刑事……

心・平　どうした？

さき　（手のひらの匂いを嗅ぎ）血の匂いがする。

吉村　まさか……

さき　ワーッ！（と、いきなり吉村の顔に手をもっていく）

　吉村、奇声を発して飛びのく。

さき　ああ、気持ち悪い。（と、キッチンへ）

吉村　ナ、なんですか、あのひとは。

心・平　あいつ、正午とつきあってるんですよ。

吉村　狂ってる。（と、ハンカチで顔を拭く）

心・平　この部屋は？

吉村　正午くんの書斎です。

　心・平、ドアを開けようとするが。

吉村　鍵がかかってます。彼は秘密主義者だから仕事をしてる時も中から鍵をかけて、あさひも中には入れてくれないんだそうです。

心・平　この別荘へはこれまでも何度か？

吉村　いや、去年の夏、正午くんを紹介したいと言われて来たのが最初で、今度が二度目かな。

心・平　似てるんですか、ふたりは。

吉村　ふたり？

心・平　正午とその、妹さんは。

吉村　そりゃ双子ですからね。笑いますよ、ふたり心・平　ちょっと来てみろ。

さき　うるさいなあ。（と、言いながら現れ、あさひを見て驚く）……嘘。

あさひ　誰なの、あなたたち。（と、さらに警戒心を募らせている）

心・平　正午に会いに来た。来てよかった。思わぬ収穫。夢、奇跡、冗談。今回の新作のテーマはこの三つだって正午は言っていたが、きみを見て得心がいった。これで芝居は出来る。もうあいつの台本なんていらない、正午もいらない。見えたゾ、何もかも。

吉村、戻って来る。

あさひ　どうしてわたしのいない時に勝手に知らない人を家の中に入れるの？

吉村　だって、正午くんのことを心配してわざわざ東京から　…

あさひ　誰が来たって正午の助けになんかならないわ。（と、言い捨て、キッチンへ）

が並んでるのを見ると。特に子供の頃は、あさひがショートカットで正午くんは女の子ように長い髪をしてるから、どっちがどっちか見分けがつかない。ご覧になります？　小学校の入学式の時に撮ったふたりの写真。

心・平　いや

吉村　いやいや、話のタネに。持ってきます。（と、二階へ）

心・平、書斎のドアノブを回してみるが、開かない。鍵穴から中を覗こうとする。

正面奥からあさひ、現れる。手に食材が入った買い物袋。

心・平、気配を感じて振り向く。

あさひ　誰？　そこでなにをしてるの！

心・平　きみは　…！

あさひ　誰なの？

心・平　ササキ！

さきの声　なに？

さき　ムカツク、あの女。
心・平　しかし、まさかあんなに正午に似てるとは。
さき　だから余計に腹がたつのよ。

正面の窓の向こう、あさひをつけて来た、つかさと由香がそっと顔をのぞかせ、中の様子を窺っている。

吉村　（ポケットから写真を取り出し）これがさっきお話した……
心・平　（手にとって）ほんとだ。どっちが正午でどっちが
吉村　（写真を取り戻し）ですから、この髪の長い方が……
さき　（写真を手にし）え、こっちでしょ、正午は。
吉村　（取り戻し）違うんです。ふたりの髪型をわざわざ男女逆にしたんです、彼らの母親が。
さき　なんのために？
吉村　みんなが取り違えるのを面白がるためでしょう、きっと。あさひの話だと相当お茶目なひとだったらしいから。
さき　お茶目！

あさひ、宅急便の箱を持って、戻って来る。

あさひ　なんなの、これ。
吉村　さっき持ってきたんだ。
あさひ　この差出人の前田正平なんてひと、わたし、心当たりないんだけど。
吉村　だって、宛名には「班目あさひ」って。
あさひ　気味が悪い。開けて。
吉村　（受け取り）きっときみのファンなんだよ。せっかく送ってくれたのに。（表書きを見て）食品だって。（匂いを嗅いで）ああ、いい匂いがする。なんだろう、山形だから、さくらんぼかな。

などと言いながら包みを開けた途端、吉村は再び奇声を発して、取り出した中身（人間の手首）を投げ捨てる。と同時に、外にいたつかさと由香も

悲鳴をあげる。

由香　て、手首ィ！

つかさ　警察に！

ふたり、慌てて逃げ去る。

さき　誰？（と、二、三歩ふたりを追って）

心・平　（手首を手にして）作り物だ。

吉村　作り物？

心・平　昔バイトでこんなの作ってたんですよ。バケツに水で溶いたコピックを入れて、そこに手を入れる。しばらくしたら手を抜いて、出来上がったコピックの型に発泡ウレタンの混合液を流し込み、固まったら型をこわして……。でも、これはうまく出来てる、色づけなんか完璧だ。形もいい。素人の仕事じゃないな。

あさひ　誰がこんなバカな悪戯……

吉村　さっきそこにいた女子高生かもしれない。

さき　正午よ、犯人は。

あさひ　正午？　なんのために？

さき　わたしたちへのメッセージでしょ。本が書けない。もう手がない、手詰まり、お手上げ。だからこんなお手付きをして……

心・平　あいつがそんな下らない駄洒落をかますか？

さき　だから、それだけ追い詰められてるってことでしょ。送り主の名前だって、普段の正午ならもう少し気のきいたのを考えるところよ。なのに、前田正平なんてミエミエの偽名なんか使って。

吉村　ミエミエ？

さき　似てるでしょ、まえだしょうへい、まだらめしょうご。

吉村　言われてみればなんとなく。（あさひに）きみ、ほんとに心当たりないの、この山形県鶴岡市に住む前田正平って男に。

あさひ　ないって言ったでしょ。でも……

吉村　でもなに？

あさひ　その手の形には……

吉村　見覚えがあるの？　誰、誰の手？

あさひ　誰のというより　…

心・平　anybody, sets down.

吉村　はい？

心・平　この手のひらのところに小さく

吉村　（手首を受け取り）ほんとだ。anybody, sets down.

心・平　意味は？

吉村　セッツダウン。なんて訳したらいいんだろう。みんな沈め？

あさひ　貸して。

吉村　（手首を渡し）でも、命令形のセットにSをつけるのはおかしいな。文法的に間違ってる。愚かだな、前田くんは。

あさひ　思い出した。これは多分

吉村　なに？　誰の手？

あさひ　マン・レイの「自由な手」。

吉村　マン・レイ？

心・平　自由な手？

あさひ　彼の「自由な手」シリーズの中に、これとそっくりの作品があるんです。

心・平　それにも手のひらに文字が？

あさひ　いえ、こんな風に薬指に指輪をした手の表情が似ているというだけで。もしかしたら文字の入った作品があるのかもしれませんが。わたしが知ってる「自由な手」は緑色にペイントされていて、それが植木鉢からニョキッと植物みたいに生えているんです。

さき　マン・レイって、あれでしょ、裸の女性の背中にアルファベットを書いて

あさひ　ええ。天使の羽根みたいな小文字のエフをふたつ書いて、ヴァイオリンみたいに見える写真を撮ったひと。

心・平　I am an enigma.

吉村　わたしは謎だ？　なんですか、それは。

心・平　マン・レイのキャッチフレーズです。

吉村　マン・レイ。人間・光線。輝くひとと訳した方が適切かな。

あさひ　手のこと、フランス語でmain（マン）というから、自由な手には、自由なマン・レイという意味も含まれてるの。

吉村　そんな風に解説されると、これはいかにも正

さき　午くんの仕業のように思えてくるけど……

あさひ　俺を自由に？　なに勝手なこと言ってるの。

吉村　でも、正午がこんなにきれいに作れるかしら。

あさひ　だから誰かに頼んだんだよ。

吉村　誰かって？

あさひ　そんなこと僕に聞かれたって……

吉村　anybody, sets down.

あさひ　やっぱり双子だな。

吉村　なに？

あさひ　それ、君の手に似てる。

吉村　似てないわよ。

　似てるよ。大きさから指の感じから。彼と初めて会って握手をした時、びっくりしたんだ。だって、からだはぼくより大きいのに女の子みたいな小さな手をしてるから。

さき　ちょっとそれ、わたしにも……（と、手首を受け取る）

心・平　吉村さんは、これは正午の手で、送ったのも正午だと？

吉村　そう考えた方がすっきりするでしょ。

心・平　確かに。しかし、これが正午の手ではなく送ったのも正午でなかったとしたら。あるいは、正午の手なのに送ったのは正午以外の誰かだとしたら……

あさひ　誰かのいやがらせ？

心・平　だとしたら、きみや正午と縁もゆかりもないどこかの誰かが、退屈しのぎにこんな手の込んだことをやるとは思えない。これにはそれなりの強い、深い、意志と理由があるはずだ。となると……

あさひ　誰かがわたしたちのことを恨んでる？

吉村　心当たりは？

あさひ　ないわ。

吉村　この前田正平にも？

あさひ　なんべん同じことを言わせるの。

吉村　じゃ、ヒラマサデンゼンは？

あさひ　なにそれ。

吉村　前田正平を下から読んでみたんだけど。

あさひ　ふざけないで。

吉村　ごめん。

心・平　もしもこれが正午の仕業だとしたら、正午以外に誰か協力者がいることになる。

あさひ　これを作ったひと？

心・平　その協力者が善意のひとならいいが、そうでないとしたら、このいかにも手の込んだ悪戯が正午の意志じゃないんだとしたら……

吉村　まさか、彼の身に危険が？

心・平　この手首を見ていると妙に胸騒ぎがするんです。

あさひ　やめて下さい。

さき　anybody, sets down.

心・平　きみが推測したように、これがマン・レイの「自由な手」を真似たものだとしたら、なぜ本物の「自由な手」のように緑色に塗らず、こんな生々しい、切断した手首そのもののような彩色を施したのか。

吉村　きっとグリーンのペイントがなかったんですよ。

心・平　（無視して、あさひに）きみが最後に正午と話したのは？

あさひ　五日前。ふたりでお昼を食べたあと、ちょっと散歩にって出て行って……

心・平　それっきりなんの連絡もない？

あさひ　ええ。携帯の電源も切ってるみたいで。

さき　anybody, sets down.

吉村　やめよう、やめましょう。Worry for nothing. こういうのを取り越し苦労って言うんです。

心・平　正午はどこにいるんだ？

吉村　ある日、忽然と姿を消す。連絡が途絶える。偽名で奇妙な贈り物を届ける。みんなはなにかあったのではと心配をする。そこへ、まるでなにもなかったように現れてみんなを驚かす。いかにも正午くんがやりそうなことじゃないですか。いや、もちろん、わたしはみなさんと違って、正午くんと会ったのはほんの数回に過ぎません。でも、彼の作品はあさひに借りて何本か読んでいます。シャイで無口でという、会ったときに受けた彼の印象と作品の内容とのあまりの落差に、最初は面食らいました。でも、読み進めていくうちに、彼がどういう人間なのかということが分かったような気がしました。彼の作品には、一見すると奇想天外な、現実にはありえもしないような世界が描かれているわけですが、よく読むと、耳の穴の中に迷い込んでしまった小さな虫の羽音のような、実に繊細極まりない世界で、それは、彼と会うたびに受ける印象と、とてもよく似ているのです。あれは、題名はなんといいましたか、家族が互いの臓器を繰り返し交換しているうちに、いつの間にか、誰も知らない「新しいヒト」が誕生していたという作品がありましたが……

あさひ　『鳥の歌』。

吉村　ああ、それ。あの『鳥の歌』には不思議な感動を覚えました。この忽然と現れる「新しいヒト」こそ正午くんなのだと。

心・平の携帯電話の着信音。

心・平　もしもし。うん？　まだ正午の仕事場。ホン？　ない。正午がつかまらないんだ。分からない。明日の稽古？　二日も続けて休めないだろ。だから、ホンがなくてもやるんだよ！（と、切る）

さき　誰から？

心・平　カナメ。

さき　制作の？

心・平　あのバカ。

さき　わたし、明日の稽古、休んでいい？

心・平　ダメだよ。

さき　行ったってホンの続きがなきゃわたしの出番ないじゃない。

心・平　作るよ。

さき　いいわよ、そんな。今度の芝居、わたしもう出なくていいから。

心・平　すねるな、いい歳をして。

さき　いい歳だからすねるのよ。

心・平　こういうのはどうだ。しょっぱなのシーン。（少し考え）…夜空に月が浮かんでいて、その月の前を、鳥の羽根をつけたお前がゆっくり横切るんだ、群れからはぐれた孤独な渡り鳥みたいに。カッコイイだろ。

さき　分かった。じゃ、舞監（ぶかん）の安田さんに連絡してくれる？　明日わたしが宙吊りやるから用意しとけって。

吉村　公演はいつから？

あさひ　来週の金曜。

吉村　（心・平に）それで、いま台本はどこまで？

心・平　最初の二十分くらい。

吉村　そりゃ大変だ。

心・平　ラストシーンは決まってるんです。空から月が落ちてきて、それが主人公の男の頭に当たって、死ぬんです。

吉村　そういえばチラシには大きな月が。（あさひに）タイトル、なんてったっけ？

あさひ　MOMENT

吉村　ああ、そうだ、モメント。

心・平　それに、「絹ごしの月」ってサブタイトルがつくんです。

吉村　「MOMENT 絹ごしの月」。暗い夜空に絹ごしの豆腐のような、ツルンとした柔らかな月が浮かんでて、それが最後に凶器に変わるのか。いいな。いかにも正午くんの世界って感じがする。

心・平　去年のちょうど今頃。正午とふたりで、次はどうしようって話してて。なんか、ものすごく下らない、主人公が豆腐のカドであたま打って死ぬみたいなのがいいんじゃないかってことになって、それであいつがそんなストーリーを。

吉村　あれ？　ひょっとして、モメントって《木綿と》？　木綿と絹ごしの月？

心・平　バカでしょ。

吉村　ああ、早くみたいな、その芝居。

心・平　右に同じです。多分、正午自身も。

吉村　（あさひに）なんとかならないの？

あさひ　なにが出来るの？　わたしに。

吉村　だから、きみが代わりに書くんだよ。

あさひ　出来るわけないでしょ。

吉村　だってきみたちは双子なんだから。姿かたちだけじゃなく、頭の中身だって似てるはずなんだ。台本はもう最初のところは出来てて、ラストシーンも決まってる。あとは真ん中のところを埋めるだけでいいんだから。（心・平に）どうです、このアイデアは。

心・平　それはそれとして。

吉村　（無視されて、少しムッとする）…

心・平　（あさひに）今度の作品の中身のこと、正午からなにか聞いてませんか。

あさひ　仕事のことは聞いてもあまり話さないから。

心・平　なにか話すでしょ、ふたりだけの食事のときとか。

あさひ　…時々、一緒に住んでた頃の話をするわ。でも、まだふたりとも小さかったからお互いの記憶が少しずつ食い違ってて、そんなことでいちいち喧嘩するのも面倒だから、すぐにふたりとも黙ってしまうの。

心・平　申し訳ないけど、書斎をあけてもらえませんか。

あさひ　それは…

心・平　いや、妹のきみでさえ中に入れないって話はさっき吉村さんからお聞きしましたが、そうも言ってられないんです。

吉村　そうだよ、もうタイムリミットなんだから。

心・平　いま貰ってる原稿の続きが少しくらいはあると思うんだ。それがなくても、なにかメモとかノートとか。

あさひ　でも、この部屋の鍵は正午が持ってるんです。

心・平　合鍵は？

あさひ　ありません。

心・平　ナンテコッタ！

あさひ　……

吉村　どうしたらいいんだろう？　合鍵屋を呼んでここを開けてもらうか、警察の力を借りて…

心・平　警察？

吉村　正午くんの失踪届を出すんですよ。

あさひ　嫌よ、わたし、警察なんて。

吉村　じゃ、やっぱりきみが書くしか。

あさひ　そんなこと、正午が認めるわけないでしょ。

吉村　彼に文句をいう権利なんかないよ。公演が間近に迫ってるのに連絡が取れないんだよ、職場放棄も同然じゃないか。

あさひ　分かったわ。（と、玄関の方へ）

吉村　どこへ行くの？

あさひ　合鍵屋に来てもらう。それでいいんでしょ。

（と、消える）

吉村　怒らせちゃった。

心・平　そうだ、アニキに連絡しないと。（と、携帯電話を取り出す）

さき　えっ、わたしほんとに宙吊りやるの？

心・平　そんなわけないだろ。（と、電話をかける）

さき　（窓辺に行き、外を見て）いつの間にか。待ちくたびれて日が暮れて　……

吉村　困ったな。わたしも明日は大学の講義があるんです。しかし、このままあさひを残して帰るわけにもいかないし　…

心・平　出ない。どいつもこいつも。（と、電話を切る）

さき　ひとつ聞いていい？

心・平　なんだよ。

さき　前から気になってたんだけど、舞台監督の安田さんのこと、どうしてみんなアニキって呼ぶの？

心・平　あいつは昔、ミュージカルの「アニー」の裏についてたんだよ。

さき　アニーでアニキ？　聞かなきゃよかった。

心・平　ちょっと待て。

さき　なに？

心・平　分かったゾ。

さき　なにが？

心・平　その手のひらに書いてある言葉。

さき　ことば？

心・平　anybodyのanyは、エニーではなくアニーと読むんだ。それで、bodyは体。

さき　sets downは？

吉村　まさか　…

心・平　そう。anybody, sets down. とはつまり、これの受取人の、妹さんの兄の体をセツ・ダンしたって意味なんですよ。

吉村　マ、まさかそんなこと　…！

あさひが戻って来る。

吉村　あさひ、警察。
あさひ　なに、どうしたの？
吉村　正午くんが殺されているかもしれないんだ。
さき　またおかしなこと言って。犯人は正午。からかってるのよ、わたしのことを。こんな下らないこと、正午以外に誰が思いつく？
心・平　落ち着け。みんな落ち着くんだ。この世の過ちの大半は焦りから生まれる。待とう。
あさひ　待つ？　なにを？
心・平　木綿と絹ごしの月が出るのを。

さき、失神！　急速に暗くなる。

2

同じ場所。同じ日の夜。中央奥の窓にはカーテンが引かれている。
ソファに座って、手の指を折りながら数を数えている由香。少し離れたところから、それを見ている心・平。
つかさが紅茶を運んでくる。由香とつかさは前シーンと同様、高校の制服を着ている。

つかさ　おやつの時間ですよぉ。（と言いながら、紅茶とビスケットがのった皿を、由香の前に置く）
心・平　違うよ。
つかさ　はい。
心・平　永井さんは、さっきぼくが、彼女が指を五つ折ったら出て来いって言ったから、そればっかり気にしてたでしょ。
つかさ　すみません。
心・平　ほんとは五つでも六つでも七つでもいいの。

数が問題じゃないの。ひとは常に時間と空間に投げ出されてるの。分かる？

つかさ　はい。

心・平　ほんとに分かってる？

つかさ　（首をかしげる）…

由香　分かります。

心・平　時間と空間。別の言葉で言うと空気。

由香・つかさ　空気。

心・平　流れてるよね、いまも。

つかさ　はい、流れてます。

心・平　肝心なのは空気を描くこと。彼女がひとりでそこにいる時の空気と、永井さんがここへ入ってきてふたりになった時の空気と、同じなのか違うのか。同じならばどう同じなのか、違うとしたらどこがどう違うのか。具体的に言えば、彼女の指を折るスピードに、きみの歩いて来る速度を合わせるのか合わせないのか、そういうことを考えないと。

つかさ　はい。

心・平　じゃ、もう一度。

つかさ、紅茶等を持って玄関の方に消える。由香、指を折り始める。

つかさ、登場する。

心・平　早いだろ、それじゃ。

つかさ　すみません。

心・平　いや、永井さんじゃなくて。（由香に）それじゃ永井さん、出てこれないだろ。

由香　あ、はい。

心・平　それと、指を折るのに気持ちなんかいらないから。ただ折ってりゃいいの、適当に。

由香　適当に。はい。

心・平　じゃいくよ。どうぞ。

指を折り始める。つかさ、登場する。

つかさ　おやつの時間ですよぉ。（と言いながら、紅茶とビスケットがのった皿を由香の前に置く）

心・平　永井さん。台詞と動きがあってないよ。台詞を言おう言おうとするからそうなるの。歩いて来る。止まる。カップを持つ。持ったカップがテーブルの上に置かれる少し前に、台詞を言う。ひとつひとつ落ち着いて正確にやるの。

由香 （呟く）落ち着いて正確に。

心・平 それと、「おやつの時間ですよ」。ヨ。小さい「オ」はいらないから。

つかさ はい。

心・平 （つかさに）ああ、戻らなくていい。そこらへんにいて、由香ちゃんが三つ指を折ったら動く。はい、どうぞ。

由香、指を折り始める。

心・平 ああ！　なんで指を折りながら首を振るの？　おかしくないか、それ。そんなに変か？　このひとは。きみ、統合失調症のひとをバカにしてないか。

由香 すみません。

心・平 確かに、ホンには「患者」って書いてある。だけど、いまそこにいるのは、なんだか知らないけど「指を折ってるひと」なの、それ以外の説明はいらないの。分かる？

由香 はい。

心・平 どうぞ。

指を折り始める。つかさ、登場する。

つかさ おやつの時間ですよ。（と言いながら、紅茶とビスケットがのった皿を、由香の前に置く）

由香、カップを手に取る。

心・平 取るな！　永井さんが歩き出すまで待ってるんだよ。台詞から、ハイ。

二階から、あさひ現れ、やりとりを見ている。

つかさ おやつの時間ですよ。（と、一連の動作をし、去

る）

由香　（紅茶を飲んで）ワたしは
心・平　わたしは
由香　ワたしは
心・平　なんで「わ」に力を込めるの？　なんかいい台詞を言おうとしてないか？
由香　すみません。
心・平　じゃ、わたチって言ってごらん。
由香　わたチ
心・平　そう、それでいい。続けて。
由香　わたチはコんなに
心・平　こんなに
由香　わたチはこんなにおいしい
心・平　わたチはこんなにおいチい
由香　わたチはこんなにおいチい紅茶をいただいたのは、生まれて
心・平　生ミャれて
由香　生ミャれて初めてでありました。
心・平　アリャました。
由香　アリャました。

心・平　はい、最初から
由香　わたちはこんなにおいちい紅茶をいただいたのは、生みゃれて初めてでありゃました！
心・平　なんで？　気持ちはいらないって言わなかった？　「わたチ」だぞ、「アリャました」だぞ。なんでこんな下らない台詞に気持ちを込めようとするの？
由香　すみません。
心・平　なんで謝るの？　なんかきみ、悪いことした？　してないでしょ、してないんだよ。きみの車がそっちから走ってきて、おれの車がこっちから走ってきてぶつかった。例えて言えばそういうこと。悪いのはおれの方かも知れないんだ。そうだろ。
由香　はい。
心・平　はいって、なに？　おれが悪いの？
由香　あ、いえ　…
あさひ　もういいんじゃないの、それくらいで。時間も時間だし。
心・平　はい、じゃ、おしまい。

由・つ　ありがとうございました。
心・平　（由香に）少し言い過ぎた。ごめんね。
由香　いえ、勉強になりました。
つかさ　あの、「茶烏賊」の上演許可は？
心・平　ああ、いいよ。正午にはおれから言っとく。
つかさ　ありがとうございます。（紙を取り出し）すみません、この上演許可書にサインを。

心・平、サインする。

つかさ　（あさひに）一緒にお願いします。
あさひ　わたしも？
由香　肉親のサインもあった方がいいって顧問に言われたんです。すみません。

あさひもサイン。

由香　ありがとうございます。

由香はペンを受け取り、それをハンカチにくるんで、許可書と一緒に鞄に入れる。

心・平　なに、そのハンカチは。
由香　記念に。
心・平　記念？
つかさ　すみません。写真撮らせていただいていいですか。（と、スマートフォンを取り出し）おふたり、そこに並んでいただけますか。
心・平　（由香に）きみも入れば？
由香　滅相もない。

心・平とあさひは並んで、つかさの写真におさまる。

つかさ　ありがとうございます。
由香　これでOK。帰ろう。
つかさ　うん。
あさひ　あなた達、家はどこ？
つかさ　あかね町です。
あさひ　じゃ、隣町だ。車で送ってあげる。
つかさ　いいです。まだバスがあるから。（由香に）ね。

心・平　隣町ってこの間、女子高生が殺されたところ？
由香　そうです。高校は違うんですけど彼女も演劇部だったんで……
心・平　知り合いか。
由香　友達でした。
心・平　じゃ、彼女からなにか正午のことを
由香　（遮って）聞いてません、なにも。（と、キッパリ言って）行こう。
つかさ　うん。ありがとうございました。

由香とつかさ、逃げるように去る。あさひも見送りに玄関へ。
少し間。心・平、思い出したように携帯電話を取り出し、メールを打つ。
あさひが戻って来る。

あさひ　どうしたんだろう、合鍵屋。遅くても七時までには伺いますって言ったのに。
心・平　吉村さんも。出かけてもう二時間ですよ。
あさひ　お腹、すきました？
心・平　ええ。だから吉村さんがお帰りになるのをいまかいまかと。
あさひ　ごめんなさい。すぐに用意します。
心・平　いや、せっかくだからもう少し待ちましょう、彼が釣り上げてくるという大物を。
あさひ　焦ってはいけない。
心・平　そう。なにごとも我慢我慢。
あさひ　矛盾してる。
心・平　なにが？
あさひ　だったら女子高生相手になにもあんなにムキにならなくっても。
心・平　見境がなくなるんですよ、時々。誰でもあるでしょう、なぜあんなことを言ってしまったのかやってしまったのか、あとで考えると自分でもよく分からないことが。ひとは誰でも、自分の中に知らない他人を抱えてる。
あさひ　**I am an enigma.**
心・平　（手首を手に取り）わたしは謎だ。
あさひ　それ、「育児法」って言うんです。

心・平　育児法？

あさひ　さっきネットで調べたら、やっぱりマン・レイの「自由な手」シリーズの中に、同じ手の形をした作品があったの。

心・平　手のひらに「anybody, sets down.」とサインしてある作品は？

あさひ　見つからなかった。

心・平　「育児法」。緑色にペイントされてない「育児法」。未完成の「育児法」…。作家にとって作品は自分の子供のようなものだとすれば、やっぱりこれは、作品が書けない出来ないという、正午のメッセージかもしれない。

あさひ　さきさんと同じ結論になりますね。

心・平　あいつ、どうしてます？

あさひ　二階の、わたしのベッドでぐっすり。

心・平　心配させやがって。さっき倒れたのは眠かっただけなんだ、きっと。

あさひ　ひどい。（と、笑って）

心・平の携帯電話にメールが届く。それを読み。

心・平　子供から。

あさひ　お子さんがいらっしゃるんですか。

心・平　娘がひとり。小学校の、四年生です。明日誕生日なんでプレゼントはなにがいいかってさっきメールを送ったら、いま返事が。なんて書いてあると思います？

あさひ　さあ。

心・平　ちょっと立ち入ったことを聞いていいかな。

あさひ　ひょっとして、身元調べ？

心・平　そう。きみと正午が長い間、別々に暮らしていたのはつまり　…

あさひ　わたしたちが七つの時に両親が離婚して、正午は父に、わたしは母親に引き取られたから

それで　…。どうして急にこんなことを？

心・平　娘が別れた父親のことをどう思っているのか、なにか参考になれば、と。

あさひ　別れた父親？

心・平　娘は別れた女房と一緒に暮らしているんだ。

（と言って、笑う）

あさひ　どうして笑うの？
心・平　ナイーブになってる自分がおかしくって。
あさひ　メールにはなんて？
心・平　これがまた笑わせる。なんにもいらないって
　言うんだ。
あさひ　可哀そうに。
心・平　同情してくれるの？
あさひ　子供は今しかないから、いつも現在進行形で
　生きているから、それがたとえ肉親であって
　も、自分の目の前からいなくなったひとのこ
　となんかすぐに忘れてしまうんです。でも
　時々、思い出したように、さっきのような甘
　いことばのメールを送ってこられたりすると、
　亡くなったはずのひとが甦ってきたみたいな
　気がして、それにどう対応していいのか分か
　らなくって混乱してしまうんです。
心・平　なんだ。可哀そうって言うからてっきりおれ
　のことかと。
あさひ　サイテー。
心・平　（手首を見て）「育児法」か。こんな手で育てられ
　た子供の行く末はどうなるんだろう？
あさひ　anybodey, sets down. みんなバラバラになれ、
　しがらみなどは捨てなさい　…
心・平　合鍵屋さんに催促の電話をして来ます。
あさひ　もういいでしょう。
心・平　いいんですか？
あさひ　下手に動くとドツボにはまる。要するにそう
　いうことなんだって学習したんだ、いまの娘か
　らのメールでね。『ゴドーを待ちながら』の
　ふたりの男のように、ただひたすら待ってれ
　ばそのうち誰かが
心・平　向こうの方から？
あさひ　やって来る。現状が正午の書いた戯曲ならそ
　ういう段取りになるはずなんだ。ほら、言っ
　てるそばから。
あさひ　お帰りなさい。

吉村が現れる。ぐっしょり濡れた男物のジャケッ
トを手に。

あさひ　遅い。
吉村　ごめん。
心・平　ひょっとして、それが約束の？
吉村　ええ、まさかの大物。
心・平　確かに小さくはないけど　…
あさひ　それを海で？
吉村　最後に釣り上げたんだ。これに見覚えない？
あさひ　ないわ。
吉村　ほんとに？　正午くん、こんなの着てなかった？　最後にきみと別れた時に。
あさひ　どうしてそんなこと？
吉村　ポケットにこんなものが入ってたから、もしかしたらと思って　…（と、自分のポケットからUSBメモリを取り出す）
心・平　ちょっと　……。（と、USBメモリを受け取り）こんなに濡れてたら読み出すのは無理だな。
吉村　そうか。じゃあこれは誰のものだかは　…
あさひ　それ。
吉村　なに？
あさひ　捨てるから。（と、ジャケットを受け取り、消える）
吉村　疲れたぁ。あれを釣り上げるの、大変だったんですよ。海水をたっぷり吸い込んでるから重いのなんの。おまけに、これが正午くんのものだったらどうしようって不吉な予感を抱えてるもんだから、ここまでの道のりが遠いのなんの。
心・平　おかしい。
吉村　え？
心・平　吉村さんはどうしてアレが正午のものだと？
吉村　だから、そのUSBがポケットに入ってたからそれで
心・平　それだけで？
吉村　いや、その前に、海面からアレが顔をのぞかせた瞬間、なぜかハッとしたんです、もしかしたらコレはって。それでポケットをさぐってみたら　…
心・平　少し飛躍がありすぎると思いませんか？
吉村　思ってしまったんだからしょうがないでしょう。直感ってやつですよ、いわゆる。多分、

心・平　そう多分、ずっと正午くんのことを考えているから脳の具合が、なにを見ても正午くんと結びつけるようになってしまってるんです。
吉村　吉村さん。あなたなにか隠していませんか。
心・平　隠す？　なにを？
吉村　だから、正午のことでなにか。
　　　どうしてわたしがそんなこと。心外だな。こんなに彼のことを心配してるわたしをつかまえて……

　　　あさひが戻って来る。

あさひ　ジャケットの内ポケットにこんなものが……（と、指輪を示す）
心・平　（それを受け取り）これは……！
あさひ　ええ。その指にある指輪と多分……
吉村　（ふたつを見比べ）同じ指輪だ。
心・平　どういうことだ？
吉村　だからわたしの直感が。やっぱりあれは正午くんのジャケットだったんだ。

　　　玄関のチャイムが鳴る。

あさひ　誰だろう、こんな時間に。（と、玄関へ）
吉村　警察に行きましょう。（と、心・平から指輪を取って）
心・平　警察？
吉村　正午くんはきっと事件に巻き込まれてる。

　　　あさひと、それに続いて米良が現れる。

吉村　刑事さん。（と、驚いて）
米良　よかった。まだいらっしゃったんですね。
吉村　わたしになにか？
米良　ええ、講義の続きを聞かせていただこうと思いましてね。
吉村　講義の続き？
米良　冗談ですよ。ハ、ハ、ハ。（と笑って）いや、例の女子高生殺しのカタがつきましたのでね、そのご報告がてらというのもなんですが、折り入って先生にお願いしたいことがありまして。

吉村　講義の続きではなく？
米良　先生は確か、北日本大学の方で教鞭をとっておられるというお話でしたが。
吉村　そうです。北日本大学で社会生物学を。
米良　実は、大学受験を控えたわたしの息子が、前からそっちの方面に進みたいと言っておりましてね。
心・平　吉村さん、月は？
吉村　なんです、いきなり。
心・平　月、出ていましたか。
米良　出てるんじゃないですか、今夜は天気がいいから。もちろん、そんなもの見ちゃいませんがね。わたしら月よりもホシをあげるのが商売なんで。ウマイ！　ハ、ハ、ハ。
心・平　出かけましょう。
吉村　出かける？　どこへ？
心・平　月夜の散歩です。
吉村　散歩？　今から？
心・平　今夜の月は木綿か絹ごしか、ふたりで現場検証するんですよ。
吉村　しかし、こちらの刑事さんがわたしに　…
心・平　グズグズしない！

　心・平、強引に吉村を引き連れ、出て行く。

米良　出来てるんですか、あのふたり。
あさひ　え？
米良　いや、あんまり仲がよさそうなんでね。妬いてるのかしら、ワタシ。
あさひ　……
米良　ハ、ハ、ハ。少し待たせていただいていいですか。
あさひ　構いませんけど。
米良　すみません。水を一杯。

　あさひ、黙って台所へ。

米良　あ、コップでいいんですよ。バケツは無理だ、こちとら馬じゃないんだから。ハ、ハ、ハ。
…バカ言ってるよ。（と、手首を手にする）

あさひ、トマトジュースが入ったコップを持って、戻って来る。

あさひ　どうぞ。
米良　水でよかったんですがね。
あさひ　ずいぶん悪酔いされてるようなので。
米良　余計なお世話も世話のうちってね。ハ、ハ、ハ。これは？（と、手首を示し）
あさひ　作り物です。
米良　いくら酔ってたってそれくらい分かりますよ。
あさひ　宅急便で送られてきたんです。
米良　ホー。送り主に心当たりは？
あさひ　ありません。
米良　不審物ですな。警察に届けは？
あさひ　出さないといけません？
米良　警察はお嫌いですか。
あさひ　別にそんなことは。
米良　いや、いいんですよ。誰にだって好き嫌いはあるんですから。わたしはこのォ、せっかく出していただいたのにこんなことを言うのもアレですが、このトマトジュースっていうヤツがダメなんですよ。この色この匂い、こんなドロっとしたものが、口から食道を通って胃の中に納まるのかと思うと、想像しただけで吐き気がするんです。
あさひ　お飲みにならないのなら…

あさひがテーブルに置かれたコップを取ろうとすると、米良はその手を止める。

米良　あなたがどうしてもとおっしゃれば…
あさひ　じゃ、飲んでください。
米良　いいんですか？　飲んだらわたし、吐きますよ。
あさひ　お好きなように。但し、後始末はご自分でやっていただきますから。
米良　きついなあ。（と言って、一気に飲み干す）フー。

あさひ　ご気分は？
米良　悪くありません。嫌いじゃないんですよ、あなたみたいな美人にこんな風にいじめられるのは。
あさひ　まだお酔いになってる。
米良　実は通報があったんですよ。こちらに切断された人間の手首が送られてきてる、事件だ、調べてくれって。
あさひ　女子高生ですね、二人組の。
米良　当事者からの依頼ならともかく、それだけじゃ警察は動けないんだって答えると、なんだか思わせぶりなことを言うんです。届け出ないのは、出来ない理由があるからだって。なにかあるんですか、警察嫌いのほかに。
あさひ　なんて言ったんですか、彼女たちは。
米良　こちらの斑目正午さんが女子高生殺しに関係してるからだ、と。
あさひ　……
米良　もちろん、この件はもうカタがついたんです。ついたからこそわたしもちょいとご機嫌がいいわけで。ただ少しその、いろいろ気になることがありましてね。例えば、斑目正午さんがもう何日も消息不明になっていること。この送り主の分からない手首。あるいは、吉村先生の正体も……
あさひ　彼がなにか？
米良　うちの桜井が吉村さんのことを少し調べたんですよ。わたしが命令したわけじゃなくヤツが勝手にやったことなんですが、北日本大学の方に問い合わせてみたところ、どうも吉村公三郎なんて先生は在職してないらしいんです。
あさひ　ああ、そのこと。
米良　驚いておられないところを見ると、ご存じだったんですね。
あさひ　初対面のひとにはちょっとした嘘をついてケムに巻く。彼に言わせると、これが短時間で親密になるためのエチケットらしいんです。
米良　いやいや、すっかり騙されました。田舎者なんでそんな作法があるとはつゆ知らず。

あさひ　子供の頃から魚が好きで、というのは本当らしいんです。でも、好奇心が旺盛というのか飽きっぽいというのか、いろんなことに手を出して

米良　例えば？

あさひ　大学では心理学を専攻したと言ってました。大学を中退してからは、株の売買、車のセールス、歯の技工士、ペットショップ経営、葬儀屋、占い師。

米良　それでいまはなにを？

あさひ　医療器具の販売を。

米良　ハ、ハ、ハ。（と、笑って）そりゃまたうって変わってマジメなお仕事に。

あさひ　マジメかどうかは……

米良　獣医をされてたこともありますね。ニセ獣医といった方が正確ですが。わたしどもの調べでは、免許がないのに診療行為をされたということで、一度逮捕されておりますが。

あさひ　それがなにか？

米良　もしかしたらご存じないのではないかと思いましてね。

あさひ　それは彼がまだ若い頃の話でしょ。

米良　過去は問わない、と。なるほど。しかし、あなたはそれでよくてもあなたの周りの、例えば正午さんが、そんな前科者との結婚を快く認めるとも思えませんが。

あさひ　兄のこと、刑事さんはなにもご存じないから。正午がこれまで重ねてきた犯罪に比べたら、吉村さんのおかした罪なんて可愛いものよ。男も女も子供も動物も、正午は動くものならなんでも殺したわ。それだけじゃない。詐欺、暴行、自然破壊、国家の転覆、歴史の捏造

米良　（思わず声を荒げて食い気味に）そりゃ作りものの世界の話でしょ、わたしはこっちの世界の話をしてるわけで。……（落ち着きを取り戻し）まあ、そんな物騒なモノをお書きになってる作家だからこそ、殺しの一つや二つはやりかねないと、田舎の素朴な女子高生は安易な推理に走ったわけですが。

あさひ　わたしがどんな男と一緒になろうと、兄はな

米良　んの関心もないんです。

あさひ　だって血を分けた兄妹でしょ。

米良　ずっと離れて暮らしていたから他人と同じです。

あさひ　どうも話がかみ合いませんな。

米良　刑事さんとは相性がよくないんですよ、きっと。

あさひ　正午さんからその後なにか？

米良　ありません。

あさひ　確か、五日前からここへはお戻りになってないという話でしたが。

米良　ええ。

あさひ　ということは、十日前、一ヶ月前、二ヶ月前にはここにいらっしゃったということですね。

米良　なにをお聞きになりたいの？

あさひ　一人二役説というのが浮上しているんです。

米良　一人二役説？

あさひ　例の女子高生たちは、あなたが斑目正午なのではないかと言ってるんです。

米良　わたしが正午？

あさひ　写真で見た正午さんとあなたは、あまりに似すぎていると。

米良　それだけで？

あさひ　似ているのは当たり前です、あなた方は双子なんだから。でも不思議なことに、近所で聞き込みをしてみたんですが、ここしばらく正午さんの姿を見かけたってひとが誰もいないんですよ。

米良　正午はここへ仕事のために来るんです。執筆にとりかかったら、ほとんど書斎に籠もりきりになって外へは出ないし、見かけたひとがいたら不思議なくらい。

あさひ　二ヶ月ほど前、ここで正午さんと会ってる人物がいます。中根すず枝。ご存じありませんか。

米良　さあ。

あさひ　この間殺された女子高生です。彼女は正午さんのファンで、こちらにお邪魔して戯曲集にサインして貰い、その時に撮った写真が親しい演劇仲間にも渡っていたとか。

あさひ　分かったわ。さっき彼女たちがわたしの写真を撮ったのは、彼女たちが持ってる写真と見比べるためだったんだ。

米良　中根すず枝は、正午さんにサインして貰ったサインペンも、宝物のように保管してたらしいんです。だから、ひょっとしたら指紋の照合も出来るかもしれないなんて、駆け出しの刑事みたいなことを言ってましたが。

あさひ　もしかしたら筆跡も？

米良　ええ、まあ……

あさひ　まるで犯罪者扱いね。

米良　念のために言っておきますが、わたしらがそうしろと言ったんじゃないんですよ、あくまでも彼女たちの方から……

あさひ　もしもあなた達のお望み通りわたしが正午だとしたら、どういうことになるの？

米良　そこです、問題は。常識で考えれば分別ある大人が、それこそホンソメワケベラじゃあるまいし、男になったり女になったり、そんな無意味なことをするわけがない。しかし、人間は道理に合わないことを平気でしでかす、度し難い動物です。長いこと刑事なんて仕事をしておりますとね、つくづくそう思いますよ。女子高生を殺した教頭などそのいい例で。ヤツは、ひそかに援助交際なるものをしていた中根すず枝が、ことあるごとに斑目正午の名前を持ち出すんで、それで嫉妬に狂って犯行に及んだと、こういうことらしいんです。信じられますか。かわいい孫もいる六十間近の男が、しかも、周りからは謹厳実直の見本のように思われてきた教育者がですよ、こんな他愛もない理由で簡単にひとを殺してしまうんです。

あさひ　わたしもそういう類の人間だと？

米良　よく似たふたりの人間のうちのひとりが姿を消した。奇妙な贈り物が届けられ、身近に得体の知れない、過去に犯罪歴をもつ者がいる。これだけ揃えば刑事でなくとも、そこになにか事件が犯罪がと考えるのがスジだとは思いませんか。

あさひ　ということは、いま姿を消しているのは斑目正午ではなく……？

米良　さっきわたしが握ったあなたの手の感触、とても男のものとは思えない。姿を消しているのは、もしかしたら消されてしまったかもしれないもうひとりは、正午さんの方でしょう。

あさひ　正午が消された？　なんのために？

米良　劇作家・斑目正午ならここからどういう展開に？

あさひ　わたしは正午じゃないから。

米良　こんなのはどうでしょう。あなたと吉村さんの結婚を彼がどうしても許さない。激しい口論になってその挙句、カッとなった吉村さんが……。

あさひ　あのひとはそんな、カッとなるようなひとじゃないわ。

米良　ひとは誰でも、心の中に仏と獣を抱えて生きてるんです。あなたも、もちろんわたしも。そう、時々わたしも、獣のように生きてみたいと思うことがあるんです。獣になって殺しでもやらかして、警察の捜査の網の目をかいくぐってまんまと逃げおおせたらどんなに楽しかろうと、そんな不届きな夢を見ることが……（と、いきなり崩れるように倒れる）

あさひ、振り返ると、二階からさきが現れる。

さき　死んだの？

あさひ　眠っているだけ。トマトジュースに睡眠薬を入れといたから、それで。

さき　怖いことする。

あさひ　だって、いつまでも酔っ払いの相手なんかしてられないもの。

さき　分かるけど。

あさひ　気分は？

さき　もう大丈夫。それにしても間抜けな寝顔ね。

あさひ　きっと不届きな夢でも見てるんだわ。

さき　いい気なもんね。好きなだけ長台詞を喋って疲れたらひと休みだなんて。

あさひ　いまの刑事の話、聞いてたの？

さき　ずっと階段で。どこで出ようか待ってたんだけど、なかなかキッカケがつかめなくってイライラしちゃった。どこにハケる？

あさひ　ハケる？

さき　こんなモノ、ここに置いといたら芝居の邪魔でしょ。

あさひ　そうね。外のゴミ置き場ってわけにもいかないから、とりあえずお風呂場へ。

さき　（米良の片足を持ち上げて）……重〜イ。

あさひ　人間は血の詰まった袋だって誰かが書いてたけど、ほんとだわ。

ふたり、米良をひきずって浴室へ。
部屋の明かりが二度三度、アオる。
さきが戻って来る。少し間をおいて、あさひも。

さき　心・平さんは？

あさひ　吉村さんと散歩に。

さき　月夜の散歩？

あさひ　ええ。

さき　そうか。じゃ、あれは夢じゃなかったんだ。ううん、そうじゃなくって、夢と現実がごっちゃになってる。心・平さんが、今夜の月は木綿か絹ごしか、ふたりで現場検証するんだって言って出かけたところまでが本当で、ふたりがトボトボ暗い夜道を歩いて浜辺まで行って、空に昇ってる月と鏡のような静かな海面に映ってる月と、どっちが木綿でどっちが絹ごしだろうって、腕組みしながら考えてる後姿は、もちろん夢にきまってる。

あさひ　なんだか今度のお芝居にそんなシーンがありそうね。

さき　そうなの、いいところなの。そろそろわたしの出番かなと思って息をひそめて待ってたら、あの刑事が、「一人二役説が浮上してるんですが」なんて言いながら、下手の袖からしゃしゃり出てきたのよ。ムカツイタ。

あさひ　もしかしたらそれも夢で、あなたはまだその夢の中のお芝居を見続けているのかも。

さき　もしかして、わたしのことなめてる？

あさひ　そんな……

さき　悪いけど、あんたが思ってるほどバカじゃないのよ、わたしは。この手首の送り主が誰なのか、そんなことだってすっかりお見通しなんだから。

あさひ　誰なんですか？

さき　もちろん、マエダショウヘイなんかじゃない。大体、読み方が間違ってる。夢のお告げがあったのよ。あれは正しい平らと書いて、マサヒラと読むの。マエダマサヒラ。それをアルファベットで書いて、並びを少し変えると、ア～ラ不思議、誰かさんの名前が浮かび上がってくる仕掛け。

　　正面奥のカーテンにぼんやりと、ＭＡＥＤＡ　ＭＡＳＡＨＩＲＡの文字が浮かび、それらが、さきの台詞に従ってゆっくり移動する。

あさひ　誰かさん？

さき　知ってるくせに。

あさひ　分からないわ。

さき　じゃ、教えてあげる。まず、ＭＡＳＡＨＩＲＡの頭文字のＭをＭＡＥＤＡのＥの前に移動して、ＭＡＳＡＨＩＲＡのラ、ＲとＡも苗字の方に引越しさせるとどうなる？

あさひ　マメダラ？

さき　なにとぼけてんの、マダラメでしょ。それで、三文字抜けて寂しくなった名前の方には？　なにが残ってる？

あさひ　Ａ（エイ）、Ｓ（エス）、Ａ（エイ）、Ｈ（エイチ）、Ｉ（アイ）。

さき　あさひ。そうよ、マエダマサヒラは斑目あさひなの。違う？

あさひ　誰がこんなこと……？

さき　正午でしょ。でなければあなた。どっちにしたってふたりで遊んでるのよ。ああでもないこうでもないって額にハテナマークを浮かべながら、ない知恵絞ってるわたしたちを見て、いまのあんたみたいに、正午もどこかで腹を抱えながら笑っているのよ。

あさひ　……

さき　正午はいまどこにいるの？　知ってるんでしょ。

あさひ　……

さき　どうして隠すの？　なにか言えない理由でもあるわけ？　いつまで続けるつもりなの、こんな見え透いたお芝居を。

あさひ　……

さき　どうしてなにも言わないの？　あなたが黙ってるとわたしの台詞がどんどん長くなるんだけど、いいの？　それでも。

あさひ　……（微笑を浮かべて）

さき　あ、笑ってる。分かった。じゃ、わたし、いい気になってドンドン喋るから。なにから話せば……。そう、ここに着いた時からわたしずっと、な〜んか変だと思ってた。本当にここで正午は仕事をしてたのかって。だって、正午がいたって痕跡がこの家のどこにも、なにひとつないんだもの。いなくなってたった五日で、正午の匂いがこんなにきれいに消えるはずがない。この女、嘘をついてる。なぜ？　どうしてそんな嘘をつかなきゃいけないの？　正午と会ったのは今年の三月、劇団のみんなと一緒に飛鳥山へ花見に出かけたのが最後。あれからぷっつり音信は途絶えてる。なぜ？　正午の身になにかあったの？　なにがあったの？　そもそも双子の妹がいるなんてこと、どうしてずっと黙ってたの？　なにか秘密があるの？　なんなのそれは。分からない。なにがどうなってるのか、なにひとつ分からない。不安がどんどん募って、それが喉元あたりまでこみ上げてきたところに、心・平さんがsets downは切断だなんて言うから、フーっと意識が遠くなって、気がついたらわたしはベッドの中にいて。……夢かと思った。あのあなたのベッドにあった枕、あれは正午のものね。正午はあのベッドで眠ってた。それもそんなに前のことじゃなく、まだ五日も経ってないはず。だって、懐かしい正午の匂いが残ってる。もしかしたら、そう、夢の中でマエダマサヒラの読み替えを教えてくれたのも、きっと正午だったんだわ。
あさひ　夢かしら。それは夢の中の出来事かしら。眠ってるあなたの耳元で、正午がそっと囁いたんじゃないの、わたしの名前を。
さき　正午はいるのね、この家のどこかに。
あさひ　会いたい？
さき　会いたいわ。
あさひ　だって、別れたんでしょ。
さき　聞いてるの？　わたしのことを。
あさひ　年上の女とつきあってたけど別れたんだって。聞いたのはもう一年以上も前のことよ。
さき　ほかには？
あさひ　それだけ。それ以上聞きたくもないし。
さき　このドア（書斎）のむこうにいるのね。
あさひ　匂うわけ？　さっきはなにも感じないと言ったのに。
さき　開けて。
あさひ　呼んでみれば？　正午の名前を。
さき　この部屋で正午はなにをしてるの。
あさひ　知らない。わたしは一度も入ったことがないから。
さき　なんなの？　あなたと正午。
あさひ　兄妹よ。七つの時に別れて、それから二年前までずっと離ればなれに暮らしてた……
さき　正午はどうしてあなたのベッドで寝ていたの？
あさひ　あれはわたしのベッドよ。
さき　それは？　もしかして、ひとつのベッドでふたりは一緒に寝てたってこと？
あさひ　そうよ。わたしたちは母親のお腹にいる時から七度目の夏が来るまでずっと、ふたり抱き合って眠っていたの。
さき　嘘よ。
あさひ　正午に会って確かめたらいいわ。

さき、ゆっくりドアに近づき、ノブに手をかける。

あさひ　鍵がなければ開かないわ。

あさひ、部屋の片隅に積んである本の間から、封筒を取り出す。

さき　それは？

あさひ　「鍵の夢」。

さき　鍵の夢？

あさひ　夢の鍵じゃないのよ。こんな封筒の上に鍵が置かれてる、マン・レイはそんな絵を描いて「鍵の夢」ってタイトルをつけたの。

さき　ウザい、マン・レイ。

あさひ　（微笑して）……

さき　この部屋の鍵は正午が持ってるというのも、合鍵屋に電話をするって言ったのも、みんな嘘だったのね。

あさひはなにも答えず、封筒から鍵を取り出し、それを書斎の鍵穴に差し込み、部屋のドアを少しだけ開ける。

あさひ　開いたわ。

さき　あなた、誰なの？

あさひ　斑目あさひ。正午の妹よ。（と、部屋の中に入って）兄さん、さきさんがいらっしゃったわ。

（と、声だけが聞こえる）

さき、吸い込まれるように部屋の中に入っていく。ドアが閉められる。

と、部屋の中で音楽が流れ出す。しばらくして……

あさひが出てきて、ドアに鍵をかけ、その鍵を封筒に入れて、もとあった本の間に差し入れ、バスルームに消える。

正面奥のカーテンが開いて、吉村が現れる。そして、音楽が聴こえる書斎にむかい、ドアノブを回してみるが、もちろん、ドアは開かない。と、その時、バスルームからシャワーの音が。

吉村はバスルームの方に消える。

吉村の声　あさひか？

あさひの声　そうよ。

吉村の声　なにしてる？

あさひの声　来ないで！

部屋の明かりが二度三度明滅して、暗くなる。音楽もプツンと消える。
少し間。中央奥に小さな明かりが。ペンライトを手にした心・平が立っている。
ペンライトで部屋のあちこちを照らし出す。テーブルの上に手首。でも、よく見ればそれはそれまでそこにあった右手ではなく、左の手首。すり替わっている！　しかし、この驚くべき事実に心・平は気づかない。おそらく、観客も……？

心・平　誰もいない。なにがあったんだ。（叫ぶ）おれがいない間になにがあったんだ！

二階から懐中電灯の明かり。そして、あさひが階段を下りてくる。

あさひ　お帰りなさい。
心・平　なんだ、いたのか。驚かさないでくれよ、こう見えても気が小さいんだから。
あさひ　ごめんなさい、パソコンの電源を入れたら急に部屋の電気が。ブレーカーが落ちたみたい。近くまで来たら、家の明かりが突然消えるし、玄関のドアは開かないし、てっきりなにかあったかと……
心・平　だからってなにもあんな大きな声を出さなくても。
あさひ　気が小さい分、声はでかいんだ。刑事は？帰ったの？
心・平　明日また出直すって。
あさひ　寒いな。閉めよう。

心・平、正面の窓とカーテンを閉める。

あさひ　いつもそんなものを持ち歩いてるんですか。
心・平　これ（ペンライト）？　商売道具だから。暗いのも苦手だし。昔、役者をやってた時、暗転中に舞台から客席に転落したことがあるんだ。
あさひ　焦ってはいけない。

心・平　だから自戒をこめて、心・平なんて名前にしたんだけど。
あさひ　心を平らに？
心・平　全然ダメだ。

ふたり、笑う。

心・平　そういえば、正午が書いた「なのはなはなのな」って芝居に、こんなシーンがあった。
あさひ　どんな？
心・平　暗いなかで男と女がペンライトを持って、別れるだの別れないだのって延々話すんだ。
あさひ　それで？
心・平　空から蝶の羽がはらはらと降ってくる。ふたりはそれに明かりをあてて黙って見ている。おしまい。
あさひ　(見上げて)……なにも落ちてきそうにないから明かりつけます。

あさひ、玄関の方へ。入れ替わるように、音もなく吉村が現れ、そっと心・平の背後に迫る。そして、手にしたレンガ大の〝白いもの〟を、心・平の脳天めがけて振り下ろそうとしたその時、パッと明るくなる。

吉村　わっ！(と、驚きの声)
心・平　(その声に驚き)わっ。……吉村さん！
吉村　ああ、もう！　びっくりさせようと思ったのに。
心・平　帰ってたんですか。
吉村　わたしの勝ちだ。
心・平　あんた、走ったでしょ。
吉村　そんなズルはしません。
心・平　だってこっちは一本道を来たんですよ。
吉村　あなたは気がつかなかったかもしれませんが、あの道は微妙に蛇行してるんです。昔から言うでしょ。「遠くて近きは男女の仲、近くて遠きは田舎の道」って。
心・平　おかしい。
吉村　(笑って)ほら、これがさっき話してたこの土心・平　地の名物、石豆腐です。
吉村　（豆腐を手に持ち）確かに。その名に恥じない固さと重さ。
心・平　これで頭を殴られて気絶した人がいるって話も、満更嘘とは思えないでしょ。
吉村　そこまで固くは……
あさひ　でも、鍋に入れて肉だの野菜だのと一緒に食べたらおいしいんですよ、これが。
吉村　（現れて）夕食にします？
心・平　そうしよう。腹が減っては戦は出来ぬって言うし。
あさひ　ささきは？
心・平　まだお休みに。
吉村　この非常時にどれだけ寝てりゃ気が済むんだ。
心・平　いいじゃないですか、この方が静かで。
吉村　あいつは稽古場でも自分の出番のない時はいつも寝てるんですよ。ささき、起きろ！
　お静かに。この隣近所は年寄りが多いんで、この時間には皆さんもうおやすみになってるんです。起こしてきます。
あさひ　わたしが行くわ。
吉村　そうだね。女性が寝てるところへ男のわたしが行くのも……
あさひ　お鍋、火にかけといてくれる、骨付きのお肉を入れて。
吉村　スープをとるんだね、分かった。

吉村はキッチンへ、あさひは二階へ。

心・平　おかしい。三角形の一辺は他の二辺の和より短いはずなんだ。抜け道があるのかな。抜け道？　そうだ、おれはなにか重要な事実を見落としてるんじゃないだろうか。あるいは簡単なトリックを。吉村さんが走って先にここへ到着したような、誰もが考えつきそうなルール違反を。（と、なにげなくテーブルの手首を手にする）

玄関のチャイムが鳴る。「ハーイ」という吉村の声。刑事の桜井、続いて、吉村が現れる。

桜井　どうも。米良さんは？　こちらに来てるはずなんですが。
心・平　帰ったみたいだよ、明日また出直すって。
桜井　おれが来るまで待ってるって言ったんスよ。
吉村　携帯に電話してみれば？
桜井　持ってないんスよ、携帯は持たない主義だって。ふざけんなよ。
心・平　急用なの？
桜井　鑑識の結果が出たんでその報告を。
心・平　鑑識？
桜井　失踪している斑目正午と双子の妹は、実は同一人物じゃないかって疑いがあったんでそれを。
吉村　誰ですか、そんなバカなことを言ってるのは。
心・平　それで結果は？
桜井　ふたりは別人だってことに。
吉村　当たり前だよ。そんな、税金の無駄遣いもいいとこだよ。
桜井　あのクソオヤジ、今日中に報告しろって言うからわざわざ来たのに、無駄足踏ませやがって。
心・平　家の方に電話をすれば。
桜井　どうせどっかで飲んだくれてンですよ。家に帰ったって誰もいないから。
心・平　だって家族が……。
桜井　家族がいるって言ったんですか？
吉村　息子がいるって。嘘なの？
桜井　あなたの身分詐称に比べたら可愛いモンじゃないですか。
吉村　身分詐称？　わたしが？
桜井　調べはついてるんですよ。
吉村　ド、どういう意味だ、それは。
桜井　（それに応えず）さきさんは？
心・平　二階で寝てる。
桜井　桜井はずっと応援してるって伝えて下さい。失礼します。（と、去る）
吉村　失敬な。なにを言ってるんだ、あの刑事。
心・平　大学の先生じゃなかったんですか。
吉村　違います。

心・平　違うんですか。

吉村　嘘なんです。

心・平　嘘。

吉村　あ、いやそうじゃなくって、出鱈目なことを言ってるんです、あいつは。

心・平　なんのために？

吉村　疑ってるんですか、わたしのことを。

心・平　あなたが大学の先生であろうとなかろうと、そんなことはどうでもいいんですが……

吉村　いけない。スープのアクをとらなきゃ。（と、キッチンへ消える）

心・平　どうなってるんだ、いったい。おれはずっと、まるで正午探しの探偵気取りでここまできたが、よく考えればなにも知らないんだ。あの吉村と名乗る男が誰なのか。あさひって女も、確かに正午と瓜二つだが、本当に正午の妹なのかどうか。彼等がそうだと言ってるだけで、おれはその確証をつかんでいるわけじゃない。（部屋を見回しながら）この家のことだって。開かずの部屋になってるこの書斎はもちろん、いまあの男が消えた台所がどうなっていて、さきが寝ている二階の部屋になにがあるのか、なにひとつ知らないし。そうだ、この家のトイレにだってまだ一度も入ってないんだ。（手首を手にして、書かれた文字を読む）anybody, set up. ……セットアップ?!　なんじゃ、こりゃ！

吉村　（現れて）どうかしましたか。

心・平　テ、手首がすり変わってる。

吉村　手首が？

心・平　右が左に、ダウンがアップに。

吉村　（手首を受け取り）ほんとだ。anybody, set up.

心・平　みんな準備せよ？　なんの準備をするんだ。

吉村　セットについてたSが消えてる。これにもなにか意味があるんでしょうか。

心・平　落ち着け。心を平らにしていまなにが起きていて起きつつあるのかを考えるんだ。まず、いつ誰がなんのためにわざわざ手首をすり変えたのか。

吉村　わたしたちがここを出て行った時には確かま

心・平　だ……
吉村　そう。まだanybody, sets down.と書かれた右手首だったはず。
心・平　わたしが帰って来た時も手首はこのテーブルの上にあって、あれも多分、いや、確かに右手。
吉村　その話が本当だとすれば
心・平　間違いありません。
吉村　暗がりの中、おれがペンライトで照らしたあの手首は……、これだ。変わっていたのに気づかなかった。
心・平　そうか、あの停電の間に誰かがすり変えたんだ。
吉村　誰だ？　犯人は。
心・平　わたしじゃありませんよ。
吉村　その話が本当だとすれば……
心・平　あさひ？　まさか……！
吉村　しかし、あの停電の時にこの部屋にいたのは彼女以外に……

あさひが階段を降りて来る。

あさひ　彼女が。
心・平　ささきがどうかしたんですか。
あさひ　いないんです。
心・平　いない？
吉村　Sが消えた……！
心・平　だってきみはさっき、ささきは二階で寝てるって言ったじゃないか。
あさひ　ええ、でもこの目で確かめたわけでは。
心・平　見ていない？
あさひ　隣の部屋で仕事をしていたんです。
吉村　あさひはコンピューターでCGを
心・平　ささきが黙ってここから出て行くはずがない。
吉村　拉致された？
心・平　だったら物音くらいするでしょう。
吉村　ということは？
心・平　この家のどこかにいるってことですよ。
吉村　隠れてる？
心・平　彼女（あさひ）がわたしをからかっているの

でなければ。二階を見せてもらっていいですか。

あさひ　どうぞ。

心・平、あさひ、二階へ。

吉村　（手首を手に取り）anybody, set up. 日本語に訳すと、セットアップは、「仕事」「身のこなし」、それから確か、「罠」「八百長」なんて意味もあったはず…。オッと、スープのアクをとらなきゃ。（と、手首を持ったままキッチンに消える）

心・平、あさひ、戻って来る。

あさひ　彼女の携帯に電話してみたらどうですか。

心・平　その前に、きみに確認しておきたいことが。

あさひ　なんでしょう？

心・平　わたしがいない間に合鍵屋は？

あさひ　来てません。

心・平　ほんとに？

あさひ　ええ。

心・平　おかしいな。どういうことなんだろう？　合鍵がなければ開かないはずの書斎のドアが、開けられた形跡がある。

あさひ　そんなはずは　…

心・平　ドアに貼っておいたビニールテープがなくなってるんだ。

あさひ　ビニールテープ？

心・平　わたしのこのコートのポケットには、演出家の七つ道具が入ってる。（と、ポケットからテープを取り出し）まさかとは思ったが、こういうこともあろうかと、これをここにこういう具合に貼っておいたんだ。（と、テープを短く切ってドアの下方に貼り）……誰かがこのドアを開けたんだ。きみでなければ、正午が戻って来ているか、あるいは、この部屋の中にいた誰かが。　…珍しく動揺しているところを見ると　…

吉村　（現れて）それはわたしが。

心・平　あなたが？

吉村　ええ。わたしが剥がしたんです。なんでこんなところにこんなものがと思って。

心・平　やってくれますね。

吉村　申し訳ない。そんな仕掛けになってるとは知らなかったから。

心・平　いつ剥がしたんですか。

吉村　いつ？　いつだったかな。はっきりとは覚えてないけど　…

心・平　あなたがこのドアの近くにいたのは　…

吉村　そうだ、あの時。あなたがアニキってひとに電話してる時に

心・平　あの時はまだ貼ってなかったんですが。

吉村　ええ、まだ貼ってなかったんです、あの時は。だから、　…いつテープを？

心・平　あなたが釣りに出かけた後です。

吉村　そうか。だからあなたがそんなことをしてたのに気がつかなかったんだ。

心・平　で、ビニールテープはいつ？

吉村　重要なことなんですか、それは。

心・平　開かないはずのドアが開けられてるんですよ。

吉村　いつ剥がしたんだろう？

心・平　少なくとも、あなたが釣りから帰ってきてわたしと一緒にこの部屋を出て行くまで、あなたは一度もこのドアに近づいていないはずですが。

吉村　そんなこと、よく覚えてますね。

心・平　商売柄、ひとの立ち位置には敏感なんですよ。

吉村　思い出しました。さっきです、さっき帰って来た時に　…

心・平　さっきしたばかりのことを忘れてたんですか。

吉村　だからもうそういう歳なんですよ。古い記憶は鮮明に残っているのに、うっかりすると昨日の朝はなにを食べたか、一日経つともう忘れてる。

心・平　あなたは健忘症だ、それも相当重症の。

吉村　ひどいことを。

心・平　だって、してもいないのにしたって言うから。

吉村　しました。剥がしたんです、わたしは。そう、そんな白いテープがここんところに貼ってあったからそれで　…

心・平　それは今どこに？

吉村　捨てましたよ。そんなビニールテープの切れ端なんか大事に持ってるわけないでしょ。

心・平　じゃ、ゴミ箱かなにかに？

吉村　多分、キッチンの。そんなに疑うんなら、ゴミ箱ひっくり返して探して来ますよ。（と、行こうとする）

心・平　そんなところにはありませんよ。あるはずがない。あったら嘘だ。だって、このドアにはビニールテープなんて貼ってなかったんだから。

吉村　!?　そ、それはどういう……？

心・平　やっちゃいましたね。

吉村　セットアップ。ひっかけだったのか。

心・平　吉村さん、演出家の目から見るとあなたは動きすぎです。困ったときにはジタバタしないで、彼女のように黙って立ってればいいんですよ。あなたがキッチンでジッとしていれば、彼女はこの場をなんとか切り抜けたはずなんだ、これまでのように。

吉村　わたしは動きすぎ。おっしゃる通りだ。吉村公三郎はここで登場すべきではなかった。Start again from the beginning. 振り出しに戻しましょう。みんな忘れて下さい、わたしがここにいたことは。改めて出直します。わたしの使命はアクへの挑戦。（と、台所に消えスタート！（と、キッチンから叫ぶ）

心・平　誰が開けたんだ、このドアを。

あさひ　どうして開けたって分かるの？　もともとビニールテープは貼ってなかったんでしょ。

心・平　なぜ隠す？　なにか知られたくない秘密でもあるのか、この部屋の中に。

あさひ　そんなに知りたい？

心・平　開けたのはきみか。

あさひ　そうよ。あなたが言ってたようなノートやメモが見つかればと思って。

心・平　嘘はもういい。言うのも聞くのも疲れるんだ。合鍵は？　持ってるんだろ。

あさひ　分からないわ。

心・平　もう嘘はよせって。

あさひ　そこに積んである本のどれかに挟んであるはずなんだけど、思い出せないのよ、それがどれだったのか。

心・平　合鍵なんかなくても、ドアを開ける方法はいくらでもあるんだ。

あさひ　体当たりでもするつもり？　せっかちな探偵のように。

心・平　ドアに穴を開けて、そこから手を入れて中から鍵をあける。

あさひ　ドアに穴を？　どうやって？

心・平　さっき話しただろ、このコートのポケットには七つ道具が入ってるんだって。

あさひ　動きすぎるのは吉村さんだけじゃないようね。焦るな。心を平らにして待つ。ひたすら待つんだっておっしゃったのは誰？

心・平　このドアの向こうに正午がいるのか。もしかしたらささきも一緒に。

あさひ　いるって言ったらどうなるの？　おかしなことにならない？　だって、あなたがここに来てからもうずいぶんになるのに、正午は一度も顔を見せないのよ。

心・平　だから、だから正午はこの部屋で死んでるんだ。

あさひ　ささきさんは？

心・平　あいつはその秘密を嗅ぎつけたからそれで……

あさひ　わたしが殺したの？

心・平　正午は死んでる。だからなんの連絡もよこさない。こんな小学生でも分かりそうな理屈にどうしていままで気がつかなかったんだろう。マン・レイの《自由な手》に似せた手首を送ったのも、その手のひらに思わせぶりな文字を書きつけたのも、もちろん手首のすり替えも、みんなきみがやったんだ。多分、吉村さんも協力してる。冷静に考えれば、海でジャケットを釣り上げるなんて、安直なテレビドラマならともかく、そんなこと現実にあるはずないんだ。

あさひ　どうしてわたしはそんな手の込んだことをする必要があるの？　アレもコレも、言ってみれば正午の危機を知らせるサインよ。もしもあなたが警察に届けたりしたら、すべてが明らかになってしまうかもしれないのよ。

心・平　そんなことはしないって踏んだんだろ？　とにかく、おれとささきに、いかにも正午好みの拵えをして、姿はみえないけど正午はどこかにいるって思わせたかったんだ。明日になればおれたちは東京に帰る。公演は間近に迫ってる。たとえ正午のホンはなくても幕を開けないわけにはいかない。これからは徹夜徹夜でもう正午のことなんか構ってはいられない、そうなるに決まってる。だから、今日この一日を切り抜ければなんとかなると思ったんだ。でもささきが、きみから見れば余計なことをしてくれた。お陰で、開けるつもりのなかった書斎のドアを開けなければならなくなった。それでおれが仕掛けた罠にはまった、と。

あさひ　素晴らしい推理ね、それこそ安直なテレビドラマ顔負けの。この五年、正午がずっと一緒に仕事をしてきた演出家っていうから、どんなひとかと思っていたら。正午はあなたのこと、買いかぶっていたんだわ。

心・平　このドアを開けろ。

あさひ　仮に、このドアの向こうに正午がいるとして。あなたが来てるのに、来ていることはとうに知ってるはずなのに、正午はここから出てこない。だから正午は死んでるって言うのね。でも、もっと普通に簡単に考えたらどう？　あなたが誰かの部屋を訪ねる。確かにそこにいるはずなのに、いくらドアをノックし、部屋のチャイムを鳴らしても、会いたい相手は出て来ない。そんな場合、あなたは普通どう考える？　自分に会いたくないからだと思わない？

心・平　少なくともおれの知ってる正午はそんな無礼な男じゃない。

あさひ　そうよ。正午はもうそんな無礼な男じゃないわ。

心・平　なんだ、もうって。

あさひ　わたしと正午は一卵性の双生児なの。
心・平　なにをいまさら。そうじゃないって言っても信じない。きみたちは似てる、似すぎてる。初めてきみを見た時、もしかしたら正午が女装をしてるのかと思ったくらい……、え？ まさかきみは……
あさひ　正午じゃないかって？ あきれた。正午とわたしの見分けもつかないの？ 芝居の演出なんて猿でも出来るって正午が言ってたけど、ほんとね。
心・平　あの野郎！
あさひ　だから、野郎じゃないのよ、正午は。
心・平　？ なにを言ってるんだ…？
あさひ　一卵性の双生児は、男と男、女と女しか、アリエナイ。
心・平　まさか…！
あさひ　だから正午はずっとわたしがいることを隠していたのよ。双子の妹がいることを知られたら、正午は男じゃないってことが分かってしまうから。
心・平　どうしてそんなことを…
あさひ　男の子がほしかったからでしょ。親のエゴよ。だから正午を男の子として育てた。とんでもない育児法。
心・平　言われてみれば、劇団のみんなと温泉に行っても、あいつは一度も一緒に…
あさひ　いろんな面倒があったけど、それをひとつひとつクリアしていくのがゲームみたいで楽しかったって。秘密を抱えながらひととは違う生き方をしている自分を、誇らしく思っていたって。でも、二年前にわたしと会ってから…
心・平　女に目覚めた？
あさひ　自分が誰だか分からなくなったって。
心・平　だからいまは誰にも会いたくない、と。
あさひ　正午は男と女に引き裂かれてしまってる。左右ふたつに切断された手首は、多分そのことを暗示してるのよ。
心・平　I am an enigma.
あさひ　もちろん、宅急便で送ったのも、すり替えたのも正午よ。

心・平　わたしは謎だ。

あさひ　「MOMENT 絹ごしの月」はもう少しで書きあがるはず。待てるものなら待っててあげてほしいわ。

心・平　どれだけ待てば？

あさひ　…聞いてくる。

心・平　誰に？

あさひ　正午以外に誰がいるの？

あさひ、一冊の本から封筒を取り出し、書斎のドアの前で立ち止まる。

あさひ　（心・平を振り返り）あなたは入れないのよ。ここは男子禁制になってるの。

心・平　ささきはどこに？

あさひ　夢のお散歩でもしてるんでしょ。（と、ドアを開けて、中に消える）

書斎のドアが閉められる。

心・平　夢の散歩だ？

心・平、携帯電話を取り出して、電話する。
吉村、現れる。

心・平　なにか？

吉村　そろそろわたしの出番ではないかと。

心・平　クソッ、つながらない。

吉村　どこに電話を？

心・平　ささきです。

吉村　彼女ならおそらくその部屋に。

心・平　やっぱりそうか。

吉村　ウンともスンとも言わないところをみると、きっとまた失神してるんですよ。

心・平　失神してる？

吉村　ええ、信じられない光景を見せられて。

心・平　？　どうしてあんたにそんなことが分かるんだ。

吉村　あなたとあさひのやりとりはずっとキッチン

で聞いていました。あさひは、安直なテレビドラマ並だなんてずいぶんなことを言っていましたが、あなたの推理のいくつかは当たってるんです。手首を送ったのも、すり替えも、思わせぶりなことばを考えたのも、正午くんではなく、あさひです。なぜそんなことをしたのか。これもあなたの推察通り、正午くんがどこかにいると思わせるためです。でも、ここからは違う。正午くんは確かに存在する。それを誰よりもかたく信じ、強く望んでいるのは誰か。あさひです。あさひはあなたたちの目を誤魔化すためでなく、自分のために、あんな手の込んだトリックを仕掛けたんです。

心・平　正午はいまどこに？

吉村　書斎の簡易ベッドで横になってるはずです。さきさんは多分、それを見て……

心・平　正午は死んでる？

吉村　でもあさひは、ただちょっと眠ってるだけだと思っているのです。

心・平　信じられない。

吉村　あさひは病気なんです、可哀そうに。両親が亡くなって、ずっと会いたいと思っていた正午くんとようやく一緒に暮らせるようになったと思ったら、こんなことになってしまって。

心・平　彼女は書斎でいまなにを？

吉村　だから、正午くんに代わって、というより、正午くんに変身をして、原稿を書いてるんです。

心・平　正午の死因は？

吉村　自殺です。

心・平　なぜ？　どこでどうやって？

吉村　そんなこと、あさひに聞けるわけないでしょ。ただ、亡くなってまだそんなに時間は経っていないはずです。長くても、せいぜい十日か二週間。死体を見てないのではっきりしたことは分かりませんが。

心・平　おかしい。

吉村　なにが？

心・平　死体も見てないのに、どうして正午が死んだ

吉村　と分かるんですか。

心・平　それはあさひが　…

吉村　だって彼女は正午は生きてると思ってるんでしょ。自分から正午が亡くなったなんて言うはずがない。

心・平　あさひは時々、あさひではなくなるんです。

吉村　だから？

心・平　正午くんとしか思えないようなことを、言ったりしたりするんです。

吉村　だから？

心・平　止午くんが生きてたらそんなことをする必要ないでしょ。

吉村　…分からない。

心・平　わたしにも分からないんです、あさひのことが。でも、ひとは往々にして分からない相手に興味を持ち、もっとよく知りたいと思う気持ちがいつしか愛に

吉村　（遮って）そうじゃない。分からないのはあなたです。

心・平　わたし？

吉村　その程度の話でわたしが正午の死を納得すると思ってる、あなただ。

心・平　彼女は死臭がするんです。

吉村　シシュウ？

心・平　シシュウと言ってもポエムじゃありませんよ。

吉村　分かってます。こんなことをする刺繍でもなくて。

心・平　死の匂い。あなたは素人だから気づかないかもしれませんが、わたしは長く魚やいろんな動物を扱ってきましたからね、分かるんです。

吉村　だからって正午が死んでることには　…

心・平　分かりました。（と、キッチンへ）

吉村　またスープのアク取りですか。

心・平　あなたはわたしの話を信じない。動かぬ証拠を持ってきます。（と、消える）

心・平、ゆっくりと書斎に近づき、ドア前で中の物音に耳をすましている。そして、体を屈め、鍵穴を覗こうとする。

「覗いちゃダメ！」と叫んで、吉村が戻って来る。

手に石豆腐。

吉村　いまあさひは必死に、それこそ「鶴の恩返し」の鶴が自分の羽根を抜いて機を織るように、骨身を削って原稿を書いてるんですから。

心・平　なんですか、それは。

吉村　石豆腐です。

心・平　それがなんの証拠に？

吉村　ＵＦＯは存在するんです。アフリカの大蛇は大型バスだってひと飲みするんです。

心・平　なにを言ってンだ、あんた。

と、言い終わらぬうちに、吉村はいきなり持っていた石豆腐で心・平の頭を殴りつける。心・平、気絶して倒れる。

吉村　ほら、わたしの話は本当だったでしょ。石豆腐で頭を殴られたらひとは気絶するんです。信じようと信じまいと、この世ではなんだって起きるんだ。

書斎から、あさひが原稿の束をもって現れる。入って行った時とは衣装が変わっている。（特に男っぽいものである必要はない）

吉村　やあ、正午くん。原稿書けたの？

あさひ　ああ、疲れた。（と、原稿をテーブルに置き、ソファに座る）

吉村　おめでとう。これで当分ぐっすり寝られるね。

あさひ　それはどうかな。

吉村　お腹すいてない？　鍋でよければすぐに食べられるんだけど。

あさひ　いい。しばらく上で横になる。心・平さんもおやすみのようだし。（と、立ち上がって、二階へ）

吉村　原稿、読んでいいかな。

あさひ　分かるかな、吉村さんに。（と、消える）

吉村　おやすみ。

あさひの声　おやすみなさい。

吉村　（原稿を手にして）あれ、タイトルが変わってる。

「マダラ姫」。いいのかな、こんなことして。(頁を繰って、読む)冬も間近の北国の海辺の、瀟洒な別荘。舞台奥の大きく開かれた窓のむこうに、海が広がっている。上手側に、玄関・キッチン・バス・トイレ、二階に至る階段が。下手側には書斎があって、そのドアはかたく閉ざされている。昼下がり。舞台中央にテーブルとソファ。スミスとルイスはソファに。ルイスの背後に立っているギルバートは、時々キッチンの方を盗み見ている。舞台はどこだ？　アメリカというより、イギリスって感じかな。スミス「いったいこれはどういうことなんだろう、小さなオスはどこにいるんだろう？　ほかの岩礁のハレムもいくつか調べてみたんですが、やっぱりどのグループのオスも一尾いるだけで、」……どっかで聞いたような台詞だな。(頁を繰って)ファロン「わたチはこんなにおいチい」カレン「わたチはこんなにおいチい紅茶をいただいたのは、生まれて」ファロン「生ミャれて」カレン「生ミャれて初めてでありました」ファロン「アリャました」カレン「わたちはこんなにおいちい紅茶をいただいたのは、生みゃれて初めてでありゃました！」ファロン「なんで？　気持ちはいらないって言わなかった？　わたチだぞ、アリャましただぞ。なんでこんな下らない台詞に気持ちを込めようとするの？」カレン「すみません」(原稿をテーブルに置き)なにを書いてるんだ、あいつは。下らない。さてと、もう一度アクを取って、最後の仕上げだ。

吉村が台所に消えると、暗くなる。
と、奥のカーテンに、"anybodey, set up?"の文字が浮かび上がり、消える。

EPILOGUE

シャワーの音が聞こえる。止まる。明るくなると
……
心・平がソファに座って原稿を読んでいる。
舞台は前シーンと同様。中央奥のカーテンも閉められたままだ。
あれからどれほどの時間が経ったのか。
バスルームからさきが現れる。

さき　ああ、さっぱりした。よかったわ、着替えを持ってきて。どう、面白い？
心・平　……
さき　わたしの出番は？
心・平　ある。大活躍だ。（と、原稿に目を落としたまま。以下ずっと）
さき　どうせ殺されるんでしょ。分かってンだから。
心・平　うるさい。

さき、書斎のドアを開けようとするが、開かない。

さき　また鍵がかかってる。
さき、ドアをノックする。
心・平　いないよ、誰も。
さき　どこへ行ったの？　みんな。
心・平　帰ったんだ、刑事も吉村さんも。
さき　彼女は？
心・平　知らない。
さき　二階にもいないのよ。
心・平　散歩だ、散歩。
さき　じゃ、正午は？
心・平　うるさいな。気が散ってホンが読めないだろ。（と、初めて顔を上げ）
さき　心配じゃないの？
心・平　いいんだ、正午は。ここにこうして出来上がったホンがあるんだから。
さき　ひどい。

心・平　時間がないんだよ、もう。帰りの飛行機、何時だったっけ？

さき　自分で調べたらいいでしょ。

さき、積んである本の山に行き、鍵の入った封筒を探す。

心・平　ちょろちょろするな！

さき　この山のどこかに鍵があるのよ、「鍵の夢」が。このあたりにあるはずなんだけど　……

心・平　もういいって言ってるだろ。

さき　だって、わたし見たのよ、誰かがベッドに……

心・平　誰かって誰だよ。

さき　それが分からないから　……

心・平　夢を見たんだよ。

さき　だから、あれが夢だったのかどうか確認したいの。

心・平　ああ、もう！　メシだ、メシにしよう。よく考えたら昨日の朝からなんにも食べてないんだ。

さき　なにそれ？　わたしに作れって言ってるの？

心・平　自分でやるよ。吉村さんが作ってた鍋があるはずだから　…（と、キッチンに消える）

さき、「鍵の夢」を探し出す。そして、書斎の鍵穴に鍵を差し込む。

さき　開いた。

さき、ドアを開けて、中に入っていく。ドアが閉まる。

少し間。

心・平、鍋を持って戻って来る。

心・平　ささき、メシだ。ササキ！　どこに行ったんだ、あいつは。（と、二階へ）

すぐに戻って来る。

心・平　なんだ、これは。いやな空気が流れてる。あいつ、まさか　…

と、書斎に近づく。

心・平　ささき、いるのか。ササキ！　（と、ドアを叩く）

応答がない。

心・平　どこに行ったんだ　……（不安が募る）

玄関のチャイムが鳴る。

心・平　（一瞬驚き）　…誰だよ、こんな時に。（と、玄関に消える）

と、積んであった本が一冊二冊と滑り落ち、そして、カーテン越しに満月が浮かび、それに少し遅れて、手をつないで満月を見上げる、少年と少女の後姿が浮かび上がる。
本の山がドドーッと音を立てて崩れる。
正面奥から風が吹き込んできて、カーテンはめくれ上がり、まばゆいばかりの光が差し込み、テーブルの上にあった原稿も吹き飛び、空中を舞う。

心・平　（戻って来て）なんじゃ、こりゃ！

いつの間にか少年と少女の姿はかき消え、正面奥には、宅急便の箱を持ったあさひが立っている。
背後に煌々と輝く満月。

あさひ　心・平さんに宅急便。天地無用のお届けものよ。

心・平　絹ごしの月だ！

暗くなる。

おしまい

［参考資料］

桑村哲生『性転換する魚たち――サンゴ礁の海から』（岩波新書）
三木成夫『胎児の世界』（中公新書）

満ちる

登場人物

吉田健一……………映画監督。七十三歳。熱狂的なファンの支持がある鬼才。
　満ちる……………シナリオライター。三十三歳。健一の二度目の妻の娘。
青井大地……………撮影監督。三十五歳。父（故人）も名カメラマン。独身。
持田ノリヲ…………俳優。四十一歳。元芸人。
堤　和哉……………プロデューサー見習い。二十八歳。左耳難聴。

＊

金子真理……………芸能プロダクション社長。元はスクリプター。

＊

橋本雅史……………健一らが宿泊している民宿「はしもと」主人。
　幸恵………………雅史の姉。四十五歳。独身。
　緑…………………雅史の妻。二十七歳。現在妊娠中。

1　陽炎

打ち寄せる波の音……

明るくなる。三河湾の島の民宿「はしもと」の食堂。手前にテーブルがふたつあり、それぞれに椅子が四脚。奥にはカウンターがあって、椅子が三脚。その下手脇が出入り口になっていて二階に通じる階段が見え、カウンターの奥には厨房がある気持ち。上手の出入り口は、ロビーと玄関に通じている。大地と雅史。大地はカウンター席に座ってスマートフォンで電話をしており、テーブル席に座っている雅史の前には将棋盤。のどかな春の昼下がりである。

大地　あのさ、電話で目ヤニがどうこうなんて言われても……帰れないよ。そう、だから医者に見せろよ。連れてけよ、病院。あるよ、犬猫病院なんてどこにでも。もういいかな、忙しいんだよ。監督？　出かけてる。大丈夫だよ、ひとりで出かけたわけじゃないから。うん。満ちるさん？　今日来る。もうそろそろ着く時間なんだけど。関係ないだろ、彼女だって忙しいんだよ。……だから怒ってないから。いいよ、謝らなくったって。切るよ。十時に？　ＯＫ、必ずかけるから。じゃ。（と、電話を切って）すみません。

雅史　いえいえ。

大地　まったく。すっかり惚けちゃって。

雅史　いいじゃないですか。うらやましいですよ、うちのおふくろなんか、もう、まともに話が出来ないんですから。（と、一手指す）

大地　あ、いや、そういうつもりで……

以下、将棋を指しながらの会話が続く。

雅史　あれは七、八年前の番組だったかな。ＮＨＫで、認知症になった岩下文雄って小説家のドキュメンタリーをやってたんですよ。

大地　岩下文雄？

雅史　有名な作家だったらしいんですけどね、それが惚けちゃって。娘さんが身の回りの世話してて。娘さんといっても五十は過ぎてたのかな。

大地　……

雅史　アレは当人の意志じゃなくて、刺激を与えるために娘さんがそうさせてたんだと思うんですけど、彼は毎日、朝ご飯を終えると机の前に座って、原稿用紙を広げてるんだけどなにも書けないっていうか、名前は書けるんです、でも、名前以外は書けなくて。だから、彼は頭を抱えて苦しんでるんです。（と、一手指す）

大地　あれ、そう来ます？

雅史　忘れられないシーンがあって。娘さんが父親を自宅の書庫に連れて行くんです。その一画に、それまでに出版された彼の本が並んだ書棚があって、娘さんが言うんですよ、ここにある本はみんなお父さんが書いたのよって。そうすると、どうしたと思います？

大地　…ああ、そう。とか？（と、盤上を睨んでいる）

雅史　背表紙に書かれた自分の名前を読み上げ始めたんです。岩下文雄、岩下文雄、岩下文雄って。

大地　……

雅史　その時はまさか自分の母親が同じようなことになるとは思ってないから、わたし大笑いしてしまって。

大地　とりあえず…。（と、一手）

雅史　二歩です、それ。

大地　いけねえ。

雅史　手に銀があるじゃないですか。

大地　ありますけどね。…いまお幾つなんですか？

雅史　おふくろですか？

大地　ええ。

雅史　来月の五日で六十九に。

大地　うちのおふくろより二つ若いんだ。

雅史　わたし、五年前に結婚したんですけど、その結婚式のときに、ほら、最後に親族が挨拶するでしょ。オヤジはもう亡くなってたから、あれをうちのおふくろがやったんです。おふくろ、この島じゃ、ちょっとした芸達者で知られてて、

大地　〽ギンギンギラギン、とさりげなく。（と、一手）

雅史　子供のわたしが言うのもアレですけど話もうまいんですよ。でもその時は同じ話を何度も繰り返して、最初は酔っ払ってるのかなと思ってたんですけど、それにしては度が過ぎてるし。（と、一手）

大地　じゃ、五年前にはもう？

雅史　多分。あの時病院に連れてってれば、っていうのは今だから言えることで。

大地　逃げろや逃げろ、と。（と、一手）

雅史　それにしても監督はお若いですよね。うちのおふくろより四つ年上なんでしょ？

大地　巨匠はフツーの年寄じゃないから。だって半年前まで二十代の、わたしたちよりずっと若い女性と一緒に暮らしてたんですよ。おまけに、別れた理由が性の不一致って言うんだから。

　ふたり、笑う。

大地　まあ、ヨシケンさんのことだからどこまで本当なのか分からないけど。

雅史　いやいや、あの食欲からすると……

大地　ほんと、二年前に心筋梗塞で生死の境をさ迷ってたなんて信じられないですよ。

雅史　朝からビフテキのご注文ですからね、うちは活け魚料理が売りなのに。

　ふたり、いかにも楽しそうに笑う。

　上手から緑が現れる。

緑　ただいま。

大地　お帰りなさい。

緑　満ちるさん、お連れしました、船が一緒で。

大地　堤は？　迎えに行かせたんですけど。

緑　船着場には　…

大地　あの野郎。

雅史　満ちるさんは？

緑　写真撮ってる、そこの防波堤のところで。

大地　じゃ、ちょっとお出迎えに。

雅史　投了ですか？

大地　雅史さん、なめたらあかんぜよ。（と、玄関の方へ）

緑　…ああ、疲れた。（と、椅子に座る）

雅史　どうだった？

緑　順調だって。

雅史　順調？

緑　ああ、お母さん？　おやすみになってたから着替え置いて帰って来た。

雅史　黙って？

緑　だって眠ってたのよ。なんか寝言を言ってたけど。

雅史　なんて？

緑　知らない。

雅史　分からないか、寝言だもんな。

緑　お元気そうだった。

雅史　寝てたんだろ。

緑　顔色で分かるでしょ、大体。

雅史　お前は？

緑　なに？

雅史　産婦人科、行ってきたんだろ？

緑　さっき言ったでしょ、順調だって言われたって。（と言って、立ち上がる）

雅史　いいよ、少し横になってろよ。仕込みはおれひとりでやるから。

緑　お義姉（ねえ）さんは？

雅史　監督のお供で釣りに行ってる。

緑　…楽しそうね。大地さんとふたりでなに笑ってたの？

雅史　監督さんは凄いって。

緑　…いいよね、雅史さんは誰とでもすぐに仲良しになれて。

雅史　そうだ。お前、大地くんにマッサージして貰えよ。

緑　？

雅史　腰、痛いんだろ。彼、高校生の時からおふくろさんに頼まれるとやってあげてて、だから上手いんだってさ。昨日の夜、監督にマッサージしてたら、こっちの方が撮影監督より向いてるって言われたって腐ってたけど。

緑　きれいなひとね。

雅史　彼？

緑　満ちるさん。

雅史　俺、まだ見てないし。

緑　子供の頃、会ってるんでしょ。

雅史　覚えてないよ、もう。

緑　遠目にもすぐに分かった、あ、あのひとが満ちるさんだって。

雅史　……なにかあったのか。

緑　別に。

雅史　言いたいことがあるんだったら言えよ、ハッキリ。

緑　いやだ、赤ちゃんが動いてる。

雅史　姉貴か？　また姉貴となにか……

緑　ウザイ。好きになれない、海の匂い、風もべたついて。

雅史　……

「こんにちは」と、満ちる、現れる。後ろから、満ちるの荷物を持って大地も。

雅史　いらっしゃい。お待ちして（ました）。

満ちる　（食い気味に）わっ。

大地　なんだよ、わって。

雅史　覚えてます？　わたしのこと。

満ちる　雅史さんですよね。すっかりおじさんになっちゃって。

大地　お互い様だろ、それは。

緑　ごゆっくり。（と、奥に消える）

満ちる　わたしの記憶の中では、もう少しすらっと背の高いお兄さんのはずだったんだけど。

雅史　横に広がった分、縦に縮んだんですよ、きっと。（と、笑いながら）

大地　いつ？　この前ここに来たのは。

満ちる　小学六年の夏休み。親子三人で旅行をしたの

雅史　はここへ来たのが最初で最後だったから思い出はあるの、いろいろ。
満ちる　ずいぶん変わったでしょ、その頃とは。うちも十年ほど前に改築しましたし。
大地　えっ？
（将棋盤を指し）これ、詰んでるけど。

満ちる、トントンと両者の駒を動かす。

大地　イタタ。勝ってたんだ、俺。
満ちる　相変わらずヘボね、大地くんは。
雅史　そう言えば、わたし達、ここで将棋指しましたよね。
満ちる　えっ、わたしと？
雅史　三番指してわたしは一番も勝てなくて。満ちるさん強いのなんの。
満ちる　全然覚えてない。
雅史　小学生のしかも女の子に負けたのが悔しくて、わたし、あの夜はなかなか眠れなかったんです。
大地　（笑って）雅史さんもやられたんだ。
満ちる　じゃ、あれは？　覚えてる？　ふたりで浜辺で
雅史　？
満ちる　あ、ううん。いいの、やめとく。
大地　なんだよ、気になるじゃないか。
満ちる　大ちゃんは関係ないでしょ。写真は？
雅史　？　写真？
満ちる　帰る朝、母がそこの玄関のところにわたし達ふたりを並ばせて。昨日、久しぶりに実家に帰ってそれ、アルバムにないか探してみたんだけど見つからなかった。そうか、ここにもないんだ。
雅史　探してみます。
満ちる　いいの。だって送った記憶はないから。
雅史　？
大地　なんて？　おふくろさん。
満ちる　なにが？
大地　話したんだろ、監督と仕事すること。
満ちる　話したけど、別に。

大地　なんにも？

満ちる　何を話すことがあるの？　そんな仕事はやめろとか？

大地　だから、監督によろしくとか。

満ちる　そんな心にもないことを言うようなひとじゃないもの。だってもう二十年以上も別居してるのよ。

大地　（雅史に）ほらね、言った通りでしょ。

満ちる　なんのこと？

大地　雅史さんに、満ちるさんが来たらおれは親子のダブル攻撃にさらされるって言ってたんだ。

満ちる　大ちゃんは甘いのよ、将棋の詰めもカメラの寄りも。

大地　やめてくれよ、それいつも監督に言われてンだから。

満ちる　（笑う）

大地　笑いごとじゃないんだよ。

雅史　あの、とりあえずお部屋の方にお荷物を。

満ちる　そうね。これ以上苛めたら大ちゃん泣いておうちに帰っちゃうし。

雅史　こちらです。（台所の方に）緑、満ちるさんのお部屋にお茶！

大地　言わせておけば……

満ちる、笑いながら大地から荷物を受け取った雅史とともに二階へ。

大地　ああ、あ。（と、ため息つきながら将棋の片付け）

緑、麦茶を持って、二階へ。

大地　そうだ。……（スマートフォンを取り出し）もしもし、ノリヲさん？　大地ですけど。満ちるさんが到着したって監督に。ええ、いま。堤、そっちに行ってないですよね。あいつ、どこで油を……。船着き場に迎えに行かなかったみたいなんです。いや、僕から電話します。代理店の重役の息子かなんだか知らないけど、今日こそガツンと言ってやりますよ。いやいやそれは……。（と笑いながら）

で、どうなんですか、今日の成果は？　よかった。じゃ、とりあえず監督はご機嫌なわけですね。いや、それだけが心配で。

緑、二階から厨房の方へ。少し遅れて、彼女を追いかけるように雅史も同様に。
大地、それを目で追いかける。

大地　分かりました。じゃ、なるべく早く。お願いします。（と、いったん切って、再度のスマートフォンを）……（舌打ちして）なんだよ、お話し中って。誰に電話してんだよ！（と、切る）

満ちる、戻って来る。

満ちる　あのひと、まだタバコすってるの？
大地　覗いたの？　監督の部屋。
満ちる　心臓に悪いって分かってンのに。
大地　一応、薬は毎日飲んでるみたいだけど。
満ちる　どうせお酒もでしょ。信じられない。
大地　……
満ちる　ホンのこと、なにか言ってた？
大地　監督？
満ちる　他に誰がいるの？
大地　…まあ、いろいろと。
満ちる　お気に召さないわけだ、キサイとしては。
大地　監督に直接聞いてくれる？　もうすぐ来るから。
満ちる　結局、撮影中断の原因はなんだったの？　いろいろ噂は聞いてるんだけど。
大地　どんな？
満ちる　主役の尾藤さんとうまくいってないとか。
大地　確かに一度、五時出しの約束が八時を過ぎても終わらないんで、彼のマネージャーと揉めたことがあったけど、尾藤さん自身は結構ノッテルんだ。でもそれがいい例で、とにかく撮影がスケジュール通りいかないわけだよ。だから、スタッフもみんなピリピリしてて。だって今どき、衣装の光沢や小道具のコーヒーカップにまでいちいちダメだしする監督なんて聞いたことないし。それで、現場の空気が悪いのを察知した制作サイドが、一度仕切り直した方がってストップを……

満ちる　それならついでにホンにも手を入れよう、と。

大地　もともと気に入ってなかったからね、監督は。

満ちる　それでなんでわたしなの？

大地　だから、それはプロデューサーの

満ちる　田野倉さんがなに言ったって断ればいいわけでしょ。

大地　いまの監督にそんな力があるわけないじゃないか。だって、今世紀に入って一本も撮ってないんだから。

満ちる　（苦笑しながら）なに、今世紀って。

大地　吉田健一なんて若者はもう誰も知らないし。

満ちる　そんなことない。若い人のネットでも今度の映画、かなり評判になってるし。

大地　だからそれは、原作がベストセラーで監督がきみの親父だからだろ。メディアで紹介される時は必ず、「監督はあの吉田満ちるの」って修飾語がついてるんだ。きみの方が商品価値はあるんだよ、吉田健一よりも。だから制作サイドの本音を言えば、表向き困った困ったって言ってるけど、この流れは望んでたことなんだ。キサイが遺憾なくその鬼才ぶりを発揮したために撮影が中断する。そこへ救世主として吉田満ちるが登場して初の親子競演が実現するとなれば、これ以上の話題作りはないんだから。

満ちる　わたしはその制作サイドの戦略に乗ったわけだ、バカみたいに。

大地　最初で最後の親孝行だよ。

満ちる　わたし、親孝行がしたくて今度の仕事引き受けたわけじゃないから。

大地　だったらどうして……

満ちる　……将棋でもやる？

大地　いいよ、どうせ勝てっこないんだから。

満ちる　もう！（とイラついて）……どこへ行ったの、キサイは。

大地　海釣り。

満ちる　そんな趣味あった？　あのひとに。

大地　この島に来て今日が初めてだけど。きっと照れくさいんだよ、きみと会うのが。
満ちる　どの面下げて。
大地　ああ見えてシャイなんだよ、監督は。
満ちる　シャイだかなんだか知らないけど、わたしは金曜までしかこっちにいられないのよ、土曜にはロケハンで北海道に行かなきゃいけないんだから。

緑、現れ、足早に玄関の方へ。

大地　（見送って）…彼女、泣いてなかった？
満ちる　ナーバスになってるのよ、妊娠六ヶ月だって言ってたし。
大地　…ロケハンって、『サルビア』の？
満ちる　自分が書いた小説を自分で映画化するなんて、あんまりいい趣味だとは思わないんだけど。
大地　いつ？　クランク・インは。
満ちる　五月の連休明けの予定だからもうそんなに時間はないの。
大地　知らなかった。誰？　カメラは。
満ちる　栗本さん。
大地　ベテランと組むんだ。
満ちる　だって大ちゃん無理でしょ。またすれ違いね。
大地　それともこっち降りる？
満ちる　無茶言うなよ。
大地　そうだよね。ずっとキサイと仕事したかったんだもんね。やっと夢が叶ったんだもんね。
満ちる　キツイけど。
大地　そんなの初めから分かってたことでしょ。
満ちる　ほとんど毎晩二時三時までつきあわされてるんだ、飲めない酒につきあわされて。
大地　知らなかったの？　キサイの伝説。
満ちる　知ってるよ。撮影に入ったら誰もキサイの寝顔は見られないってアレだろ。
大地　主演女優以外は、って但し書きがつくんだけど。
満ちる　だからって俺たち一般人までたたき起こすことないと思うけど。
大地　大ちゃん、一般人なんだ。

大地　そうだよ、誰かさんと違って賞とは無縁だし。
満ちる　大丈夫よ、キサイだって賞なんてひとつも貰ってないんだから。
大地　監督はいいんだよ、無冠の帝王で。だってキサイなんだから。だけど俺はそれじゃダメなんだ。監督の『運河の女』のカメラでうちの親父が毎日映画賞を獲ったの、三十三の時だぜ。俺いま幾つ？
満ちる　（笑って）さあ。わたしより年上だってことは知ってるんだけど。
雅史　（現れて）よかったらお風呂、もう入れますけど。
満ちる　ありがとう。
大地　入るの？　どうすンだよ、監督が帰ってきたら。
満ちる　待たせておけばいいでしょ。（と、二階へ）
大地　おい、ちょっと……。ああ、ムカツク。
雅史　（見送って）やっぱり似てますよね、監督と。
大地　今みたいにバッサリ切り捨てるところとか。
皮肉なもんですよ。あんなに嫌ってた父親と同じ仕事について、おまけに、歳とともにどんどん似てくるんだから。
雅史　なんですかね、家族って。
大地　…いいんですか？　奥さん。さっき泣かれてたみたいですけど。
雅史　大丈夫ですよ。こんな小さな島ですから行くとこなんてどこにも……。いや、あんまりブスッとしてるんでその訳を聞いただけなんですけど。分かってるんですけどね、不満がたまってることは。でも今更、こんなはずじゃなかったみたいなことを言われたら、こっちだってカチンとくるわけですよ。だって、わたしが銀行をやめて島に戻ることについては、あいつの方が積極的だったんですから。東京には空がないからなんてどっかで聞いたようなこと言って。それが最近じゃ、ここには自分の居場所がないとかなんとか。
大地　……
雅史　あ、すみません、大地さんにこんな愚痴をぶつけても。

大地　いえ、わたしでよければいくらでも……

　大地のスマートフォンに電話が入る。

大地　（取って）お前、どこほっつき歩いてンだよ！　監督？　いない。よかったって、どこにいるんだ、今。おい！（電話が切られたようだ）あの野郎、ふざけやがって……（掛けなおす）

　と、堤が現れる。

堤　あ、電話だ。（と、慌ててスマートフォンを耳に）
大地　俺だよ。（と、切る）
堤　ギャグですよ。
大地　お前！
堤　そうじゃなくって！　大地さん、大変なことになりにけり。さっき田野倉さんから電話があって
大地　（それを遮り）俺の質問に答えろ！
堤　そんなヒマなんかないッス。
大地　てめえ！（と、掴みかかろうとする）
雅史　ちょっとちょっと。（と、割ってはいる）

　満ちるが現れる。堤、飛んでいく。

堤　初めまして。今回の映画のプロデューサー補佐をやってます、……アレ？　名刺が……（と、ポケットを探している）
満ちる　堤さんでしょ。お父様からご丁寧なお電話いただいたわ、頼りにならない息子ですがよろしくって。
大地　補佐じゃなくてただの見習いだから、そいつ。
堤　すみません、お迎えに行かなくって。ちょっと島の観光してて、気がついたら時間過ぎてて、いや、それはどうでもいいんですけど。
大地　どこまでマイペースなんだ、お前！
堤　うるさいんだよ！
大地　てめえ！
雅史　まあまあ。（と、抑える）
堤　実はちょっと大変な事態になってて。ここは

満ちるさんにお願いしないとどうにもならんだろうって、さっき電話で田野倉さんに言われまして、いらっしゃったばかりなのにアレなんですけど、お願いします。

満ちる　？　わたしはなにをお願いされてるの？

堤　梶原（カジハラ）真由美が今度の映画、降りるって言ってるんです。（註：堤以外は、梶原をカジワラと言う）

大地　エッ、なんで?!

堤　知りませんよ。

大地　なにかの間違いだよ。彼女とはうまくいってたんだから監督は。

堤　そこですよ。

満ちる　どこ？　全然見えないんだけど。大体わたし、梶原さんとは面識ないし。

堤　いいんです、それは。

満ちる　いいの？

堤　監督に手紙を書いてほしいんです。

満ちる　？　どうしてわたしがあのひとに手紙を書かなきゃ（いけないの？）

堤　（途中で遮って）そうじゃなくて！　監督が書くんですよ。

満ちる　だったら監督に頼めばいいでしょ。

堤　それが出来ないからこうして頭を下げてンじゃないスか！

満ちる　なに、逆ギレ？

堤　すみません。

満ちる　大体、頭なんか下げてないし。

堤　頭下げたら引き受けてくれるんですか？

満ちる　？　なにを引き受けたらいいの？

堤　（食い気味に）だ・か・ら！

満ちる　大ちゃん、助けて。

雅史　要するにこういうことでしょ。女優さんがゴネてるから、監督に説得の手紙を書くよう、満ちるさんからお願いしてほしい、と。

満ちる　そういうことなの？

堤　ええ、まあ。ちょっと違うんですけど。

満ちる　違うの?!

堤　梶原さん、監督にセクハラされたって言ってるんですよ。

大地　セクハラ！（と、思わず満ちると顔を見合わせる）

堤　撮影中はずっと我慢してたらしいんですけど、なにかの拍子にそれをマネージャーにポロッと言ったらキレちゃって。

大地　ああ、女性だからな、梶原さんのマネージャー。

堤　マネージャーは絶対降ろす、降ろして裁判沙汰にするって言ってたらしいんですけど、田野倉さんが事務所の会長と会って、監督には詫びを入れさせて、それから、二度としないって誓約書も書かせることで話をつけたらしいんです。

満ちる　話は分かったわ、ずいぶん時間がかかったけど。でも、どうしてそんな揉め事にわたしが首を突っ込まなきゃいけないわけ？

堤　こんなことを監督に言えるのは、娘のあなたしかいないんじゃないかって。

満ちる　田野倉さんが言ったの？

堤　いや、実は僕のアイデアで。

玄関から、健一たちが帰って来た気配。

雅史　お戻りになりましたね。

堤　マジィッ（まずい）！　どうしよう？

クーラーボックスを抱えて、ノリヲが現れる。

ノリヲ　（大地に）大漁大漁。（と言い、満ちるに）ああ、いらっしゃい。（と挨拶し、雅史に）大将、今夜はこれで。あとはいらないから。（と、クーラーボックスを差し出す）

雅史　（中を覗いて）凄い。真鯛釣ったんですか。

ノリヲ　ええ、そこの魚屋で。（と言って、大笑いする）

健一と、それに付き添うようにして幸恵が現れる。

雅史　お帰りなさい。（と、クーラーボックスを手に台所に消える）

健一　（満ちるに）よお。来てたのか。（幸恵に）これがさっき話した俺の不肖の娘だ。

幸恵　ようこそ、こんな遠くまで。

大地　雅史さんの
幸恵　姉の幸恵です。
満ちる　初めまして。
健一　ほら、俺が言った通りだろ。（大地に）満ちるは幸恵のことなんか覚えてないって言ってたんだ。
幸恵　でもわたしはよく覚えてるんです。満ちるさん、水色のショートパンツを穿いていらして、島にはそんな女の子いなかったからそれで。ほんとに可愛くて……
健一　いいんだって、そんなお世辞は。早く蒲団を……
幸恵　はいはい。（満ちるに）ごゆっくり。（と言って二階へ）
満ちる　あんまり時間がないんで。
健一　うん？
満ちる　早く片付けちゃいたいんですけど。
健一　片付ける？
満ちる　わたしはここへなにしに来たと思ってるの？
健一　なにを片付けに来たんだ？
満ちる　言ってくれる？　わたしが直したホンのどこがどう気に入らないのか。
健一　お前のホン？
満ちる　読んだんでしょ。
健一　（大地に）なにを言ってるんだ、こいつは。
大地　読んだじゃないですか。だから昨日もわたしに……
健一　（大地に）あれはホンか？　そうじゃないだろ。こんなものはシナリオじゃない、ただの能書きだって大地、お前に言わなかったか？
大地　……
健一　映画と小説は違うんだよ。
満ちる　分かってるわ。
健一　分かってる？　じゃ、映画のシナリオと小説と、どこがどう違うか言ってみろ。
満ちる　……
健一　新人監督賞を貰ってナンタラ文学賞も頂いて、お前は天下をとったようなつもりでいるのかも知れんが、賞なんてどうせバカが選ぶんだ。

満ちる　あんなものはブリキの勲章で、屁のつっぱりにもなりゃしねえんだ。
堤　(健一を睨んでいる)……
大地　すみません、ちょっと。
堤　どこへ行くんだ。
大地　名刺入れを落としたみたいなんで。(満ちるに)さっきの件、よろしくお願いします。(と、出て行く)
健一　あいつ……
満ちる　お前、離婚したらしいな。何年もった？　夫婦生活は。
健一　二年。
満ちる　(笑って)早いな、ずいぶん。
健一　誰かさんと違って彼はすぐにハンコを押してくれたから。
満ちる　子供は？　あの婆さんが見てるのか。
健一　彼が引き取ってくれた。
満ちる　ほう。それは賢い。子供に傍でうろちょろされたら落ち着いて仕事なんか出来ないからな。
健一　(戻って来て)お蒲団、敷きましたから。
幸恵　(ノリヲに)飯時になったら起こしてくれ。
健一　了解です。
ノリヲ　健一、幸恵に付き添われて二階へ。
満ちる　(見送りながら)あのふたり、まるで仲のいいご夫婦みたいね。
大地　まさか。監督、幾つだと思ってンだよ。
満ちる　だって性懲りもなくまた主演女優に手を出したのよ。
ノリヲ　え、監督が？
大地　だからそれは、関係を迫ったとかそういうことではなくて、監督は平気で猥談とかするから多分、彼女はそれが嫌で……
満ちる　別にわたしには関係ないからいいんだけど。
ノリヲ　(満ちるに)ご挨拶が遅れまして。わたし、今回の映画で梶原真由美さんの亭主役、南雲透をやらせていただいてる、持田ノリヲと申します。監督には若い頃に一度使っていただいて、わたしのどこを気に入られたのか、今回は監督じきじきにお声をかけていただいて……

満ちる　ごめんなさい。（と遮って、大地に）わたし、帰るから。

大地　なんだよ、急に。

満ちる　だってあのひと、わたしとホン直しする気なんかないわけでしょ。

大地　監督の口が悪いことくらいきみだって

ノリヲ　そ、そうですよ。さっきもここへ来る途中、久しぶりのご対面だよって満ちるさんのこと、嬉しそうにお話しになってたし、本心じゃないんですよ、あれは。

大地　いや、本心なんだ。きつい口調になるのはきみを認めてる証拠だよ。撮影に入って俺も毎日のように怒鳴られてるけど、監督があんなにムキになるのは初めて見たよ。だから俺、ちょっと嫉妬しちゃって。

ノリヲ　そこが親子の、だからアレでしょ、監督の気持ちとしてはライオンが我が子を谷底に落とすっていう……

満ちる　（遮って）あのひとのこと親だと思ってないから。（大地に）悪いけど、あとで荷物を送ってくれる？（と、出て行く）

大地　ちょっ、ちょっと待ってよ。（と、追いかける）

ノリヲ　……なんだよ、全否定かよ。こっちはこれでも目一杯やってんだよ！（と椅子を蹴る）イッテー！（と、片足でトントンと飛びながら）

暗くなる。

2 春雷

同じ日の夜。同じ場所。

テーブルで、満ちると大地は食事を終えているが、カウンターの席に座っている堤は皿の上の焼き魚を食べている。

テーブル席は二人分空いていて、そこに飲み残したワインが入ったグラスと、ほとんど空になったワインのボトルが。

満ちる どうして隠すの？　聞いてるんでしょ、あのひとからわたしのホンのこと。
大地 だから、直接監督から聞いた方が間違いもないし。
満ちる だって、ゼッケン2号がどうのこうのってスケベな話ばかりして、ホンのことなんかなんにも話さないじゃない。
大地 でも、誰なんだろう、ゼッケン2号って。
満ちる バカ。
堤 （クスッと笑う）
満ちる 堤くん、なんか聞いてないの？
堤 すみません。俺、この業界に入ったばかりなんでなんにも知らないんですよ。
満ちる ゼッケン2号のことじゃなくってわたしのホンのこと、キサイから。
堤 ああ。俺はそっち方面、完璧に無視されてるんで。
満ちる …お魚、好きなの？
堤 え？（聞こえなかったので）
満ちる きれいに食べてるから。
堤 ああ、これ。親のしつけかな。僕は育ちがいいんで。（と、まだ執拗に食べている）
大地 シーン98の台詞なんだけどさ。
満ちる 言われても分からないんだけど。
大地 元の台本で修次が、「いつまでこんなことを続けるつもりだ、もうやめろ」と言うと、りょうは、「こんな女にしたのは誰？　あなたよ、あなたでしょ」と返すとこ。

満ちる　ああ、あそこ。どうしろって？
大地　監督はいろいろ言ってたんだけど。
満ちる　だから、なんて言ってたわけ？
大地　きみの台詞では、そのりょうの返しが「わたしの心の中を、時々ブリューゲルの風が吹くのよ」ってなってて。
満ちる　気に入らないわけね、それが。
大地　そうじゃなくって。あれはさ、ブリューゲルの『雪の中の狩人』が頭のどっかにあって、それであんな台詞を書いたんだろ。
満ちる　だから？
大地　だから、きみに会ったらそれ確認しようと思って。まあ、それだけの話なんだけど。覚えてないんだ。
満ちる　なにを？
大地　いいよ、覚えてなければもう。
満ちる　…なにふくれてンの。
幸恵　（奥から現れて満ちるに）どうでしたか、お料理の方は？
満ちる　ええ、とてもおいしくて。
幸恵　ありがとうございます。そろそろシメの鯛茶をお出ししようかと思ってるんですけど、監督は？
満ちる　ちょっと用足しに。
幸恵　（笑って）じゃ、お戻りになるまでここで。（と、カウンター席の椅子に座り）…ああ、あ。（と、ため息をつく）
満ちる　ごめんなさい、食事中に席を立つなんて。
幸恵　いいえ、そうじゃなくって。なんだか疲れてしまって。ごめんなさい、こちらこそ。…時々自分が嫌になるんですよ、なんだか小姑やってるみたいで。
大地　なにかあったんですか、緑さんとまた。
堤　またって。
幸恵　ま、小姑に違いないんですけど。向こうで雅史とふたりでこの店をどうするかって話してたら、脇で泣いてるんですよ。
大地　緑さんが？
幸恵　ええ。雅史から何か聞いてます？
大地　何かって？

幸恵　ずいぶん前からあの子、ここはもう店じまいしようって言ってるんです。
大地　その話なら少し前になんとなく
幸恵　いまが引き際だって。客も来ないし、ここをたたんで、母親もそう長くはないから近くにいてやりたい、出来れば家に引き取って一緒に住みたいって。分かるんですよ、雅史の気持ちは。でも、来年の一月でここを始めてちょうど二十年になるんです。だからそれまではなんとかふたりで力を合わせて頑張ろうなんて話してたら……
大地　緑さんが？
幸恵　泣き出したんです。
大地　傷ついたんじゃないですかね、ふたりで力を合わせてなんて言うから、自分はどうでもいいんだと思って。
幸恵　だったらハッキリそう言えばいいじゃないですか。なのに、雅史がどうしたんだっていくら聞いても、なんにも言わないから。
堤　ダンマリ病かな？
幸恵　雅史も雅史なんですよ。そんなのほっとけばいいのに、泣くなよ、分かったからなんて猫なで声で言ってて、もうわたしアタマにきて、ふたりで好きにやったらいいでしょって怒鳴っちゃったんです。
堤　やっちゃった。
大地　お前、うるさいんだよ、さっきから。

健一、ノリヲに支えられてトイレから戻ってくる。

健一　おお、幸恵、会いたかったんだ。（と、幸恵に抱きつく）
幸恵　はいはい。いい子だからお席について。（と、座らせる）
健一　おい、酒。
大地　ここはもうこれくらいにしてそろそろ仕事の方に……
健一　仕事？
幸恵　どうなさいます？　シメの鯛茶を用意してるんですけど。

健一　飯はいい。
幸恵　でも、今夜はもうずいぶん……
健一　だから言っただろ、（と、ボトルを手にして）ワインは薬なんだって。ポリフェノールは血行をよくするからって、看護婦だった前の女が太鼓判を押したんだから。
幸恵　薬も飲みすぎたら毒になるんです。
健一　客が出せって言ってるんだ、黙って出せばいいんだよ。
幸恵　商売は細く長くだって、亡くなった父親に言われてるんです。監督みたいなお得意様にポックリいかれたら困るんですよ、うちみたいな小さな民宿は。
健一　俺がポックリいくまで持つのか？　ここは。なかなか死なねえぞ、俺は。（と言って、笑う）
幸恵　だから、誰がなんと言おうと潰しゃしませんから、監督よりお先には。
健一　（ノリヲに）どうだ、こういう女は。
ノリヲ　え？
健一　女房にどうかと言ってるんだよ。
ノリヲ　わたしには女房も子供も……
健一　籍入れてねえんだろ、まだ。

テーブルの上にあった大地のスマートフォンに呼び出し音。大地、慌ててそれを取りあげ、画面をチラッと見て切り、マナーモードにする。

大地　すみません。
ノリヲ　わたしより大地さんでしょ。
大地　え？
ノリヲ　独身だし稼ぎもあるし。
大地　無理ですよ、ないですよ、稼ぎなんか。
幸恵　なんですか、みんなして、ひとのことたらい回しにして！
大地　いや、そんなつもりで……（と、チラッと時刻を確認する）
健一　（笑って）堤、調理場行って酒持って来い。
堤　はい。
幸恵　ダメよ。
健一　いいから！　お前は黙ってここに座ってろ。

満ちる　（遮って）そんな話を聞くためにわざわざ来たんじゃないんだけど。
建一　……いい声してるな。もう一度言ってみろ。
満ちる　……
健一　面白くないか、俺の話は。
大地　彼女、時間がないんですよ。
健一　時間がない？
大地　お話ししたはずですけど。
健一　歳をとると忘れるんだよ、どうでもいいことは。
大地　島には今週の金曜までしかいられないんです。土曜からは次の仕事が……
健一　なるほど。こっちはさっさとやっつけてと、こういうわけだ。
大地　違います。そうじゃなくて
健一　大地、お前はなんだ、満ちるの通訳か。
大地　いえ……

堤、ワインを手に厨房から現れるが、緊迫した場の空気を感じて立ち止まり…。

（と、幸恵に）

堤は厨房へ。幸恵は健一の隣りに座る。

幸恵　ずいぶんご機嫌だこと。
健一　お前、幾つになった？
幸恵　忘れました。
健一　（笑って）忘れるほど歳くっちゃいないだろ、まだ。しかし、女は歳じゃない、脂だ。魚と同じで、脂のノリが悪いのはダメだ。楚々として細身で、清純派でございますなんて乙にすましてるような女は、さっきのゼッケン2号なんぞいい例だが、総じてアッチの方面がだらしない。ノリヲ、どうしてだか分かるか？
ノリヲ　すみません、わたしは修業が足りないもんで。
健一　脂が足りない女は不感症なんだよ。だから、どんな男と寝ても何回やっても満足しない。満足出来ないから男を代える。代えても代えても哀れなもんで……

健一　お前、売れっ子になったからっていい気になるなよ。

満ちる　なってないわ、そんなに売れてもいないし。

健一　なんでこんな仕事を引き受けた、なんでこんな島までノコノコやって来た、クソ忙しいのに。

満ちる　……

健一　二、三日もあれば十分だと思ったのか？　軽く見てるのか俺を、俺の仕事を。

満ちる　尊敬してるわ、映画監督としてのあなたのことは。

健一　それであのホンか。

満ちる　だから、どこがどう悪いのか教えてほしいって言ってるでしょ！

幸恵、席を立とうとする。

健一　どこへ行くんだ。

幸恵　だって、お邪魔でしょ、わたしなんかいたら。

健一　いいから座れ。

大地　お部屋のほうに移った方が……

健一　いいんだ、ここで。堤、このテーブルの上、片付けろ。

幸恵　いいわよそんな、これはわたしの仕事なんだから。

ノリヲ　堤！

堤　（やっと振り向き）なんですか。

ノリヲ　監督がここ片付けろって。（と、ワインを受け取りテーブルへ）

堤　……

健一　なんだ、言いたいことがあるんなら言ってみろ。

堤　俺、ここのバイトじゃないんで。

ノリヲ　俺じゃないだろ、監督の前で。

健一　これも仕事のうちだ。

堤　…分かりました。（と、空いた皿等を片付け）…それともうひとつ。

健一　なんだ？

堤　わたしも監督より先に死ぬつもりないんで。

ノリヲ　（と、皿等をまとめて厨房に消える）

健一　あいつ……

（幸恵に）座れ。

幸恵、言われるままに座る。

満ちる　ここでやるなら、部屋へ行ってホンを持って（来るけど）

健一　（遮って）まだいい。夜はこれからだ。（と、グラスを差し出す）

幸恵　これからお仕事でしょ。

健一　だから、飲んで血のめぐりをよくするんだよ。なんべん同じことを言わせるんだ。

幸恵　分かってます？　この島に病院はないんですよ、発作でも起きたらもう……

健一　ふん。そうなったら泳いで海を渡るよ。

幸恵　ひとがこんなに心配してるのに……（と、注ぐ）

健一　（満ちるに）お前、新聞のインタビューで、あれは去年、協会の新人監督賞を貰った時か、好きな監督はハワード・ホークスだって言ってたな。

満ちる　読んだの？

健一　年寄りの暇つぶしにいいんだ、新聞は。朝刊を読み終えた頃に夕刊が来る、うまい具合に。

雅史　（顔を出し）姉さん、シメの鯛茶は？

健一　いらん。

雅史　分かりました。

幸恵　そっち、ひとりで大丈夫？

雅史　緑もいるから。ごゆっくり。（と、引っ込む）

健一　お前知ってるか。ありがたいことに、ヨーロッパの方じゃ俺は日本のハワード・ホークスって呼ばれてるんだ。

満ちる　知ってるわ。

健一　どこがいいんだ、あいつの。

満ちる　出てくる女がみんな、はねっ返りで男のいいなりにならないからよ。

健一　（鼻で笑って）さっきの話じゃないが、長生きはしてみるもんだな。今度の映画の原作を書いた綱澤幸喜は変わりもんで、学生時代から

満ちる　俺の映画の追っかけをやってたらしい。知ってるわ。今度の小説もヨシケンワールドをイメージしながら、これを映画にしてもう一度キサイをカムバックさせたいと思って書いたって。

大地　だからって、『運河の女』とホークスの『暗黒街の顔役』をチャンポンにしなくても……

健一　それでベストセラーになるんだから結構な世の中だよ。

ノリヲ　監督に先見の明があったっていうか……

満ちる　『運河の女』だって『大自然の凱歌』の焼き直しでしょ。

健一　うん？

大地　『大自然の凱歌』って？

満ちる　ホークスの映画よ、知らないの？

大地　いつ頃の？

　堤、戻って来る。

満ちる　原作は自然破壊を告発した一九三〇年代のベストセラー小説だけど、ホークスはそれが気に入らなくて、ホン直しでプロデューサーとスッタモンダした挙句、撮影の途中で放り出して残りの後半部分は、ウィリアム・ワイラーが撮ったの。

大地　（スマートフォンを取り出し）『大自然の凱歌』……（と、文字を打つ）

　堤、クスッと笑ってカウンター前の席に座る。ノリヲ、振り返って堤を睨む。

健一　お前、そんなことまで知ってるんなら、ホークスがホン書きとどんな風に付き合ってたか知ってるだろ。

満ちる　シナリオライターを次々代えたこと？

健一　そんなことは誰だってやってる。いいか、ホークスはな、撮影の間もずっとベン・ヘクトやリー・ブラケットなんて腕っこきと一緒に、ホン直しをしてたんだ。

満ちる　わたしも撮影の間ずっとホン直しに付き合えってこと？

健一　…十年ひと昔って言うが、現場もずいぶん変わったよ。どいつもこいつも妙にこじんまりしちまって、役者も台詞をちゃんと覚えてきやがる。素人芝居じゃあるまいし、覚えるもんじゃないんだ、台詞なんてものは。（ノリヲに）そうだろ。

ノリヲ　はい。台詞は肝に溜めとくもんで。

健一　あの、おっぱいはデカイのに尻のちっちゃいねえちゃん、名前なんてった？

ノリヲ　梶原真由美ですか？

健一　そう。マユミは言葉の上っ面を人差し指で撫でるみたいに覚えてきやがって。だから昔の、ゴダールだのトリュフォーみたいに、台詞は当日渡しにしたんだ。

満ちる　どういう方式でやろうと構わないけど、それに毎日付き合うことは無理だから。

健一　なぜだ？

満ちる　五月の連休明けに、わたしの映画がクランク・インするのよ。

健一　だったらこっちはそれまでに上げる。

満ちる　準備がいるでしょ。なんだかんだするための準備期間が。

健一　そんなもの、助監督にやらせておけばいいんだ。俺は半年の間に、本編を二本撮りながらシナリオを五本書き上げたことがある。

満ちる　それは昔の、撮影所が撮影所の機能をちゃんと果たしてた時代だから出来たことでしょ。スタッフも俳優も、守衛のおじさんや社員食堂のおばちゃんまでみんな仲間で、監督があれこれ指示する前に照明さんや音声さんはテキパキ動くし、小道具さんはイメージ通りの小道具を揃えてくれる。でも今は、どんな現場も寄せ集めの間に合わせで、ツーと言ったってなかなかカーが返ってこない。だからキサイも勝手が違って困ってるわけでしょ。

大地　だからだよ。そんな現場にきみがいてくれたら、監督と若い役者やスタッフの橋渡し役にもなるんじゃないかって。

満ちる　それは大ちゃんの役目でしょ。キサイが気心の知れた昔の仲間に声をかけずに、若いあなたをわざわざ呼んだのはそのためでしょ。

大地　……

健一　キサイって呼び名、やめろ。

満ちる　じゃ、なんて呼べばいいの？　監督？　監督って呼ばれるのは嫌いじゃなかったの？

健一　昔はな。撮影所には監督と呼ばれる野郎が山ほどもいて、そんな有象無象と一緒にされたくなかったんだ。

堤　ちょっといいですか。

健一　なんだ？

堤　真由美さんのことなんですけど。

大地　（慌てて）今はいいだろ、その話は。

堤　彼女、カジワラじゃないんで。カ・ジ・ハ・ラ、カジハラマユミなんですよ。わたし、ずっと気になってまして。

ノリヲ　お前、もう糞して寝ろ。

堤　出来ればそうしたいんですけど、まだアッチの方が片付いてないんで。

ノリヲ　アッチ？　なんだ、アッチって。

堤　（満ちるに）お願いします。今晩中に田野倉さんに報告しなきゃいけないんで。

また大地のスマートフォンに電話。切る。

満ちる　さっきからなにしてるの、何度も何度も。

大地　ごめん。

満ちる　電源切るか、あとでかけ直すって言えばいいでしょ。（と、怒ってる）

健一　お前、女がいるのか。

大地　違います。おふくろが……、すみません、ちょっと。（と、ロビーに消える）

健一　多恵子はねちっこいからな。

ノリヲ　多恵子？

健一　大地のおふくろだよ。

幸恵　お仕事、やっぱりお部屋でふたりっきりでされた方がいいんじゃないですか？

健一　いいんだ。

幸恵　だって落ち着かないでしょ、ここは。

健一　こいつ（満ちる）とふたりきりにされたらもっと落ち着けないんだよ。

満ちる　（立って）台本持って来るわ。

健一　さっきの返事は？　現場に来ないと分かってテホン直しの話もねえからな。

満ちる　感想を聞かせてくれるだけでいいの。いいでしょ、それくらいしてくれたって。（と言い放って、二階へ消える）

健一　……幾つになったんだ、あいつ。

幸恵　娘の歳も知らないの？

健一　あちこちに何人もいるからな。

幸恵　何人いるの？

健一　忘れた。（ノリヲに）おい、俺の部屋行って台本ですね。

ノリヲ　台本ですね。

健一　それと、あいつの原稿も。

幸恵　メガネも一緒に。

ノリヲ　了解。（と、足早に二階へ）

健一　満ちるはひとり娘なんだ。上はみんなボウズで。しかし、子供は不憫だ、親を選べねえんだからな。

幸恵　そう思うんならもう少し満ちるさんに優しくしてあげたら（いいのに）。

健一　（遮って）いろいろあるんだよ、他人には窺いしれない家庭の事情ってやつが。

堤　そんなにいるんですか。

健一　うん？

堤　監督のお子さん。二桁とか？

健一　そんなにはいない。（指を三つ四つ折って）……最初の子供は健児っていって、二人目がロスで日本料理屋をやってる良寛（りょうかん）。健児とはなんとなく反りが合わなかったが、こいつとは最初の女房と別れた後もずっと行き来があって、俺が心臓の病気で倒れた時も、良寛だけはわざわざアメリカから見舞いに来てくれたんだ。三番目が初（はじめ）で、……違うか、初は二度目の女房の子供だから……、雅史か。

幸恵　雅史？

健一　あ、雅史はここの子か。誰だ、三番目の息子は？

満ちる、台本と自分の書いた原稿を抱えて、戻って来る。

健一　ノリヲはどうした。

満ちる　なんかキサイの部屋でバタバタしてたけど。

幸恵　メガネが見つからないのかしら。

堤のスマートフォンに電話。

堤　(出て)もしもし、堤です。お疲れ様です。はい。一応当人には話してみたんですけど……(と話しながらロビーに消える)

入れ違いに大地、戻って来る。

健一　大地、いい加減、女房でも貰って家を出ないと、一生多恵子にまとわりつかれて身動き出来なくなるぞ。

大地　はい。

健一　どうだ、満ちるは。

大地　え？

健一　いいだろ。幼馴染で気心も知れてるし。

満ちる　どうしてそうやって誰彼かまわずくっつけたがるの？

健一　映画は人間を、人間の業を描くんだ。だから、結婚だの子作りだの、世間の大抵の人間が普通にやってることは、なんでも一度は経験しておいた方がいいんだよ。

満ちる　浮気も？　離婚も？　外で子供を作ることも？

健一　ものには限度ってものがある。

満ちる　多少は反省してるってこと？

健一　(鼻先で笑い)俺の辞書は安物だからな、反省だの後悔だのって単語は載ってねえんだよ。

ノリヲ　(現れて幸恵に)すみません、アイロン貸してもらえませんか。

幸恵　アイロン？　何に使うの？

ノリヲ　(健一に)申し訳ありません。監督の台本に麦茶こぼして濡らしてしまって。とりあえずわたしの台本で。(と、老眼鏡と台本を差し出す)

健一　（受け取って）俺はこれでなにをすればいいんだ？
ノリヲ　ですからその……
　健一、台本でノリヲの頭を殴る。
　ノリヲ、奇声を発する。
健一　お、いまのそれ、使えるぞ。忘れないようにもう一度やっとこう。（と、また叩く）
ノリヲ　ヒエー。（と、再度の奇声）
健一　それそれ。お前もこれで演技開眼だ。
ノリヲ　ありがとうございます。
健一　本気にしてやがる。（と言って、笑う）
　堤、戻ってくる。
満ちる　始めない？
大地　じゃ、僕も台本を……（と、動こうとするが）
健一　いまの電話、誰からだ。
堤　はい？
健一　知り合いにハイさんなんているのか。
堤　田野倉さんです。
健一　田野倉がどうした？
堤　ちょっとトラブルがありまして……
大地　（食い気味に）今はいいだろ、ホン直しをやってンだから。
健一　大地、お前知ってンのか、田野倉がどんな用件でこいつに電話をかけてきたのか。
大地　いえ、それは……
健一　どいつもこいつもモゴモゴしやがって。
満ちる　謝罪文を書けって言われてるのよ。
健一　謝罪文？（堤に）お前、何をやらかしたんだ。
堤　いや、書くのは俺じゃなくてわたしじゃなくて。
満ちる　キサイが書くのよ。
健一　俺が田野倉に？　どうして？
満ちる　セクハラされたって怒ってるのよ。
健一　俺が田野倉にセクハラだ？
満ちる　そうじゃなくって
健一　ハッキリ言え、この刺身のツマでも分かるようにハッキリ！

満ちる　カジワラさんが

堤　カジハラ！

大地　いいんだ、そんなことはどうだって！

満ちる　真由美さんがというか、真由美さんの事務所が、キサイにセクハラされたって騒いでるらしいの。だから、もうそんなことはしないってキサイが謝罪文を書かない限り、彼女を今度の映画から降ろすって。

健一　……　ホー。

沈黙と緊張の間。

満ちる　彼女になにをしたの？

健一　なんにもしてねえよ。

満ちる　なにもしないのにこんなこと言い出すはずないでしょ。

健一　ホテルに誘っただけだ。

満ちる　やっぱりしてるじゃない。

健一　最初はやんわり断られたんだが、マンツーマンでみっちり芝居をつけてやるって言ったら、二度目はついて来た。

満ちる　それで？

健一　何度やらせても芝居が変わらないんだ。二時間だぞ、二時間。さすがの俺も堪忍袋の緒が切れて、服を脱げって言ったんだ。服を脱いでパンツも脱いで、裸になって俺にツバでも吐きかけるつもりで台詞を言ってみろって言っても、「そんなことは出来ません」とかツベコベぬかしやがるから、こっちも意地になって、

ノリヲ　まさか　…！

健一　ベッドに押し倒して服を脱がしてやろうと思ったらあの女、とんでもねえ馬鹿力を出しやがって、俺を突き飛ばして逃げていきやがったんだ。

堤　そこまでやったら、やっぱ　…

健一　バカヤロー。俺はあの女に突き飛ばされたんだぞ。突き飛ばされて腰打って、病院にも行ったんだ。被害者はこっちじゃねえか。

満ちる　盗人猛々しいってこのことね。
大地　盗人って、言いすぎだよ、それ。
満ちる　だって、今の話を聞いたら立派なセクハラじゃない。
健一　（鼻先で笑い）立派かどうかはともかく、あの程度のことで罪人呼ばわりされたら、俺だけじゃない、古今東西の映画監督という映画監督はみんな、極悪非道の前科者になっちまう。
満ちる　時代が変わったのよ。
健一　上等だ。降りたいって言うんなら降りて貰おう。こっちも望むところだ。大地もあいつのアップは撮りづらいってこぼしていたし。なあ、大地。
大地　確かにそれは……
健一　ひと声かければ、あんなデクノボーより筋のいいのが十人や二十人、すぐに売り込みにくるさ。そうだよ。綱澤の原作は中国や韓国でも売れてるんだ、あっちの女優にまで手を広げれば
堤　無理です、それは。今度の企画は梶原ありきで始まったわけで。それに、製作資金のほとんどが梶原さんの事務所がらみのスポンサーから出てるんですから。
健一　だからなんだ。
堤　だからつまり……
健一　俺に地べたに這いつくばって、ごめんなさいって謝れって言うのか。
堤　そうです。
ノリヲ　てめえ！
幸恵　やめなさい。（と、ノリヲを抑える）
堤　俺じゃないですよ、そう言えって田野倉さんが。
ノリヲ　なんぼのもんじゃい、田野倉が！（と、芝居がかって）

食堂の不穏な空気を感じて、雅史、厨房から顔を出す。

健一　分かった。だったらしょうがない。俺が降りるよ。

ノリヲ　監督！
健一　堤、それでいいんだろ。
堤　いや、それは話が　……。映画はどうなるんですか。
健一　知らねえ。田野倉に聞け、田野倉に。そもそもあいつにお願いされたから俺は重い腰を上げたんだ。それが蓋を開けてみりゃ、ちょっと休めだの詫び状書けだの勝手なことをぬかしやがって。なんであんな広告屋上がりのど素人の言いなりにならなきゃいけないんだ。
大地　監督、落ち着いて下さい。せっかく十二年ぶりに映画が撮れるんです。いや、もう現に撮ってる。船は港を出ています。港を出た船は、違う、ロケットだ。ロケットはいったん発射されたら、もう引き返すことは出来ないんですよ。
健一　…なにが言いたい？
大地　だから
ノリヲ　降りるなんて言わないで下さい。監督のお気持ちはよく分かります、分かってるつもりです。でも、恥ずかしながらわたしだって、今度の映画に役者生命を賭けてるんです。監督がここで降りたら　…
健一　心配するな。大地が言うようにもう船は港を出て金も動いてる。ここでやめる訳にはいかないんだ。俺が降りたと聞いたら、暇を持て余したハイエナどもが我先に、俺が俺がと手を挙げるよ。
大地　いいんですか、監督はそれで。
健一　いいわけねえだろ。でもな、大地。ついこの間までスタッフや役者に四の五の言ってた俺がだ、いくらテレビで売れてるとはいえ、まだ駆け出しの、女優とも言えねえような小娘に、詫び状を入れたと知ったらみんなはどう思う？　動くのか。そんな腰抜け爺の言うことをまともに聞くのか、聞けるのか。
ノリヲ　わたしは聞きます。持田ノリヲが体を張って監督、守ります。
健一　お前、シャブでもやってるのか。
ノリヲ　監督！

健一　そんな声を出すな、甲子園球児じゃあるまいし。
ノリヲ　しかし……
健一　こういうものは縁だからな。しょうがない。次の機会が来るのを待つさ。待つのはもう慣れっこだ。
満ちる　甘い。
大地　満ちるさん！
健一　？
満ちる　今度の仕事を降りたらもう二度とキサイにオファーなんか来ない。どうしてそれが分からないの？
健一　…お前は占いも出来るのか。
満ちる　ただでさえトラブルメーカーだってみんなから煙たがられているのよ、おまけに歳も歳だし。なんで二年先三年先があるって思えるの？　なにすかしたことをぬかしてるの。バカじゃないの、みんなに不死身だなんて言われてその気になって。最後の映画なのよ、あなたにとってはこれが。そう思ったら謝罪文くらい書けるでしょ。書きなさいよ。書いてみんなの、世間の笑い者になって、晒し者にされて、ワイドショーのいいネタにされたらいいじゃない。だって、あなたはそうやってこれまで生きてきたんでしょ。愛人にナイフで刺された、愛人に子供が生まれた、また結婚、また離婚、家族は捨てたが籍は抜かない、エトセトラエトセトラ。あなたの過去の栄光は、そんなスキャンダル抜きには語れないわけでしょ。今更なにビビッてるの。書きなさいよ、謝罪文。書いて、屈辱にまみれて、それでも堂々と恥知らずの海を渡って、あの世に行ったらいいじゃない。

健一、満ちるにグラスを投げつける。外れる。

幸恵　やめて！
満ちる　なんで外したの？　当てたらいいでしょ！ほら、ここ！（と、額を指差して）
健一　貴様！（と、満ちるに掴みかかろうとする）

幸恵、ノリヲ、健一を必死に止める。

健一　離せ、お前たちの出る幕じゃないんだ！（と、ふたりを振り切るが）

雅史　（健一の前に立ち）もう止めましょう。これ以上やったらお体によくないですよ。満ちるさんもそれだけ言えば十分でしょう。姉さん、監督をお部屋に。

幸恵　分かった。さ、行きましょ。

健一　……（興奮を静めて、雅史に）悪かったな。少し飲みすぎた。

雅史　ほどほどになさらないと。

健一　明日、見舞いに行くから。

雅史　見舞い？

健一　おまえたちのおふくろさんのところへだよ。

雅史　いいですよ、そんな。

健一　久しぶりだからな。挨拶代わりにキスでもしてやるか、ねっとりしたヤツを。

幸恵　またバカなことを言って。

健一　ああいう病気はお前、刺激が必要なんだ、刺激が。

幸恵　またセクハラで訴えられたらいいんだわ。

健一　ハ、ハ、ハ。（と、笑う）

満ちる　（健一の背中に）わたし、明日の朝一番で帰るから。

健一　ああ。…元気でな。（と、振り向かぬまま片手を軽くあげ）

健一、幸恵とともに二階へ消える。
雅史、床に散乱したグラスの欠片を片付ける。

大地　帰るの？

満ちる　だってここにはいられないでしょ、もう。

大地　監督はきみと会えるのをほんとに楽しみにしてたんだ。もちろん、口には出さなかったけど。なのに、こんなことになってしまって。

満ちる　大ちゃんがいけないんでしょ。

大地　…

満ちる　わたしは帰るっていったのに大ちゃんが止め

大地　るから。
　　でも、あれはないよ。監督に死ねばいいだなんて。
満ちる　…反省してる。
大地　ひどいよ。
満ちる　だから、反省してるって言ってるでしょ！
大地　……
堤　まいったな。俺、田野倉さんになんて報告すればいいんだろ？
満ちる　降りないから、あのひと。
堤　え？
満ちる　大丈夫よ。さっきのはポーズ。謝罪文、書くのよ結局。この程度のことで放り出すほどバカじゃないし。なんだかんだ散々ごねて、逆に向こうに頭を下げさせて、それから書くつもりなのよ。
堤　曲者だあ。
満ちる　雅史さん、飲みに行かない？
雅史　今からですか？
満ちる　今度いつ会えるか分からないし。話したいことがっていうか、聞いておきたいことがあるの。
雅史　なんですか、いったい？
満ちる　みんなの前で、それも素面（しらふ）じゃ言えないこと。
雅史　なんか怖いな。
満ちる　大丈夫よ、さっきみたいなことはもうしないから。
雅史　ええっと…（大地を気にしてる）
大地　奥さんには僕から…
雅史　すみません。じゃ…
満ちる　船着場の前にスナックあったでしょ。
雅史　「漁火（いさりび）」ですか。あれ、小学校の同級生がやってるんです。

　　など言いながら、二人、出て行く。
　　ノリヲ黙って、落ち込んでいる大地の肩に手を置く。

大地　え？
ノリヲ　信じましょうよ。
大地　なにを？

ノリヲ　満ちるさんの言葉を。
大地　……
ノリヲ　監督はやってくれますよ、やってくれなきゃ。だって今度の映画、わたしがラストシーンにいるなんてそんなの初めてで。女房もホント喜んでるんですから。
大地　確かに元の台本ではそうなってましたけど。
ノリヲ　え、ま、まさか……
大地　彼女、ラストは空撮をイメージして書いてるみたいで監督も……
ノリヲ　嘘でしょ。
大地　監督はずっと前から、夫婦が部屋で朝飯を食ってるような、そんなしょぼくれたラストでいいのかって言ってたんで。
ノリヲ　違う違う、なに言ってンですか。何人も男を殺した女が、今朝も亭主と何食わぬ顔でおいしそうに朝飯を食べてる。これ、このギャップがいいわけでしょ。
堤　それ、大地さんじゃなくて監督に言わないと。
ノリヲ　うるさい！　ああ、役者生命が……。（と、頭を抱えて）息子がこの四月から小学生なんですよ。いつまでも女房に食わせてもらってる訳にもいかないし……

緑が厨房から現れる。

堤　大将ならちょっと飲みに行くっていま……
緑　そう。（と、テーブルの上を片付けようとする）
堤　あ、俺やりますよ。
緑　ありがとう。じゃ、ここ拭いといて。（と、台拭きを堤に渡す）

緑、残っていた皿、グラス等を持って厨房に戻る。

ノリヲ　大地さん、わたし達も飲みに行きませんか。
大地　俺、飲めないし。
ノリヲ　じゃ、散歩でも。
大地　ふたりで？
ノリヲ　なんか不安で。こんな落ち込んだ気分を抱えたまま寝られないですよ。

大地　まさかノリヲさん、アレじゃないですよね。
ノリヲ　アレ？
大地　だから、こっちの　…（と、女形のように手を口元に）
ノリヲ　俺、女房も子供もいるんですよ。
大地　前にあったんですよ、学生の時に。映画研究会で伊豆大島へロケに行った時、杉内ってやつに夜の浜辺を散歩しようって誘われて
堤　やられちゃったんですか？
大地　やられちゃいないけど。さっきノリヲさん、俺の肩に手を置いたでしょ、一瞬、その時の記憶が甦ってきて　……

緑、戻って来る。

ノリヲ　その話、波の音をバックに夜の浜辺でじっくり聞かせてもらいます。行こ。
大地　ええっ？
ノリヲ　今夜は私たちにとって忘れられない夜になりそうね。
大地　やめて下さいよ。

ノリヲ、笑いながら大地を抱えるようにして出て行く。

緑　（見送って）堤さん、ひとりにされちゃった。
堤　ひとりじゃないでしょ、奥さんいるし。あ、お腹にもうひとりいるから　…
緑　これ、怖いんだけど。だって動くのよ。
堤　動かなかったらヤバイでしょ。何ヶ月でしたっけ。
緑　六ヶ月が過ぎたとこ。
堤　じゃ、もうツワリも治まって。
緑　なんでそんなこと知ってるの？
堤　前に、妊娠してる女の子と付き合ってたことがあって。俺の子供じゃなかったんだけど、結構子供好きなんで。俺まだその時二十歳（はたち）になったばかりだったんだけど、彼女と結婚して父親になるのも悪くないなと思ってる日々もあったりして。でも彼女、ある日急に元カ

レのとこに戻るからなんて言い出して。オイオイって感じで。

緑　振られたんだ、堤くん。

堤　泣きましたよ、あの時は。

緑　よしよし。（と、堤の頭を撫でる）

堤　…お腹、ちょっと触っていいですか？

緑　いいよ。

堤　（緑のお腹に手を置き）あ、動いてる。前の彼女は、お腹の中に金魚がいて、それが時々ピクピクするんだって言ってたけど。

緑　どっちの耳が聞こえにくいんだっけ？

堤　左ですけど。その話、俺、話しました？

緑　聞こえたの。ここへ来た翌日の朝だったかな、食堂で監督たちに話してる堤くんの声が。

堤　生まれつきこうだから別に不便は感じてないんだけど、やっぱこっち（左）から話されると聞き取りにくくて。反応しないとシカトしてるみたいに思われて、子供の頃は結構それでイジメられたんですよ。お陰でこんなヒネクレ野郎に……

二人、楽しそうに笑う。そして、緑はゆっくり堤の耳元に唇を寄せ、なにか囁く。

堤　え？

緑　聞こえなかった？

堤　聞こえましたけど。キとかスとか。

緑　その代わり……

堤　はい？

緑　わたしをどこかへ連れてって。

堤　連れてく？　どこへ？

緑　だからどこかよ。潮の匂いがしない、海鳴りも聞こえない遠いところ。

堤　なんで俺なんですか。

緑　理由がいる？　ひとを好きになるのに。

堤　…もう一回。

緑　え？

堤　いまの台詞を。

緑　理由がいる？　ひとを好きになるのに。

堤、緑を抱き寄せ、キスをする。
堤の携帯電話に着信音。堤、キスをしたまま、それを切る。
ひと間。
幸恵があわただしく、二階から降りてくる。慌てて離れるふたり。

幸恵　緑さん、一一九番に電話して！
緑　どうしたんですか。
幸恵　監督が！　早く！

暗くなる。ヘリコプターの音が急速に近づいてくる。

3　惜春

前シーンから一週間後の、今にも雨が降り出しそうな午後三時少し前。
幸恵と堤。堤はカウンターの中に入って台拭きでカウンターを拭きながら、カウンターの椅子に座っている幸恵と話をしている。

幸恵　ほんとに辞めるの？
堤　いつも怒られてたけど俺、監督が好きだったんですよ。っていうか俺にはあのオッサンしかいないんで……
幸恵　まだどうなるか分からないのに。好きで入ったんじゃなかったの？　この世界に。
堤　好きだから向いてるとは限らないし。監督が倒れてこの一週間、いろんなことがあったけど、全部オレ抜きで話が進んでるでしょ、現にいまも二階で。

幸恵　どうするの？　これから。
堤　なんか、もう少しのんびりやれる仕事ないスかね。
幸恵　あったらわたしにも紹介してほしいわよ。
堤　苦手なんですよ、人間。子供ならＯＫなんですけどね。
幸恵　監督にはいまの話……？
堤　いや、まだ。
幸恵　じゃ、帰るときに名古屋の病院に寄って……
堤　俺、病院も苦手なんで。
幸恵　お世話になったんでしょ。
堤　独特な匂いがあるじゃないですか。ダメなんですよ、あれが。子供の頃、耳のアレで毎週病院に通ってて。別に検査で嫌な思いをしたとかそんなことはなかったんだけど、なんだろう？　自分だけほかの子供と違うっていうのが子供心に痛すぎたっていうか。あの匂いを嗅ぐとあの頃のことを思い出して体がすくんじゃうんですよ。それに、寝たっきりの監督なんてあんまり見たくもないし。
幸恵　寝たきりでいてくれたらわたしももう少し楽になれるんだけど。
堤　え、もうガンガン？
幸恵　いくらなんでもそこまでは。でも、昨日こっちへメールで送ったでしょ。
堤　満ちるさん宛の？
幸恵　監督が言う通りにわたしが書いたんだけど、台本も見ないで、あそこのシーンがどうでこうでって指図出来るくらいには回復してるの。
堤　スッゲエ。
幸恵　だから病院の先生も、たった五日でここまで回復するのは信じられないって。
堤　大体、あんなに早くヘリが来るなんてありえないし。
幸恵　到着があと十五分遅かったら危なかったって。
堤　悪運強ェー！　やっぱ監督は人類最強だ。
緑　（玄関の方から現れて）車、こっちに回したけど。
堤　ありがとうございます。
緑　なんでそんなとこにいるの？

幸恵　子供の頃から、一度こういうカウンターの中に入ってみたかったんだって。
緑　変わってる。
堤　緑さんほどじゃないと思うけど。
幸恵　……？
堤　夢も叶ったし。じゃ、行きますか。（と、大きなバッグを持って、カウンターから出てくる）
緑　（幸恵に）いろいろお世話になりました。
堤　それ、俺が言う台詞でしょ。
緑　一度言ってみたかったの、わたしも。

厨房から雅史が現れる。

雅史　もうお出かけですか。船の時間にはまだ……
堤　車で島を一周して帰ろうと思って。
緑　なんとなく名残惜しいんだよね。
雅史　お暇になったら是非またお越しを……
堤　ワタクシ、船が苦手なんスよ。
幸恵　ちょっと苦手なものが多すぎない？
堤　甘やかされて育ったんで。
緑　強い子にならなきゃ。

みんなで笑う。

雅史　（緑に）お前、携帯。（と、スマートフォン差し出す）
緑　いいの、必要ないから。
雅史　帰りにストアに寄って、トイレの消臭剤を。
緑　ＯＫ。
雅史　（堤に）お元気で。
緑　雅史さんも。行ってきマース。

堤と緑、出て行く。

雅史　（見送って）なに言ってンだ、あいつ。
幸恵　大丈夫？
雅史　なにが？
幸恵　（それに答えず）どうだった、成田屋さん。
雅史　二つ返事だよ。二組と言わず三組でも四組でも回してくれって。

幸恵　どこも大変ね。
雅史　ひとごとじゃないんだよ。
幸恵　ごめん。
雅史　なに考えてンだよ。杉本さんなんてうちの大事なお得意さまじゃないか。それを成田屋さんに回さなきゃいけないなんて。どうするの？　ここ潰しちゃっていいわけ？　それならそれで俺も考えるけどさ。
幸恵　ダメよ、潰すなんてそんな　……
雅史　だったらこっちの仕事をしてくれよ、監督の世話なんかしてないで。
幸恵　だって、わたしがそばにいてあげないと……
雅史　大丈夫だよ。ノリヲさんがついてるし、看護士さんだっているんだから。
幸恵　あんたにだって彼女がいる（でしょ）
雅史　（食い気味に）縁になにが出来るんだよ。
幸恵　わたしがいるからあの子はいつまで経っても仕事を覚えないのよ。
雅史　すり替えるなよ、話を。
幸恵　……
雅史　あいつもお腹が大きくなってるし、姉さんがいないと店は回らないんだよ、分かってンだろ。言わせるなよ、こんなこと。
幸恵　……
雅史　今度の土日の客は成田屋さんにお願いするとして、来週末には帰ってきてくれないと……
幸恵　予約があるの？
雅史　入ってるんだよ。
幸恵　どうしよう？
雅史　なにを考えることがあるんだ。
幸恵　だって、ほっとけないでしょ。
雅史　どっちが大事なんだよ、うちと監督と。（と、思わず声を荒げる）
幸恵　……
雅史　まさか、姉さん　……
幸恵　なに？
雅史　惚れてるわけじゃないよね。
幸恵　監督に？　なにバカなこと言ってるの。

雅史　だったらあとは病院に任せて。
幸恵　わたしには責任があるのよ。
雅史　責任？　なんの？
幸恵　だから、あのひとがああなった……
雅史　姉さんがなにをしたんだよ。
幸恵　……
雅史　なにかしたの？　監督に。
幸恵　……
雅史　なにしたんだよ。

　　二階から真理が現れる。

真理　ああ、お腹すいた。なにか食べるものないかしら。新幹線でサンドイッチをつまんだっきり、朝からなんにも食べてないのよ。
雅史　すみません、気がつきませんで。
真理　すぐに出来るものがいいんだけど、おにぎりかなにか。
雅史　承知しました。（行きかけて立ち止まり）満ちるさんと大地さんは？
真理　食べたきゃ来るんじゃない？
雅史　では、一応三人分のご用意を……（と、厨房に消える）
真理　（テーブルの椅子に腰を下ろし）次の船、何時だっけ？
幸恵　三時半ですけど。
真理　（時計を見て）じゃ、もう無理ね。
幸恵　お話の方はまだ？
真理　全然。
幸恵　ウンとおっしゃらないんですか。
真理　甘く見すぎてた、満ちるさんのこと。パーティなんかで会うと必ず向こうから挨拶に来るし、あのクソオヤジの娘とは思えない、なんて感じのいい子なんだろうと思ってたんだけど。
幸恵　頑固なんですね、父親に似て。
真理　蛙の子は蛙？　そうじゃないわね。だって親蛙の方は今朝病院で、ホラ、案外あっさりこっちの話を。
幸恵　多分、気持ちが少し弱ってるんです。

真理　だからね、あの子にもそこンところを汲んでほしいのよ。なのに、あのお子様蛙ときたら蛙の面になんとかみたいに……

幸恵　なにが気に入らないんでしょう？

真理　分からない、わたしには。あなたの映画を優先的に考えてくれていいからって、こっちも相当譲ってるのよ、譲って譲って。そりゃ、ヨシケンさんにはね、あの子にはあの子なりに言いたいことが山ほどあるのは分かるわ、分かるの。だけど、あの鬼才と呼ばれた吉田健一がよ、ハリウッドへ行ってもオレ流を曲げなかったあのオヤジが、総監督でいい、自分はお飾りで構わないって、二歩も三歩も引いたわけでしょ。それがどんなに屈辱的なことか、あの子に分からないはずないのに、どうして許せないの、水に流せないわけ？　いいじゃない、もう過ぎたことなんだから。ふたりが仲直りするいい機会じゃない。（感極まっている）だって、ふたりの名前がタイトルロールに並ぶことなんて、これを逃したらもう二度とないんだから……。ヨシケンさんもそれが分かってるから……。嫌だ、わたしったら涙なんか流して。ごめんね。（と、涙を拭う）

幸恵　あ、いえ……

真理　なんだか悔しくって……

雅史　（現れて、真理に）お待たせしました。（と、おにぎりが乗った小皿を差し出す）

真理　ありがとう。腹が減っては戦が出来ぬ、と。（と、食べる）

雅史　姉さん、俺ちょっと……

真理　なに？

幸恵　緑が……

雅史　彼女がどうしたの？

幸恵

雅史、黙って緑の携帯電話を開いて差し出す。

幸恵　（受け取って画面を見る）……どういうこと？

雅史　だからちょっと行ってくる。

幸恵　どこへ？

雅史　分からないよ！（と、声を荒げて出て行く）

真理　（立って）お茶は……？

幸恵　あ、すみません。

真理　いいのいいの、お取り込み中でしょ。（と、お茶を入れるべく、カウンターの中へ）

と、二階からバタバタと大地が現れる、満ちるのカバンを抱えて。

幸恵　（驚いて）どうしたんですか。

大地　満ちるさんがどうしても帰るって言うから。

真理　冗談じゃないわよ。

満ちる、現れる。

満ちる　いい歳をしてなにしてンの？　返してよ、それ。

大地　だってまだ話の途中じゃないか。

満ちる　さっきも話したでしょ。今日中に札幌に移動するには三時半の船に乗らないと間に合わないんだって。

大地　だから、いまきみがここでウンと言えば船にも乗れるし……

満ちる　返して、財布だけでもいいから。

真理　いい加減にして。ひとがこんなに頼んでンのよ。どうして首を縦に振ってくれないの？　どうなってるの、その首。むち打ち症にでもなってるわけ？（と声を荒げる）

満ちる　（努めて冷静に）同じ話の繰り返しで申し訳ないんですけど。拘束三日という約束でわたしはこの島に来たんです。でも、金子さんもご承知のように、不測の事態が発生しました。わたしはどうすべきか迷いましたが、プロデューサーの田野倉さんから、とにかくホン直しだけは終わらせてほしいと頼まれたので、この島の滞在を三日間延長して、キサイが自分の台本に書き入れたメモを参考にしながら、ホン直しをすることにしました。そのためにわたしの映画のスタッフには

真理　（遮って）だからそれについては

満ちる　（遮って）最後まで聞いてください。そのため

にわたしの映画のスタッフには迷惑をかけてしまったんです。でも昨日、予定通りお昼前に直しが終わったのでこれで帰れると思ったら、病院にいるあのひとから直しの指示を書いたファックスが届き、それでまた一日わたしたちの予定が遅れて。昨日から、ロケハンのスタッフは札幌でわたしが来るのを待っています。これ以上彼らに迷惑をかけるわけには（いかないんです）。

真理　（被せて）分かってる、それは。わたしもほんとに悪いことしたって思ってる。

満ちる　金子さんが謝ることでもないと思いますけど。

真理　そうよ、わたしは関係ないんだから、本来。だから最初はね、昨日のお昼に電話をもらった時は、わたしの出る幕じゃないって断ったのよ。それが夜遅く、田野倉さんがわざわざうちまで来て、ハッキリ言ってこっちはいい迷惑だったんだけど、ヨシケンさんを説得できるのはあなたしかいないからって、母親にすがるみたいに頼むわけよ。わたしもバカだからさ、そこまで言われたら嫌って言えないじゃない。だから、今朝早く新幹線に飛び乗って

満ちる　その話はさっきも

真理　あなたがウンと言わないからでしょ。子供の使いじゃないんだから、ダメだって言われてハイそうですかってわけにはいかないのよ。ううん、わたしの面子なんかどうでもいいの。純粋にね、そう、ヨシケンさんが昔の仕事仲間だからとかそういうことも関係なく純粋に、彼の新作をもう一度見たいの、だから（こうして）

満ちる　（被せて）だから、金子さんが見たいのはあのひとの映画なわけでしょ。なのにどうしてわたしに。

大地　だってもうヨシケンさんに監督は無理じゃないか。

満ちる　周りが勝手にそう決めてるだけでしょ。

大地　ほんとに無理なんだ、担当の医師がそう言ってンだから。

満ちる　これまで何度も無理を通してきたひとでしょ、あのひとは。医者がどう言おうとやらせたら

大地　（いいのよ）

（被せて）きみは病院に行ってないからそんな無茶なことが言えるんだ。

満ちる　なに？　わたしが薄情だって言いたいわけ？　ここでホン直しなんかしてないでずっと病室で付き添って、時々あのひとの手を握りながら、「お父さん大丈夫よ、大丈夫だから」なんて、心にもないことをほざいてりゃよかったわけ？

大地　……

真理　分かった、もういい。

大地　金子さん。

真理　疲れちゃった。それ、返してあげな。

大地　でも　……

真理　わたしもうグリコ。お手上げ。

満ちる　すみません、せっかく来ていただいたのに。

大地　なんなんだよ、いったい　……

満ちる　返して、わたしのカバン。

大地　ふざけンなよ。俺はさ、今度の映画に賭けてたんだよ。きみだって何日もほとんど寝ずにホン直しをしてたんだろ。なんでそれを自分で撮りたいって思わないんだ、なんで父親に代わってやるって言えないんだよ。

満ちる　『天使』はキサイの映画よ、わたしの映画じゃないわ。

真理　意地？

満ちる　意地？　なんの意地ですか？　誤解しないで下さい。意地とかあのひとへの恨みつらみとか、そんなことで『天使』の監督を引き受けないなんて言ってるわけじゃありません。一昨年だったか、古い映画雑誌を見ていたらあのひとのインタヴュー記事が載っていて、そこでこんなことを言ってたんです。仕事は話がきた順番にするようにしてるって。後からいくらいい仕事の話がきたからって、そっちの方に飛びつくのは最低の人間がすることだって。それを読んでわたし、あのひとのことをちょっと見直して。そう思った自分を裏切

りたくないんです。（大地に）分かった？

大地　分からないよ。

満ちる　（微笑んで）大ちゃんは毎日病院に通って時々、いつまで寝てンだってキサイのお尻を叩いてくれる？（カバンを奪い取り）それがとりあえずのあなたの仕事。

大地　……

満ちる　（幸恵に）雅史さんは？

幸恵　さっきちょっと出かけて。

満ちる　残念。また来ます、お料理もおいしかったし。

幸恵　お元気で。

満ちる　父のこと、よろしくお願いします。（と、行きかけて）いけない、忘れ物忘れ物。（と、急いで二階へ）

真理　あのクソ爺がカッコつけて詰まンないこと言うから……。ああ、どうしよう？（幸恵に）原作書いた綱澤っていうのがこれまた融通のきかない男で、ヨシケンさん以外の監督は認めないって聞かないわけ。そこを田野倉さんがなんとか宥めすかして、血の繋がった娘なってことでやっとＯＫをとったの。だから、他の監督をってわけにもいかないし。大地くん、なんとかしてよ。

大地　なんとか出来るならなんとかしてますよ。

真理　だから力ずくで彼女を押さえ込んでさ。

大地　無理です。

真理　…だよね。

幸恵　（大地に）すみません、堤さんの連絡先、分かります？

大地　堤がどうかしたんですか？

幸恵　ええ、ちょっと……

外で、車が止まった音がする。

幸恵　あ、緑さん、帰って来たのかしら。（と、玄関の方へ）

真理　（おにぎりの小皿を示し）食べない？

大地　いえ。

真理　（食べながら）さっきふいに思い出したんだけど。わたしずっと昔、あの子に、満ちるさんに新宿の飲み屋で会ってるの。もちろん、ヨシケンさんと一緒よ。確か、四月になったら小学生だって言ってたわ。そう、紀伊國屋書店のカバーがかかった本を大事そうに抱えてるから、「それ、なに?」って聞いたら、メーテルリンクの『青い鳥』だって。まだ小学生にもなってない女の子の口から、メーテルリンクなんて言葉が出る? フツー。それも絵本じゃなくてビッシリ活字が詰まったヤツなのよ。わたしびっくりしちゃって、こんなの読めるの? って聞いたら、脇からあのクソオヤジが笑いながら、そんじょそこらの子供とは違うんだって言って……

健一の笑い声が聞こえる。

大地 監督だ!

真理 嘘?!

車椅子に乗った健一が、それを押すノリヲとともに現れる。

真理 ヨシケンさん!

健一 (真理に)おお、姐御。しばらく見ないうちに、老けたなあ。

真理 なに言ってンの、今朝会ったばかりでしょ。

健一 ハ、ハ、ハ。(と、笑う)

真理 (ノリヲに)大丈夫なの? こんなところに連れて来ちゃって。

ノリヲ 久しぶりに外の空気を吸いたいっておっしゃるんで病院の庭に出たら、もっといい空気が吸いたいとおっしゃって……

真理 それでここまで?

健一 海を見たくなってな。

二階から満ちる現れ、健一を見て立ち止まる。手に娘の土産が入った袋。

健一 (満ちるから目を逸らし)幸恵はどうした?

ノリヲ 多分、病院の方に、監督はいまこちらにって

健一　お電話を。
満ちる　余計なことをしやがって。
健一　（健一に少し近づき）ずいぶん元気そうね。
元気な人間はこんなものには乗らねえよ。

満ちる、思わず笑う。

健一　初めて笑ったな、俺の前で。
満ちる　一応ホンは直しました。昨日いただいた指示通り、ラストシーンも変えたから。
ノリヲ　エッ？
健一　ご苦労。
ノリヲ　その新しいラストシーンにわたしは？
満ちる　原稿は大ちゃんに渡しましたからご自分で確認なさって下さい。
健一　帰るのか。
満ちる　（時計をチラッと見て）三時半の船に乗らないと。
健一　（真理に）ウンと言ったのか、こいつ。
真理　わたしの顔を見れば分かるでしょ。
健一　（真理をまじまじと見て）老けたな、姐御も。
真理　さっきも聞いた！
健一　ハ、ハ、ハ。（と、笑って）この女もなあ。スクリプターなんてやってた頃は可愛いかったんだが、いつの間にかガキタレ集めて猿回しの親方みたいなことを始めやがって、小銭が入るようになったらこのザマだ。大きなお世話だよ。
満ちる　（真理に）こんな憎まれ口を叩けるんだから、あと一ヶ月もすれば現場に復帰できますよ、きっと。
健一　やれるもんならやりたいんだよ、俺だって。（と、語気強く）
満ちる　（同じく）だったらやればいいじゃない、ひとまかせになんかしないで。
ノリヲ　ストレスがいちばんいけないんです、心臓には。
健一　……お前、そんなに俺のケツを拭くのが嫌か。
満ちる　当たり前でしょ。
健一　俺は拭いてやったぞ。お前が生まれたばかりの頃、糞まみれのケツを何度も。

満ちる　（そっぽを向いて）……

健一　いや、何度もじゃないな。せいぜい二度か三度か。覚えてるよ。可愛いケツしてたんだ、いまは知らんが。

満ちる　下らない。（と、吐き捨てるように）

真理　大地くん、ちょっと。

大地　なんですか？

真理　話したいことがあるの。ここじゃアレだから二階で。（ノリヲに）あんたもよ。

ノリヲ　いや、わたしは監督のお傍にいないと、もしものことがあったら……

真理　いいのよ、娘がついてンだから。ホラ、大地くんも！　空気を読みなさいよ、空気を。

真理、大地とノリヲを急きたて、ともに二階に消える。

満ちると健一は急にふたりきりにされ、一瞬、ぎごちない間が訪れる。

健一　……やっぱりいいな、シャバの空気は。

満ちる　シャバって。刑務所帰りじゃあるまいし。

健一　ムショと同じだよ、病院は。メシもまずいし。

満ちる　入ったことがあるの？

健一　留置所には一度、地回りのヤクザとケンカして。三日で出して貰ったが。

満ちる　原因は？

健一　忘れた。酒か女か、どうせそんなところさ。若い頃の話だよ、お前が生まれるずっと前の。

…タバコあるか？

満ちる　なに言ってるの？

健一　病院じゃ吸わせてくれないんだ。

満ちる　吸わないから、わたし。

健一　探せ、どっかそこらへんにあるから。

満ちる　そこにおにぎりがあるわ。

健一　煙がほしいんだ、煙の出るものが。

満ちる　ふたつに割ったら中からタバコが出てくるかもしれないでしょ。

健一　手品師じゃねえからな、俺は。

満ちる　（クスッと笑って、ひとつ残ったおにぎりを手に取り）食べる？

満ちる いらん。

健一 お昼、食べてないのよ、わたし。（と、食べようとすると）

満ちる 少し貰うか。

満ちる、笑って、おにぎりを半分に割る。

健一 半分はいらん。少しでいいんだ、口寂しいだけなんだから。

満ちる しみったれたことを言わないで。（と、半分渡す）

ふたり、おにぎりを食べる。ほどけた時間……

健一 ラストシーンはどう変えたんだ。

満ちる あなたの指示とは少し違うけど。

健一 素直じゃねえな、お前は。

満ちる 少しだけよ。人気（ひとけ）のない波打ち際を、ヒロインのりょうが娘の手を引いて歩いてるところは同じ。でも、歌を歌ってるのはりょうじゃなくて娘の方なの。

健一 どっちが歌ったって構わないが、最後くらい誰か歌わないとな。『天使はささやくように歌う』ってタイトルなんだから。

幸恵、現れるが、中まで入って来ないで、ふたりの様子をそっと見ている。

満ちる それでなにを歌わせようかって考えたんだけど。

健一 童謡でも歌わせるのか。

満ちる わたしがそんな低俗なことを考えると思う？

健一 そうか。お前は純文学の作家先生だからな。『私は街の子』って知ってる？　昔、誰かさんがよく歌ってた。

満ちる ひばりだろ？『東京キッド』って映画の中で歌うんだ。

健一 違う。別の映画の挿入歌よ。わたし、ネット

健一　で確認したから。
満ちる　そうだったかな。
健一　あの『私は街の子』が、りょうの殺された父親の十八番なの。
満ちる　だったら前もってどっかに、女がそれを歌ってるシーンを入れないといけない。
健一　分かってる。
満ちる　釈迦に説法か。
健一　最後の殺しに行くところでバックに流すの。
満ちる　大丈夫か。昔の東映のやくざ映画みたいにならないか。
健一　そうなるかどうかは監督の腕次第でしょ。あとはキサイの考えたのと同じで、その歌声をかき消すように、上空から悪党たちを乗せたヘリの音が近づいてきて、エンドマークよ。
満ちる　うん。悪くないかも知れない、歌の選択はともかく。

満ちるのカバンからスマートフォンの着信音が聞こえる。

健一　（幸恵に気づき）なんだ、お前、いたのか。
幸恵　すみません。なんとなく入りづらくって。
健一　自分の家だろ。
幸恵　だって、おふたりがおにぎり食べながら……（と、泣く）
健一　バカか。
満ちる　（やっとスマートフォンを取り出し）もしもし。ごめんなさい、まだ島にいるの。そう、なかなかカタがつかなくって。これから出るの。七時くらいには東京に着けると思うけど、すぐ札幌に行かなきゃいけないから。……ゴメン。美幸、そこにいたら代わって。あ、美幸？　ママです。ごめんね、今日は行けなくなっちゃった。そう、お仕事よ。いま？　美幸の知らないおじちゃんとお話してるの。今度会える日？　あと五つくらい寝たら。うん、今度は必ず。お土産？　買ったよ。教えない。知らない方が貰ったとき嬉しいでしょ。うん、あと五つ寝たらね。いい子でいるのよ。バイバーイ。（と、電話を切って）…おじちゃんじゃないか。

幸恵　娘さん、お幾つなんですか。

満ちる　五月が来ると四つになるんです。（健一に）写真あるけど、見る？

健一　いいよ。

満ちる、幸恵にスマートフォンの待ち受けを見せる。

幸恵　可愛い。

満ちる　あんまり似てないでしょ、わたしに。

幸恵　そんなことありませんよ。口元なんか満ちるさんに……。（健一のところに行き）ほら、これが監督の。（と、見せようとするが）

健一　見ないって言っただろ！（と、怒る）

幸恵　……

健一　どうしてもダメか。

満ちる　なんのこと？

健一　監督の話以外になにがある。

満ちる　あなたを差し置いて監督なんか出来ない。わたし、そんなうぬぼれ屋さんじゃないし。それに……

健一　それになんだ？

満ちる　キサイに撮ってもらいたくて書いたんだから。

健一　……だったらしょうがねえ。一巻の終わりだな。メデタシメデタシ、と。

満ちる　……

健一　（幸恵に）次の船は何時だ？

幸恵　三時半のはもうじき……

健一　だから、その次だよ。

幸恵　六時半です。

健一　じゃ、それまで横になる。疲れた。二階に上がるのは面倒だから、奥の、お前たちの部屋で寝かせてくれ。

幸恵　はい。（と、車椅子を押そうとするが）

健一　ちょっと待て。思い出した。『私は街の子』は、『東京キッド』じゃなくて、『父恋し』の挿入歌だ。違うか。

満ちる　ピンポーン。

健一　…二本一緒に見たから今までずっと勘違い

してた。田舎の、新潟の場末の映画館で見たんだ。ひばり映画の三本立てだよ。もう一本はなんだったか、アラカンの『鞍馬天狗』だったのかな。ひばりが杉作で……。子供の頃の話だ、お前が生まれるずっとずっと昔の。

満ちる　……（黙って、健一を睨むように見ている）

健一　今度会うときは俺の葬式か。いいや、来なくていい。せっかく来てくれても挨拶も出来ないんじゃしょうがねえからな（と、笑って。幸恵に）いいよ。

健一と幸恵、奥へ。

健一　（鼻歌を歌っている）〽わたしは街の子　巷の子　窓に灯が　ともる頃　いつもの道を　歩きます　……［注①］

それを見送る、満ちる。
奥から健一の声が聞こえる。

健一　ノリヲ、ちょっと手伝え。（と、怒鳴っている）

バタバタと二階からノリヲが降りてきて、奥へ消える。
続いて大地も降りてきて、満ちるの方にやってくる。

大地　どうなったの、結局。引き受けるの？　それともやっぱり……

満ちる、大地に近寄り、抱きついて、号泣する。

大地　どうしたんだよ、どうして泣いてンの？

真理も二階から降りてくるが、ふたりを目撃し、ふたりに気づかれないように、そっと二階に戻る。
満ちる、ようやく泣き止む。

満ちる　（乱暴に涙を拭いて）ああ、すっきりした。

大地　なにがあったの？

満ちる　忘れた。だから大ちゃんも忘れて、いまあっ

大地　たこと。わたし帰る。
満ちる　聞きたいことがあるんだけど。
大地　もう時間ないし。
満ちる　シーン98のりょうの台詞なんだけど。
大地　ブリューゲル？
　そう。あれは……。中学の時、きみが俺の部屋の本棚にあったブリューゲルの画集を取り出して……、
満ちる　（自分の荷物をかき集めながら）その後、キスしたんでしょ。
大地　覚えてたんだ。
満ちる　思い出したの。でもあの台詞、キザったらしいからカットした。（と、行きかけて立ち止まり）あ、悪いけど金子さんに謝っといて、ご要望にお応え出来なくて申し訳ありませんって言ってたって。さようなら。

　満ちる、玄関の方へ走り去る。大地はその場に立ち尽くしている。
　少しして、雅史が戻って来る。

大地　お帰りなさい。
雅史　満ちるさん、走るの速いですね。荷物があるのに凄いスピードで。
大地　彼女、高校まで陸上の選手だったんですよ、ハードルの。
雅史　（時計を見て）間に合うかな、三時半に。
大地　やるって言ったら必ずやっちゃう女ですからね、やらないと決めたら絶対にやらないし。
雅史　（耳を指でほじり）耳が痛いなあ。
大地　？　どうしたんですか、肘のところ……
雅史　ええ、ちょっと。

　雅史の右肘、血が滲んでいる。

雅史　どうですか、久しぶりに将棋でも。
大地　いいですけど……
雅史　（将棋盤等準備しながら）また愚痴こぼしちゃっていいですか。
大地　わたしでよければ。

雅史　(駒を並べながら) いやあ、大変なことになってしまって。
大地　(同じく駒を) なにかあったんですか。
雅史　緑が家出しちゃったんですよ。
大地　家出?!　だったらこんなとこで暢気に将棋なんかしてる場合じゃ……
雅史　もういいです。
大地　なに諦めてンですか。手伝います、捜しましょうよ。
雅史　捜しに行って戻ってきたんですよ、いま。
大地　見つからなかったんですか。
雅史　これまでも黙っていなくなることは何度もあったんですよ。でも、電話をかけると大体実家にいて、二、三日するとなんにもなかったような顔をして帰って来たんです。それが今度は……
大地　まさか、帰らないって?
雅史　堤さんを車で船着場まで送ってくるって家を出るとき、いつも肌身離さず持ってるスマホを置いていくから、どうしたのかなとは思ったんです。少ししたらあいつのスマホにメールが届いて。開いてみたら、いや、普段なら女房のスマホを覗くなんて、そんなことはしないんですよ(と、駒を振り)、でもなんとなく気になって、見たら、もう帰りませんからって書いてあって。
大地　(駒を振り) 堤と一緒に出かけたんですか?
雅史　先手か。すみませんね。まあ、世間でいう駆け落ちってやつですか。(と、一手)
大地　駆け落ち?!　まさか堤と?
雅史　メールに、お腹の子供は堤くんとふたりで育てますって書いてありましたから。
大地　あのバカが……。ちょっとあいつに電話を。(と、スマートフォンを取り出し)
雅史　(それを止めて) いいんですよ、もう。
大地　どうして……
雅史　すぐに自転車で追いかけたんですけど途中で転んでしまって。
大地　ああ、それで (その傷が) ……
雅史　結構派手に転がったんですよ、一回転半くらいしたのかな。腰を強く打ってしばらく起き上がれなかったんです。いや、その気になればすぐにでも起き上がれたと思うんですけど。どうぞ。

大地　え？　ああ……。（一手）

雅史　なんですかね。雨雲が垂れ込めていまにも泣きだしそうな暗い空を見ていたら、気持ちが萎えちゃったっていうか、妙に冷静になってしまって。（一手さし）そしたら、なんだかバカらしくなったんですよ、姉貴や緑のわがままに振り回されてオタオタしてる自分が。

大地　だからって……。（一手指し）奥さんのお腹には雅史さんのお子さんが

雅史　（一手さし）その実感がもうひとつないんですよ、自分が父親になるという。

大地　それとこれとは……。（指すのを止め）やっぱり堤に電話しますよ。

雅史　いや、いまは下手に触れない方が。

大地　どうしてですか。相手は堤ですよ、あいつがお子さんの父親になるかも知れないんですよ。

雅史　いいんですか、それで。いまふたりに戻られてもどう対応したらいいのか分からないし。少し時間をおいてこっちの肝（はら）が決まったら連絡とって……

大地　……

雅史　大地さんの番ですけど。

大地　あ。すみません、いろんなことが頭の中に押し寄せてきて……

真理が現れる。

真理　彼女、帰ったの？

大地　伝言頼まれました。

真理　わたしに？

大地　金子さんに謝っといてくれって。

真理　てことは？

大地　だから、そういうことですよ。

真理　わざわざ病院を抜け出してオヤジが来たのに？　どうして？

大地　わたしに聞かれても……

真理　だってあんた、さっきここで彼女を抱いてたじゃない。
大地　あ、いや、それは……（と、雅史を気にして）
真理　どうして殺し文句のひとつも言って引き止めなかったの？　ふたりで手を取り合って一緒に映画を撮ろうよ、とかさ。
大地　いや、さすがにそれは……
真理　なにがおかしいの？　ダサイって？　ダサイのよ、わたしは。ダサイからノコノコこんなとこまで来たわけでしょ。ああ、あ！　やってられない。
大地　すみません。

船の汽笛が聞こえる。

雅史　船が出ましたね。
大地　間に合ったのかな。
雅史　間に合ってたら緑たちと一緒だ。
真理　どうしよう？
雅史　次の船は六時半ですけど。
真理　このまま黙って帰るのも癪（しゃく）だし……
ノリヲ　お疲れさまです。（と、現れる）
真理　なにしてるの、ヨシケンさん。
ノリヲ　おやすみに。病院でもこの時間になると大体おやすみになるんです。
真理　あんた、偉いよね。頼まれたわけでもないのに毎日、あんなわがままな年寄りのお世話なんかして。
ノリヲ　監督はわたしにとっちゃ神様みたいなものですから。
真理　ごめんね、こんなことになっちゃって。
ノリヲ　？　こんなこと？
真理　聞いてないの？
ノリヲ　え、なにを？
大地　満ちるさん、監督の話を断ったんですよ。
ノリヲ　嘘でしょ。
真理　もう少し時間があればなんとか出来たんだけど、だって昨日の今日だもの。
ノリヲ　いやいや、嘘でしょ。だって監督はご機嫌で。そうですよ、まるでお酒が入った時みたいに

大地　例の調子で、ラストシーンはこうなるんだって話を。嘘じゃないです。さっき読ませてもらった満ちるさんの直しでは、わたしの出番はないことになってたんですけど、監督は変えるっておっしゃって。あの、ヒロインと娘が海岸を歩いてるシーンに、短いインサートで、わたしがケーキ屋でケーキ屋でケーキを

ノリヲ　（被せて）ケーキ屋でケーキ？

大地　ええ。その日が娘の誕生日って設定になってて。

真理　自分で撮るつもりですかね。

大地　無理よ、ありえない。当人がいくらその気になっても周りが、制作サイドが認めないわよ、あのオヤジにはいい加減、嫌気がさしてるし。

雅史　…なんでこう、いろんなことがうまく行かないんだろう？

ノリヲ　人生は難しいですよ。

真理　ああ……（と、切ないため息を洩らす）

　（笑って）なによ、男が三人しけた面して。元気を出しなさいよ。映画自体にストップがかかったわけじゃないし、彼女の風向きだっていつどう変わるか分からないンだから。（雅史に）急な話でアレだけど、わたし、今夜こちらで一泊出来る？

雅史　ええ。ご覧の通り、皆さんの他に客はいませんし。

真理　大地くん、気分直しに今夜は飲もうよ、トコトン。あのクソッタレ親子を肴にしてさ。

大地　すみません、そろそろ家に帰らないとおふくろが……

真理　あんた幾つ？　そんなこと言ってるから女性が寄りつかないのよ。

大地　監督にも同じことを……

真理　手近なところで、どうなの？　彼女は。

大地　彼女？

真理　吉田満ちるさんでしょ、なにとぼけてンのよ。

大地　……

真理　ひょっとして、例の噂を気にしてるわけ？

大地　なんですか、噂って？

真理　だから、大地くんはヨシケンさんの息子じゃ

大地　ないかって。
雅史　冗談じゃないですよ、そんな……
大地　大地さんにもそんな話が？
雅史　「にも」って、まさか雅史さんにも？
ええ。昔、親父がおふくろにそんな話を。わたし、聞いちゃったんです。もちろん、おふくろはバカ言うなって怒ってましたけど。でも、わたしが高校に入学した時、監督がずいぶん高そうな腕時計を贈ってくれて。だから、いまでも監督の顔を見るのがなんとなく照れくさくって。
大地　どうなってンだ、あのひとは。
真理　弘法大師みたい。
大地　え？
真理　だから、冗談にしてもあちこちでそんな噂が立ってるわけでしょ。
ノリヲ　監督は生きてる伝説ですから。
真理　そんないいもんじゃないか。そうね。あちこちで子供を作ってるから弘法大師じゃなくて方々精子（ほうぼうせいし）だ。
大地　ひどい。
真理　だからダサイんだって、わたしは。
みんな、大声で笑う。
幸恵が現れる。
幸恵　とうとう降り出しましたね。
真理　やらずの雨よ、大地くん。
みんな、窓の外を見ている。
暗くなる。雨音、激しく。

4　エピローグ　蒼天

あれから一年後。早春の昼下がり。同じ場所だが……
入口の脇に、満ちるのものと思われるキャリーバッグ。玄関から誰かやって来た気配がして。大地が現れる。

大地　お邪魔しまーす。（返事がないので少し声を張って）こんにちは。

ひと間あって、奥からノリヲが現れる。

ノリヲ　あ、どうも。お久しぶりです。
大地　お別れ会で会ったじゃないですか、三ヶ月前に。
ノリヲ　だって大地さん、すぐ帰っちゃったでしょ。
大地　一緒に行ったおふくろが、気分が悪いなんて言い出して。
ノリヲ　ひどいな。大地さんと話したいことといっぱいあったのに。
大地　今日は大丈夫です。おふくろはいないし時間はあるし。
ノリヲ　それがダメなんですよ。仕事で能登まで殺されに行くんですけど、撮りが明日の朝イチなんで三時半の船に乗らないと。
大地　（バッグに気づき）彼女、来てるんですか。
ノリヲ　ええ。
大地　来れたんだ。
ノリヲ　さっき出かけられたみたいですけど。
大地　どこへ？
ノリヲ　さあ。大将と幸恵さんはご近所の挨拶回りで。
大地　なんかトゲがありますね。彼女のこと、怒ってるんでしょ。
ノリヲ　満ちるさんに？　まさか。
大地　だってお別れ会のとき、なんで娘が顔を出さないんだってずいぶん……
ノリヲ　いや、まあそれは……。でも、いい会でしたよね。

ノリヲ　沢山のひとが来てくれて。

大地　人徳でしょ、監督の。最後は『私は街の子』の大合唱になったんですけど、カジハラなんてもう号泣ですよ。

ノリヲ　へえ。

大地　監督とひと悶着あったあのカジハラ、梶原がですよ。もちろん、腹の中はどうだか、そんなことは分かりません、彼女も役者ですからね。でも、いいんじゃないですか、それで。だってひとはみな本音のところは隠しつつ抑えつつ生きてるわけでしょ。なんでそれが出来ないんですか、満ちるさんは。

ノリヲ　別に彼女を弁護するつもりはないけど、ヨシケンさんの思い出は満ちるさんにとっては特別で、みんなと共有出来るようなものじゃないと（思ってるんですよ）

大地　（遮って）分かりますよ。それは。だけど、もういいでしょ、恨みっこなしのチャラにすれば。

大地　…なんて言ったらいいんだろう？　例えばさっき、会の最後にみんなで『私は街の子』を歌ったって言ったでしょ。もしもその場に彼女がいたら、多分一緒には歌えなかった（と思うんですよ）。

ノリヲ　どうしてですか。歌えばいいじゃないですか。満ちるさんは満ちるさんだけの監督の思い出を抱えながらみんなと一緒に歌を歌って、監督にさよならを言えば。

大地　……

ノリヲ　彼女にしてみたら監督は、娘の自分とは関係なく勝手に生きて勝手に死んだひとなわけで

それこそ親の心子知らずっていうヤツですよ。監督はほんとに満ちるさんが作る『天使』のことをホントに楽しみにしてたんですから。

…ああ、あ。（と、殊更に大きなため息をつき）うらやましいですよ、我が儘を通せるひとが。

玄関の方から満ちる、現れる。黒っぽい服を着て、手にはカメラを持っている。

満ちる　アラ、来てたの？
大地　そりゃ来ますよ、なにをおいても。
満ちる　さっきの船？
大地　寝坊しちゃって。
満ちる　だったら電話くらいしてくれたらいいでしょ。わたし船着場で待ってたんだから。
大地　だってきみ、『サルビア』の舞台挨拶とかあって行かれないかもって。
満ちる　無理言って大阪と名古屋の記者会見、まとめてやって貰うことにしたのよ。
大地　（ノリヲに）ほらね、こういうことですよ。
満ちる　なんの話？
大地　いまふたりできみは我が儘だって話をね。
ノリヲ　いやいや、わたしはそんなことは一言も
大地　……
満ちる　いいんです、そんなの言われ慣れてるし。
大地　……一年ぶりになるけど、なんとなくここ、変わったね。
ノリヲ　ひとが住んでない家ってやっぱり寂しいもんですよ。大将もすっかりサラリーマンが板についたって感じで。
満ちる　ノリヲさんも奥さん、籍に入れたんだって。
大地　へー。
ノリヲ　ガキも小学生になりましたからね。
満ちる　変わらないのは大ちゃんだけ。
大地　知らないだけだよ。俺だっていろいろ　……
満ちる　ふん。
ノリヲ　そうだ。幸恵さんの赤ん坊、見ます？
大地　え、連れて来たの？
満ちる　当たり前でしょ、生まれてまだ三月（みつき）も経ってないのよ。
大地　大丈夫？
満ちる　なにが？
大地　だって、ここらへんにも細菌とかいっぱい（いるわけだろ？）
満ちる　（遮って）大ちゃんが大丈夫なんだから赤ん坊だって大丈夫なのよ。
大地　どういう意味だよ、それ。
満ちる　いいから、もう。早く見てきなさいよ。

大地　……

ノリヲ　奥の部屋に。

大地　（ボソッと）アタマ来るなあ。

ノリヲ　寝てるんで、静かに。

大地　男の子でしたっけ？

ノリヲ　名前は大河。どことなく監督に似てるんですよ、これが。

などと言いながらノリヲと大地、奥に消える。
ひとりになった満ちる、辺りを見回し、カメラを構えてシャッターを押す。
玄関の方から雅史、現れる。左手の親指に包帯が巻かれている。

満ちる　あ、サラリーマンがお帰りだ。

雅史　（笑って）もう、やめて下さいよ。

満ちる　さっき遅れて大ちゃん到着。

雅史　じゃ、そろそろ始めないと。ノリヲさんは三時半の船で帰るとおっしゃってましたし。

満ちる　幸恵さんは？

雅史　近所の奥さんにつかまってグダグダ話してるからわたし、ひとりでお先に……

満ちる　名残惜しいんですよ、それは。雅史さんと違って、幸恵さんは生まれてずっとこの島から出たことなかったわけでしょ。

雅史　いや、それが。昨日、赤ん坊を抱いてるところをその奥さんに見られたみたいで。ほんとのことを言えばいいのに、緑の産後の肥立ちが悪くて自分が預かってる、みたいなことを言うから引っ込みがつかなくなって、そこからはもうあれやこれやと嘘の連発ですよ。よくそれだけ出鱈目を並べられるもんだと思って。

満ちる　母は強しよ。

雅史　怖いなあ。（と、笑う）

満ちる　…緑さんから連絡は？

雅史　時々、というか、一週間おきくらいに鬼メールで、こんなに大きくなったって赤ん坊の写真を送ってくるんです。姉はわたしに似てるって言うんですけど、どうももうひとつピンとこなくて。寂しいもんですよ、父親は。

満ちる　一応、父親の自覚だけはあるのね。

雅史　そりゃありますよ。実際に会って抱いたりしたら情が湧いて、離したくないなんて思うんじゃないですか？　こんなわたしでも。

満ちる　……小学生の時、家族でこの島に来たでしょ。だけど、家族旅行って感じが欠片もなくて。会話がないのよ、全然。母は父がいるのにまるでいないみたいにわたしにばかり話しかけるわけ。中学はどうする？　どこの学校にする？　みたいな話を。彼は窓際の椅子に座って黙って缶ビールなんか飲んでて。なんか堪らないでしょ。だからわたし、二日目の夕方だったのかな、ひとりで浜に行って、貝殻なんか拾ってたの。そしたら、多分覚えてないと思うけど、雅史さんが来てくれて……

雅史　覚えてますよ、それ。

満ちる　ほんとに？

雅史　部活を終えて家に帰る途中、満ちるさんを見つけたんです。

満ちる　そう。雅史さん、泥だらけになった野球のユニフォーム着てた。

雅史　後姿がなんか寂しそうだったんですよ。

満ちる　だってほんとに寂しかったんだもん。

雅史　だから近づいて行って、なにしてるのって聞いたら、貝殻拾ってるって言うから、わたしも一緒に。

満ちる　覚えてたんだ。

雅史　一緒に拾ってて、なんとなく満ちるさんを見たら、あんまり可愛いんでドキドキしちゃって、そのドキドキを聞かれたらまずいと思って、慌ててわたし、少し離れたりして。そしたら監督が来たんでまたそれで慌てて……。よく覚えてますよ。

満ちる　あのひとも一緒に、三人で貝殻拾ってたんだよね。暗くなったから帰ろうってことになって、あの時初めて、初めてだったの、あのひとが手をつないでくれて。それが嬉しいというよりなんだか恥ずかしくって、後ろを振り返ったら、わたしとあのひとの足跡がずっと

雅史　続いてて、雅史さんはわたし達の後を、わたしの足跡に自分の足を合わせながら歩いて来るの。

満ちる　（苦笑しながら）覚えてないなあ、それは。

雅史　それ見てわたし、胸がキュンとなって。だから雅史さんはわたしの初恋のひとなの。

満ちる　どうしよう……。あ、もしかしたらいまの話、アレですか、監督が倒れた夜に、わたしに話しておきたいって言った……

雅史　そうなの。よかった、やっと話が出来て。雅史さんが覚えてくれてたことも確認出来たし。

満ちる　いやいや。そうと分かってたらわたしの人生も変わっていたのに。

ふたり、楽しそうに笑う。

大地が戻って来る。

雅史　ああ、どうも。お久しぶりです。

大地　すみません、遅れてしまって。どうしたんですか、それ。（手の包帯）

雅史　いやあ、今朝、久しぶりに包丁を握ったらこのザマですよ。

満ちる　見た？　赤ちゃん。

大地　見たけど。なんか変な感じだな。だってあの子、よく考えたらきみの弟になるわけだろ。

満ちる　そうよ。

大地　てことは、美幸ちゃんとあの子はどういうことになるの？　要するに、きみの子供ときみの弟になるわけだから、ということは……？

満ちる　大河くんは美幸の甥ってことになるんじゃないの？

大地　じゃ、美幸ちゃんはあの子の叔母さんになるわけだ。

雅史　逆でしょ。大河は美幸ちゃんの叔父になるんじゃないですか？

大地　え、生まれたばっかりなのに？

奥から、赤ん坊の泣き声が聞こえる。

ノリヲが戻ってくる。

雅史　起きちゃいましたね。

ノリヲ　おしめは濡れてないんで、腹が減ったんじゃないですかね。

雅史　すみません。ミルクミルクと……（と、厨房へ消える）

大地　雅史さんがおとうさんやってンだ。

ノリヲ　複雑ですよね、自分の本当の子供は岡山にいるわけでしょ。

大地　え、ちょっと待って。

ノリヲ　どうしたんですか。

大地　（満ちるに）きみと雅史さんはどういう関係になるの？

満ちる　またその話？

大地　こういうことははっきりさせといた方が。大河くんの、きみは姉貴で雅史さんは伯父さんだから、ということは……

幸恵が玄関の方から現れる。

幸恵　あ、大地さん。どうもご無沙汰しております。わざわざ遠いところからいらっしゃっていただいて

雅史　（現れて）子供ほったらしにしていつまで長話してたんだよ。

幸恵　しょうがないでしょ、あつみさんが離してくれないんだから。

雅史　早く、ミルク。泣いてるだろ、大河が。

幸恵　それくらい自分で出来るでしょ。

雅史　俺が作ったら熱いの冷たいのって文句言うから

幸恵　（被せて）あんた、よくそれで料理人が務まったわね。せっかく皆さんに来ていただいたのに指なんか切って。

雅史　（被せて）いいから早くミルク作れよ。もう時間もないし俺は忙しいんだから。

幸恵　すみません、バタバタしちゃって。（と、奥へ）

ノリヲ　大将、わたしもなにか手伝いましょうか。

雅史　あ、じゃ、お願いできますか。器に盛り付けるだけなんで。

大地　じゃ、僕も…

満ちる　大ちゃんはいいんじゃない？　邪魔になるだけだから。

雅史　そうですね、大地さんは。

雅史とノリヲ、厨房に消える。

大地　…最強の役立たずか、俺は。

満ちる　どうして大河って名前にしたのか、聞いた？

大地　聞いてない。

満ちる　字はね、大きな河と書くんだけど、それは当て字で。

大地　当て字？

満ちる　本当は虎なんだって。

大地　エッ、もしかして、タイガー？

満ちる　そう。虎は死して皮を残すっていうところから、雅史さんが思いついたんだって。

大地　監督は死して大河を残したってわけだ。

満ちる　あのひともう少し生きてたらご対面出来たのに。

大地　でも、いつ仕込んだのかな。

満ちる　関係ないでしょ。あなた、ホントに最低ね。

赤ん坊の泣き声が止む。

大地　あの部屋にあったお骨（こつ）、きみが持ってきたの？

満ちる　そうよ。あのヨシケンさんのあちこちにいるご家族にお分けして。いらないって言うひともいたけど、幸恵さんが最後。

大地　……きみはなんで満ちるって名前になったのか、知ってる？

満ちる　潮が満ちてる時間に生まれたからでしょ。

大地　それはそうなんだけど。監督が亡くなる一ヶ月くらい前にお見舞いに行ったら、そんな話をしてくれて。大地。お前、波の音を聞くとなんだか懐かしい気持ちにならないかって言うんだ。ハイって答えると、それはお前だけじゃない、人間はみんなそうなんだ。どうしてだか分かるか。それはな、母親の胎内で流れる血液の音と波の寄せる音が似てるからなんだ。だから、波の音を聞くとみんな誰でも、昔母親の腹の中にいた時のことを思い出して、懐かしさにかられるんだよって。［注②］

満ちるって名前は、父親のことは忘れてもいいが母親は大事にしろって、そういうことで付けたんだが、あいつは満ちるじゃなくて津波だなって。笑ってたよ、俺のことを飲み込んでしまいやがったって。

満ちる　あんな大きなひと、飲み込めないわよ。

大地　それから最後にもうひとつ、きみのことを頼むって。

満ちる　どういうこと、それ？

大地　真意はよく分からないけど……

満ちる　頼まれても困るわけでしょ、大ちゃんも。

大地　いや、まあ……

満ちる　わたしだって困るし。

大地　……

ノリヲと雅史、料理の皿やら缶ビールやらを運んでくる。

ノリヲ　お持たせしました。さあさあ、さあさあ。（などと言いながら、それらをテーブルに）

雅史　姉さん、早く！　ノリヲさんは時間がないんだから。（と、奥に声をかける）

幸恵、奥から赤ん坊を抱いて足早に現れる。

雅史　走るなよ、危ないだろ。

幸恵　急がせたのはあんたでしょ。

ノリヲ　まあまあ。それでは皆さん、ビールを取っていただいて。雅史さん、ご挨拶を。

雅史　ええ、今日はお忙しいところわざわざお出かけいただいて、ありがとうございました。この民宿「はしもと」はお陰さまで、開業から今年の一月でめでたく二十年目を迎えましたが、皆さまもご承知のように色んな事情が重なり、本日をもちまして、正式に閉めさせていただくことに致しました。会うは別れの初めなどと申しますが

幸恵　もういいんじゃないの、それくらいで。ノリヲさんも急いでるし。
ノリヲ　ええ、この調子で三十分も続けられたら。
雅史　そんなに話せませんよ。
幸恵　（食い気味に）はいはい。さあ早く乾杯の音頭をとって。
大地　乾杯でいいんですか？　こういう時って。
ノリヲ　監督のお別れ会の時は、お疲れ様でしたって言ってましたけど。
幸恵　じゃ、それで。
満ちる　待って。
大地　なんだよ。
満ちる　その前にみんなで写真撮らない？　玄関のところで。
雅史　ああ、いいですね。
大地　そんなことしてたらビールの気が抜けちゃうよ。
満ちる　だったらそれ持って、向こうでお疲れ様でもなんでもすればいいでしょ。
ノリヲ　とっとと行きましょう、とっとと。

みんな、玄関の方に移動するが、満ちるだけ戻って来る。

大地　（声だけ）なに、忘れ物？
満ちる　お骨。（と、足早に奥に消える）

と、部屋の背後に青い空と海が広がる。
満ちる、骨壷を持って足早に戻って来るが、ふと立ち止まり振り返る。

満ちる　え？　…いるはずないか。あのひとはここにいるんだから。（と、骨壷を見詰め）……こんなに小さくなっちゃって。（と言って、骨壷にキスをし）

そして玄関の方に消える。
誰もいない部屋に、健一の「カット！　ＯＫ！」という声が響き、それからボソッと「まあ、こんなもんだろ」という声が……

波の寄せる音とともに、

幕

［引用］

注①『私は街の子』（作詞：藤浦洸）

注② 三木成夫『胎児の世界 人類の生命記憶』（中公新書）より一部引用し、書き換える。

［参考図書］

トッド・マッカーシー／高橋千尋 訳『ハワード・ホークス』（フィルムアート社）

Moon guitar

登場人物

角中タクミ……………………ギター職人。体調不安を抱えている。

あずさ……………………タクミの妻。栄養士。現在妊娠五ヶ月。

松本カイジ……………………あずさの兄。角中家の居候。ただいま求職中。

納富……………………あずさの高校時代の同級生。銀行員。

マオ……………………本名・富岡タケオ。旅行会社経営。残留孤児二世。

張あんな……………………マオの秘書。リュウの愛人。

リュウ……………………夜の実業家。年齢・経歴なにもかも不詳の、謎の中国人。

1

マオのオフィス。中央に大きなデスクと椅子。デスクの脇に、ギターケース（のようなもの）が立てかけてある。デスクにパソコンと電話。背後の壁に大きな世界地図。ただそれだけの殺風景な部屋。この部屋の主然として椅子に座っているあんな。窓際に立って、外を見ているマオ。九月某日。西日が差している。

あんな　はっきり言わないの、はっきり言えないからよ、はっきり言えないの、言葉知らないからよ、ゆえに結局おバカと思われるのよ。強く自己主張しない、それ嘘ごまかしあるから出来ない思われる。彼は謙虚、彼女控えめ、誰もそんなこと思わない。そのこと日本人、分からない。日本人のいいひとに思うひと、中国人から、信用出来ない相手もしくは間抜けなカモにしか見えないよ。

あんなは日本に来て五年。まだ十分に日本語を使えない。

マオ　ご機嫌斜めだな。
あんな　もう帰っていい？
マオ　なにかあったのか？
あんな　なにか？
マオ　ボスと。昨日一緒だったんだろ。
あんな　リュウさん関係ない、母親よ。電話でネチネチ、いつも同じ話よ。なに言いたい、ぜんぜん分からないネ。
マオ　外国でひとり暮らしをしてる娘が心配なんだ。
あんな　わたし大人よ、もう二十五よ。なに言うか。わたしのからだの中、あのひとと同じ血半分流れてる、なんで？　イライラするよ。
マオ　そんなに嫌いか、日本人が。
あんな　マオさん別よ。
マオ　俺は日本人じゃないからな。
あんな　嘘だね。お父さんもお母さんも日本人でしょ。

マオ　ほんとの名前、マオ違う、タケオ、富岡タケオでしょ。
あんな　久しぶりに聞いたよ、その名前。
マオ　もう五時過ぎてる。帰っていい？
あんな　約束でもあるのか。
マオ　別にないよ。
あんな　だったらもう少しいてくれよ。
マオ　だって、仕事ないでしょ。
あんな　寂しいんだ。
マオ　なに？　それ。
あんな　日暮れになると　涙が出るのよ。（と、歌うでなく語るでなく）
マオ　なによ、それ。（と、笑って）
あんな　日本の古い歌謡曲。友達がよく歌ってたんだ。
マオ　ともだち？
あんな　昔の、一緒に単車転がしてた仲間だよ。
マオ　ああ、悪い仲間ね。
あんな　子供のころ、中国人の婆さんが歌ってるのを聴いて覚えたって言ってた。
マオ　中国人？
あんな　ヤツの母親の母親。親父が日本に帰ってくるとき一緒にこっちに来たんだ。
マオ　（笑う）
あんな　なにかおかしいこと言ったか？
マオ　ワルなのにお婆ちゃん子、おかしくない？
あんな　寂しかったんだろ、ヤツもヤツの婆さんも。
マオ　（歌う、音を探しながら）日暮れになると
あんな　（歌う）涙が出るのよ
マオ　（歌う）涙が出るのよ
あんな　（歌う）知らず知らずに　泣けてくるのよ。
マオ　超ウケル。（と、笑う）

デスクの電話が鳴る。

あんな　ほら、仕事だ。
マオ　（電話を取り）はい、アジアンツーリスト・マオです。ああ。　……失礼ね、仕事してるよ。わたし、模範社員よ。社長？　マオさんのこと？　いらっしゃいますけど
あんな　誰？

あんな　リュウさん。（と、マオに受話器を渡す）

マオ　お電話、代わりました。返事？　なんの

…？　いや、あんなからは何も　…、わたし

に何か？　分かりました、それはあんなから。

折り返しこちらからお電話を。あ、香港への

送金は、ええ、例の。今日の午前中にすませ

ました。はい。失礼します。（と、受話器を置

く）

あんな　ごめんなさい、わたし忘れんぼうね。ママの

電話でわたしプッツンして

マオ　なんだ、ボスの頼みごとって。

あんな　探してほしいね。口堅い、度胸あって、お金

に困ってるの男。

マオ　そんな男ならボスの周りに掃いて捨てるほど

いるだろ。

あんな　フツーの、サラリーマンみたいなひと、いい

のこと。

マオ　俺みたいな？

あんな　マオさん、堅気じゃないよ。

マオ　よせよ、もう足は洗ったんだ。

あんな　リュウさんの知り合い、ダメね。ゆえにマオ

さんにお願いしてる。

マオ　なにをさせるつもりだ、そいつに。

あんな　だから、仕事よ。

マオ　その中身。

あんな　殺し？

マオ　相手は？

あんな　知らない。きっとリュウさんの目障りの人間

でしょ。

マオ　怖くないのか？

あんな　なにが？

マオ　だから、そういう　……

あんな　リュウさんのいま一番気に入ってるもの、象

印の「力もち」。自動餅つき機よ。休みの

日、いつもそれ取り出して、お餅出来るま

で、近くに座ってじっと待ってる、ご主人様

のお帰り待ってるお利口のワンちゃんみたい

に。But お餅好きなじゃない、お餅作ること

好きなの。お餅出来るでしょ、出来たら取り

出す、両手でこうやって、粉つけて丸くする、

そう、お団子みたいね。手つきいいから、お団子屋さんで働いてたことあるの？　わたし聞いたら、子供のころ、よく作ってたねって。月に一度、子供から老人から村中のひとみんな集まって、お団子作ってたよって。でもそれ、毒入り団子、ねずみ殺すための。ねずみいっぱいいたね。その頃、日本と戦争してたからね、日本兵いてねずみいて、それに共産軍いて、あっちにもこっちにも敵沢山、毎日、いっぱいいろいろ死体見たよって。自分も三回くらい死にかけて、もしも一回死んでるのことかもねって。こんな話、リュウさんいつも笑って話すだから、殺す殺される、わたし全然、断然平気のことなのよ。

マオ　いったいボスは幾つなんだ？

あんな　前にも聞いたよ。

マオ　ああ、四十八だって。でも、いまの話だと戦争中に子供だったたって言うんだから

あんな　リュウさんに歳、関係ないよ。年金貰えるわけじゃなし。（と、笑いながら）

マオ　まあ、当人が死んでるかも知れないって言ってるんだからな。

あんな　誰か心当たりある？

マオ　なんの？

あんな　マオさんも忘れんぼうね。

マオ　素人の殺し屋か。急に言われてもなあ。

あんな　そうね、マオさん、友達少ないし。

マオ　俺のことをどれだけ知ってるんだ。

あんな　だって寂しいのことでしょ、「日暮れになると涙が出るのよ」でしょ。

マオ　ああ。知らず知らずに泣けてくるのよ。

あんな、笑う。マオも。

マオ　急いでるのか？

あんな　ボス？　そんなにゆっくりしない、多分。

マオ　…口が堅くて、度胸があって

あんな　いいね、度胸ある男。

マオ　意味分かってるのか？

あんな　勇気あるのことでしょ、沢山。でも、ヤバイ

わ。そんな男にめぐり会ったらわたし、好きになるかも。

マオ　カネに困ってる男だぞ。

あんな　仕事すればリュウさんからお金いっぱい貰えるよ。ご心配いらないね。

マオ　…あいつが生きてりゃな。

あんな　昔の友達？　亡くなった　…

マオ　今日はあいつの、十七回目の命日なんだ。

あんな　ああ。ゆえにセンチメンタルのことね。

マオ　ねえねえ　愛して頂戴ね

あんな　なに言てる？

マオ　さっきの歌の続きだよ。ねえねえ　愛して頂戴ね（と、歌う）

あんな　わたし、退社ですから。

マオ　おい。

あんな　歌、今度聞くよ。さっきの話、よろしくね。バイバイ。（と、出て行く）

マオ　（見送って）……「困難あり、便法あり、希望あり」。

と、これはこれからも彼が折に触れ口にする、「毛沢東語録」からの引用である。

ひとりになったマオ、デスクの脇にあるギターケース（のようなもの）をデスクの上に置き、中から月琴を取り出そうとした時、ふっと外に目をやり、なにか気になるものを見たのか、窓辺に移動する。

マオ　（外を凝視し）ＵＦＯだ　……！

暗くなる。

2

タクミの住まい兼工房。客間。テーブルとソファの応接セットがある。

部屋の奥上手寄りにドアがあり、少し開いている。そのドア脇に、カイジが立っている。ドアの向こうにひとがいて、洩れ聞こえるやりとりを立ち聞きしているようだ。

ドアの向こうにはギター製作の工房、寝室等があり、下手はキッチン、玄関等に通じている。

土曜日の昼下がり。

ドアの向こうから、男女の笑い声が洩れてくる。

女の声　バカね、なに言ってるの。

・

男の声　これ、なんだっけ？　マンドリン？
女の声　バンジョー。
男の声　これがバンジョーか。
女の声　知らないんでしょ。
男の声　知ってるよ、名前だけだけど。
女の声　バンジョーは、ほら、フライパンみたいにこの裏のところがペチャンコだけど、マンドリンはわたしのお腹みたいに、ポコッと膨れてるの。

・

男の声　そんなことないよ。
女の声　なにが？
男の声　お腹。昔と変わらないよ。
女の声　嘘よ。
男の声　だってアズ、高校の時はもっと全体にぽっちゃりしてたし。
女の声　失礼ね。もう帰ってくれる。

・

女の声　ダメ！　そこはダメだってさっき言ったでしょ。
男の声　ごめん。
女の声　…道具はわたしも触(さわ)れないんだから。

・

男の声　ここにある道具、みんな使うの？

女の声　使うから置いてあるのよ。
男の声　カンナだけでも、これ、二十くらいは。凄い。こんな大きなノミがあるんだ。こんなのでお腹ブスッとやられたら　…
女の声　だから触らないでって言ったでしょ。
男の声　ちょっと指先で触れただけじゃないか。
女の声　はい、もう終わり、見学時間終了。

　カイジ、慌ててドア脇を離れ、下手に消える。ドアの向こうから、納富と、少し遅れて、あずさが現れる。

納富　さすがにここまで来ると静かだね。
あずさ　田舎だもん。
納富　田舎じゃないだろ、相模原は。
あずさ　家からここまで何時間かかった？
納富　一時間半くらいかな、結構道が混んでて。知ってた？　トロントと相模原市は友好都市だって。
あずさ　そうなの？
納富　俺、驚いちゃってさ。三ヶ月前にトロントから日本に帰ってきて、久しぶりにアズに連絡してみたら、なんとなんと結婚して相模原に住んでるって言うだろ。俺たち、知らないところでつながってたんだなと思って。
あずさ　なにか飲む？
納富　いいよ、すぐ帰るから。
あずさ　なによ、来たばかりじゃない。
納富　三時に新宿でひとと会うことになってるんだ。
あずさ　忙しいのね。
納富　今日はアズの顔を見に来ただけだから。
あずさ　こんな顔でよければいつでも。
納富　そうはいかないよ。（語気を強めて）いかないだろ。
あずさ　……
納富　ごめん。
あずさ　（座って）……座ったら？　立っていられると落ち着かないから。
納富　（座らず）保育園、土曜は休みなの？
あずさ　わたしたちだけね。土曜は業者さんがお弁当

納富　を持って来ることになってるの。
あずさ　へぇ。
　　聞くと、子供たちも結構それ楽しみにしてるみたいで。ガッカリ。
納富　親の心子知らずってやつだ。
あずさ　親じゃないいんだけどね。
納富　いま何ヶ月？
あずさ　なに？
納富　妊娠してるんだろ。
あずさ　どうして分かるの？
納富　分かるよ、それくらい。
あずさ　五ヶ月目に入ったところ。
納富　じゃ、時々動くんだ、お腹の中で。
あずさ　どうしてそんなこと
納富　独身男だってそれくらい知ってンだよ、この歳になれば。
あずさ　そうか。銀行には女性いっぱいいいるんだもんね。
納富　五ヶ月か　…
あずさ　なに？
納富　いや別に　…。
あずさ　座ったら？
納富　うん。
あずさ　どうして座らないの？
納富　だって一度座ったら　…
あずさ　一度座ったらなによ。
納富　和んじゃうだろ、変に。
あずさ　いいじゃない和めば。五年ぶりの再会でしょ。

納富、ソファに座る。どこかぎごちない間。

あずさ　全然和んでない。（と、笑って）
納富　ご主人、帰り遅いね。
あずさ　会いたいの？
納富　挨拶もしないで帰ったら、なんだか留守を狙って来たみたいで嫌じゃないか。
あずさ　なにしてんだろ？　いつもは一時間くらいで帰ってくるんだけど。
納富　遠いの？　病院。
あずさ　鍼灸院なんだけどね、病院じゃなくて。

納富　ハリ？
あずさ　時々熱が出るの。最初は風邪だと思って病院に行ったんだけど、そうじゃないって言われて。なんだか分からないのよ。だからいまは週に一度、鍼を打ってもらってるの。
納富　よくなってるの？　それで。
あずさ　ここしばらくは。鍼の効果かどうかは分からないけど、打ってもらうと気持ちがシャキッとするんだって。
納富　大変だな。
あずさ　人生いろいろよ。古いなあ、わたし。……ああ、喉が渇いた。麦茶でいいよね。（と、立ち上がる）

納富、立ち上がったあずさに背後から抱きつく。

あずさ　（一瞬驚くが）……ダメよ、納富くん。やめてくれる？（と、冷静に）
納富　（抱きついたまま）好きなんだ、ずっと今でも。（と、静かに、訴える）
あずさ　ダメよ、離して。（と、メロドラマのヒロインのように悩ましく）

そのまま、世界が止まってしまったような時間が数秒あって。いや、もっと？
と、いきなり玄関の方から、「世間をなめるな！」と言わんばかりに、カイジの声が。

「ただいまぁ！」

ふたり驚いて、慌てて離れる。止まっていた時間を取り戻すかのように、慌てふためいている。
カイジが現れる。

あずさ　なによ、大きな声で。びっくりするでしょ。
カイジ　すまんすまん。働いてないから力がありあまってンだ、きっと。
納富　オジュ、オジォ、お邪魔してます。（と、落ち着きを取り戻せないままに）
カイジ　こちらは？

あずさ　納富くん。
カイジ　ノートミ？
あずさ　覚えてない？　わたしの高校時代の友達の
納富　え、お兄さん？
あずさ　先月からうちで居候してるの。
納富　俺はまた、てっきりご主人かと思って
あずさ　よしてよ、こんな
カイジ　誰？
あずさ　だから、納富くんよ。
納富　ご自宅で一度、晩ご飯を一緒に　……
カイジ　（手を打って）そういえば
あずさ　思い出した？
カイジ　ごめん、覚えてないわ。

あずさ、納富、ずっこける。

あずさ　なに、それ！
カイジ　だってお前、高校時代はいろんな男をとっかえひっかえ家に引っ張り込んでたから
あずさ　やめてくれる？　そういう言い方。

カイジ　しょうがないだろ、事実なんだから。（納富に）知ってるでしょ、おたくも。
納富　いや、それは　…（あずさに）そろそろ帰るわ。
カイジ　なに、もう帰るの？
納富　ええ。ちょっと仕事が入ってて。
カイジ　土曜日なのに大変だね、銀行員は。
あずさ　（思わず納富と顔を見合わせ）…どうして納富くんが銀行員だって知ってるの？
カイジ　だって背広着てるし、保安官だったら胸に星のバッチをつけてるだろ。

玄関のチャイムが鳴る。

カイジ　あ、客かな？

あずさ、「はーい」と応えて出て行く。
ふたりだけになって、納富はなんとなく落ち着かない。

カイジ　（唐突に）なんでラクダなんだろう？

納富　はい？
カイジ　あ、いいのいいの、ひとりごとだから。うん。
納富　……
カイジ　そうだ。バンク・ノートミにひとつ聞きたいことがあるんだけどさ。
納富　なんでしょう？
カイジ　まあ、立ち話もアレだから。（と、納富に座るよう促し、自分も座る）

納富、座るが、なにを聞かれるかと緊張している。カイジ、どういうつもりかテーブルにあったけん玉を手にして、二度三度。それが納富の緊張を更に募らせるのだろう、ポケットからハンカチを取り出し、額の汗を拭く。

カイジ　（けん玉をやめ）プライベートなアレでアレなんだけど、率直に言って、どうなの？
納富　（首を捻って）…なにをお答えすれば？
カイジ　だから、今後の、日本経済の動向よ。
納富　?!
カイジ　仕事をしたいのにしたい仕事がないわけだ、俺はどうしたらいいのって相談なんだけどさ。
納富　そういうことは、わたしなんかよりハローワークへいらっしゃって

あずさが戻って来る。

あずさ　どうぞ。

「失礼します」と、マオが入って来る。手に月琴の入ったケースを持っている。

カイジ　どうも。
あずさ　お客様。
カイジ　俺の？
あずさ　違う！
マオ　これの（と、ケースを示し）修理をお願いしに伺ったんですが、ご主人がいらっしゃらないということなんで、ちょっとこちらで待たせていただこうか、と。

あずさ　鍼灸院すぐ近くなんで、呼んで来ます。
マオ　すみません。
納富　じゃ、俺も一緒に。お邪魔しました。（と、逃げるように）

あずさ、納富、去る。

マオ　座らせていただいていいですか。
カイジ　どうぞどうぞ。

マオ、ソファに座る。

カイジ　今日はどちらから？
マオ　横浜です。これを買った楽器屋で修理ならこちらがいいと言われて。
カイジ　ありがとうございます。ものは？
マオ　月琴です。
カイジ　ゲッキン？
マオ　月の琴と書いて。中国の古い楽器です。
カイジ　それは珍しい。ちょっと見せていただいていいですか。
マオ　お弟子さんですか。
カイジ　いえ、ただの役立たずで。

マオ、ケースから月琴を出す。カイジ、手を差し出してそれを受け取る。

カイジ　ほう。（と、感嘆の声）
マオ　音が割れるんですよ。中の材にヒビでも入ってるんじゃないかと思うんですが。

カイジ、二度三度弦を弾いて。

カイジ　確かに、そうかも知れませんね。どうも貴重なものを。（と、月琴を机に置く）
マオ　大したものじゃないですよ。死んだ親父が暇つぶしに時々弾いてたのを思い出して、本牧の楽器屋で買ったんですが。親父が持ってたのはこんな円形じゃなくてもっと年代物の楕円形で、でもそれ知らなくて壊しちゃったんですよ。

カイジ　あなたが？

マオ　十五、六のときに親父とケンカして、アタマに来て叩き潰してやったんです。

カイジ　バカですねえ。（と、感嘆の声）

マオ　みんなバカでしょ、十五、六のときは。でも、何かをなそうとする人間は、金がなくて、若くて、かつ無名でなければならない。

カイジ　?!　ことわざかなにかで？

マオ　毛沢東の言葉です。

カイジ　すみません。わたし、そろそろ四十だというのにいまだにバカで。

マオ、テーブルにあったけん玉を手に取り、二度三度。

カイジ　お上手ですね。

マオ　一時期けん玉に夢中になったことがあって

……（と、けん玉を続けながら）

カイジ　それ、手作りなんですよ。

マオ　こちらのご主人の？

カイジ　気分転換に遊びでそういうの、時々作るらしいんです。

マオ　（失敗して）くそっ、こんなつばめ返しくらい朝飯前だったのに。（と、尚も）

カイジ　修理の方、お急ぎですか？

マオ　いや、そんなことは。

カイジ　このところ体調が悪いみたいで、実は仕事もずいぶん溜まってるんですよ。

マオ　ご主人の？

カイジ　ええ。原因不明の高熱が出るんですよ、時々。わたしは癌じゃないかと睨んでるんです。

マオ、けん玉をやめる。

カイジ　親戚が肝臓癌で亡くなったときと似てるんです。やっぱり原因不明の高熱が続いて。だから当人にも、一度専門医に診てもらった方がいいと言ってるんですが。怖いんですかね、事実を知るのが。もしも癌だってことになると、もうじき子供が生まれるは、家のローンは残ってるはで、金がかかるのはこれからだっていうのに。ま、癌だから死ぬって決めつけるのもいまどきアレですが。

マオ　ご主人はお幾つですか。

カイジ　わたしより二つ三つ若いはずだから。若いと癌の進行も早いわけでしょ。だからわたしは早く病院へ行けって。

玄関の方にひとが来た気配。

カイジ　あ、帰って来たのかな？

「すみません、お待たせしました」と、タクミが現れる。

マオ　（けん玉をテーブルに置き）こちらこそ、お呼び立てして。

タクミ　仕事ですから。

マオ　ものはこれなんですが。（と、月琴を手にして）

タクミ　月琴ですか。（と、受け取る）

カイジ　音が割れるらしいんだ。

タクミ、二度三度弦を弾く。

マオ　直りますか。

タクミ　開けてみなければなんとも。

マオ　お願いします。（名刺を出し）なにかあればこちらの方にご連絡を。

タクミ　（名刺を見て）……やっぱりそうか。

マオ　？

タクミ　前に一度、あなたをお見かけしたことがあるんですよ。

マオ　どこで？

タクミ　馬車道のクラブです。今年の一月でしたか、なにかのパーティーがあって、贔屓にしていただいてるお客がそこでギターを弾くというんで、わたしも招かれたんですよ。その時に、あのひとがアジアンツーリストのマオさんだって、知人に教えてもらったんです。

マオ　なぜわたしが「あのひと」なんですか。
タクミ　いろいろお噂が
マオ　どんな？
タクミ　ご本人を前にしてそれは……
マオ　芳しくない噂だから面と向かっては言えない、と。
タクミ　そういうことです。
マオ　（苦笑して）たとえそれが根も葉もない噂でも、人間、噂をされてるうちが花ですよ。
タクミ　他の工房をあたられてみたらどうですか。
マオ　直せない？　それとも……
タクミ　忙しいんです、いま。注文に応じきれない状態で、お得意さま以外の仕事はみんなお断りしてるんです。
マオ　待ちますよ、五年でも十年でも。
タクミ　強引ですね。
マオ　こんなけん玉を作れる腕の持ち主をそう簡単にあきらめるわけにはは。それに、同じ味がするんですよ、あなたはわたしと。
タクミ　？　同じ味？
マオ　知り合いの女がずいぶん歳の離れた男と付き合っておりましてね、理由を聞いたらそう言ったんです。同じ匂いがするというべきところをね。中国からの留学生で、まだ日本語が使いこなせないんですよ。でも、こっちの方が、匂いと言うより「味が」と言った方がどこか淫靡（いんび）で、気に入ってるんです。
タクミ　申し訳ないんですが、ゲイじゃないんですよ、わたしは。
マオ　いや、あなたとはこれっきりにしたくないと申し上げてるだけで。

あずさがコーヒーを淹れて現れ、それをテーブルに。

マオ　すみません、奥さん。わたし急ぎの用があるんで、これで……
タクミ　よかったら、これ。（と、けん玉を差し出す）
マオ　……いいんですか、いただいて。
タクミ　気に入っていただけたみたいなんで。
マオ　じゃ、遠慮なく。（と、受け取り、去ろうとする）

タクミ　忘れ物。（と、月琴を手にして）
マオ　それは…、修理が嫌なら叩き壊して下さい。
（と、去る）
カイジ　なんなんだ、あいつ……（と、タクミがテーブルに置いた名刺を見て）「アジアンツーリスト・マオ　代表取締役　マオ・ユエシャン」。
（と、読む）へえ。山岳の岳に生きると書いて、ユエシャンと読むんだ。
タクミ　疲れた。（と、ソファに座る）
あずさ　大丈夫？
タクミ　水持ってきてくれる？

あずさ、引っ込む。

カイジ　あいつの悪い噂って、どんな？
タクミ　若い頃、暴走族だったんですよ。メンバーの大半が中国残留孤児のグループに所属していて、相当派手に暴れまわってたらしいんです。
カイジ　中国にも暴走族っているの？
タクミ　えっ？
カイジ　そういう話だろ。
タクミ　違いますよ。残留孤児だったのは彼の父親ですよ。
カイジ　ああ、父親が暴走族
タクミ　（遮って）違います。だから
あずさ　（水を持って戻って来て）ダメダメ。兄さんの相手なんかまともにしてたらまた熱が出ちゃうから。

タクミ、水を飲む。

カイジ　なんだかよく分からないけど、でもそれは昔の話だろ。いまはちゃんとマジメにこうして
タクミ　表向きはね。
カイジ　裏があるのか？
タクミ　中国マフィアに関係してるらしいんですよ。
カイジ　ウソ?!　やだ、もう！　それ知っててなんでああいう言い方をしたんだよ。
あずさ　関係ないでしょ、兄さんは。

カイジ　怖いだろ、だって……

タクミ　大丈夫ですよ。修理を断ったからってその仕返しをするような、彼はそんな小者じゃないですよ。（立ち上がって、あずさに）ちょっと寝るわ。五時になったら起こしてくれる？

あずさ　分かった。

タクミ、中央の扉に消える。

カイジ　なに考えてんだ、あいつ。

あずさ、テーブルのコーヒー等を片付ける。

カイジ　待てよ、まだ飲んでンだろ。

あずさ　面倒くさいなあ。

カイジ　（コーヒーを飲みながら）納富くんは？

あずさ　帰った。

カイジ　間に合うのかな、新宿に三時って言ってたけど……

あずさ　ひとのこと心配する暇があったら、早く仕事見つけてこの家から出てってくれる。（と、言い放ってカイジのカップをもぎ取り）

あずさ、下手に消える。

カイジ　切ないゾ、男一匹松本カイジ。まるで広い砂漠にひとり置き去りにされたような気分だ……。待てよ、砂漠と言えば……。なんでラクダなんだろう？　なんで針の穴を通すのにラクダが選ばれたんだろう？

「もう分かった」と言わんばかりに、スパッと暗くなる。

3

数日後。前シーンと同じ場所。夕方。
これまた前シーンと同様、中央奥の扉の脇で、カイジは中のやりとりを立ち聞きしているが、聞き辛いのだろう、壁に耳をこすりつけるようして、もがいている。

カイジ　（舌打ちし）…寝言か、ピロートークか？　……声を出せ、張るんだよ、もっと（と、声を殺して）……

出てくる気配を察知したカイジ、慌ててソファに横になり、寝たふりをする。中からあんな、そしてタクミが現れる。

あんな　誰か寝てるよ。
タクミ　兄です、かみさんの。
あんな　まだ夕方よ。寝る子は育つ？　子供か？　多分悩みないのひとね。違う？
タクミ　（笑って）……
あんな　角中さん、あなた、白、黒、赤の中で、なに一番好きですか？
タクミ　心理テスト？
あんな　ううん、性格判断ね。
タクミ　白、黒、赤の中で？
あんな　そう。
タクミ　黄色かな。
あんな　あなた、ひねくれてるね。でも、大きな仕事するひと、みんなひねくれてるのひとだから。いいひとダメね、使えない。マオさん言ってた、素直じゃないだから彼はナイスガイよって。
タクミ　それは買いかぶりだって社長に伝えて下さい。
あんな　かいかぶり？　どういう意味？　猫かぶりと同じ？
タクミ　「猫かぶり」は分かるんだ。
あんな　知てるよ。ぶりっ子のことでしょ。
タクミ　「ぶりっ子」も知ってるんだ。

あんな　なぜ猫かぶるか、それ分からないのことだけど。

カイジ、「うーん」と寝返りをうつ。

あんな　いけない、寝た子を起こしたね。わたし、帰ります。今日はお忙しいところ、本当にありがとうございました。

タクミ　どういたしまして。

あんな　さっき話した病院のこと予約する、いいね。

タクミ　考えておきます。

あんな　考える必要ないよ、遠慮いらないのこと。トモダチでしょ。

タクミ　ともだち？

あんな　マオさん、そう言ってたよ。いただいたけん玉、いつもやってるよ、アホみたいに。お見送りいらないいね。また会いましょ。バイバイ。（と、去る）

カイジ　（横になったまま）誰、いまの女。

タクミ　起きてたんですか。

カイジ　ずいぶん親しそうにしてたけど。

タクミ　この間来たマオの秘書ですよ。

カイジ　その秘書がなんの用で？

タクミ　月琴の修理を引き受けるかどうか、念押しに来たんです。

カイジ　怪しいな。

タクミ　なにが？

カイジ　そのためだけにわざわざ相模原くんだりまで来るか？　フツー。

タクミ　俺たちのフツーと彼等のフツーとは違うんですよ、きっと。

カイジ　きっとなにか魂胆があるんだ。なんたって相手は中国マフィアだからな。もしかして、色仕掛けでタクミくんのことを

タクミ　なにバカなこと言ってンですか。

カイジ　（起き上がり）心配なんだよ、あずさの兄貴としては。

タクミ　そんなことより、マオに俺の病気のこと話したの、兄さんでしょ。

カイジ　病気のこと？

タクミ　とぼけたってダメですよ。なんで話したんですか。
カイジ　話の流れ？
タクミ　それも、もしかしたら癌かも知れないなんて。かも知れないだろ、可能性は否定できないのことだから。わたし心配あるよ、だから話したのことよ、藁にもすがるつもりであの中国マフィアに。
タクミ　……（アタマに来てる）
カイジ　なに？　いい病院紹介してくれるの？
タクミ　向こうが勝手に言ってるだけですよ。
カイジ　きれいなバラにはトゲがあるってか？
タクミ　タネを蒔いたのは誰なんですか！
カイジ　ああ、腹減った。え、もうこんな時間？　どうしたの、我が家の料理長は。
タクミ　今日は帰りが遅くなるから晩ご飯は外で食べてくれって。
カイジ　聞いてないよ～。
タクミ　保育園の来月の献立を決める会議があるんですよ。
カイジ　それならそうと最初から。（と、立ち上がり）タクミくん、ビール飲む？
タクミ　いりません。
カイジ　もう！　ホント、お兄さんたら愛想がないんだから。（と、下手に行きかけて、ハタと止まり）待てよ、まさかあいつ……
タクミ　？
カイジ　これもさ、あくまでも可能性の話だけど。この間、中国マフィアがここへ来た日、きみが戻って来る前に、あずさの高校時代の友達が来てたんだ。女じゃないよ、男友達。俺、そいつのこと覚えてるかって聞かれて、メンド臭いからその時は知らないって答えたけど、知らないもんですか、よおく覚えてた。ふたりは、ま、はっきり言うとつきあってたんだ。高校を卒業したとき、男の方は東京の大学に行って、あずさはいまと違って昔はいい子だったから、親の意向に従って地元の短大に行ったから、いわゆる遠距離
タクミ　（遮って）いいですよ、もう。なんでそんな話

を聞かされなきゃいけないんですか。

カイジ　だから言ってるだろ、きみたち夫婦のことが心配なんだって。

タクミ　ひとの心配

カイジ　（遮って）ひとの心配する暇があったら自分の心配しろって言いたいんだろ。分かってるよ。きみたちに迷惑かけてるのも分かってる。このままじゃいけない、なんとかしなきゃと自分の今後のことを考えてもいる。今日も釣り糸垂らしながらずっと考えてたんだ、いったい俺になにが出来るんだって。それでやっと結論が出た。釣り上げたブラックバスに糸を切られて逃げられたときに、なにもかも分かったんだ。それは例えばこういうことだよ。いま仮にタクミくんが俺の頬をつねるとする。当然俺は痛いわけだ。でも自分でこう自分の頬をつねろうが捻ろうが、大した痛みを感じないわけだよ。自分の頬じゃないみたいな感じさえする。なぜだと思う？　自分というものは、他人と関わったときに初めて実感出来るんだ。ブラックバスの存在も、釣り上げたときじゃなく、逃げられたときに実感するんだ。だから、きみらが言うように、ひとの心配をする前に自分の心配をというのは間違いで、ひとの心配をしたあとにしか自分の心配は出来ないんだ。だから、だから俺はきみたちの心配をしてるんだ、自分の心配をするために。ふう。生まれて初めてだ、こんな長台詞喋ったの。喉渇いちゃった。（と、下手に消える）

タクミ　（怒鳴る）兄さん、俺も飲みますから。あと、冷蔵庫に昨日のポテトサラダの残りがあるんでツマミにそれ。

カイジ、缶ビール二缶もって、戻って来る。

タクミ　ポテトサラダは？

カイジ　ごめん。腹が減ってたからさっき食べちゃった。仕事は半人前、食い気は二人前ってね。言うか？　自分でそれを。（と、笑いながら」乾杯！

　タクミ、カイジの差し出したビールを無視して、先に飲む。

　カイジ、まったく気にせずビールを飲む。

カイジ　ああ、やっぱりビールはキリンだよな。あ、キリンと言えば。タクミくん、針の穴にラクダを通すって言うだろ。アレ、聖書の中にある言葉だって知ってた？

タクミ　知らないス。

カイジ　ネットで調べたら、あったんだな、これが。さすがにいいこと言ってるからプリントしちゃったよ。（と、ズボンのポケットから紙切れを取り出し、読む）

戒めはあなたもよく知っているはずです。「姦淫してはならない。殺してはならない。盗んではならない。偽証を立ててはならない。父と母を敬え」

するとは彼は言った。「そのようなことはみな、小さい時から守っております」

イエスはこれを聞いて、その人に言われた。

「あなたには、まだ一つだけ欠けたものがあります。あなたの持ち物をすべて売り払い、貧しい人々に分けてやりなさい。そうすれば、あなたは天に宝を積むことになります。そのうえで、わたしについて来なさい」すると彼は、これを聞いて非常に悲しんだ。たいへんな金持ちだったからである。

イエスは彼を見てこう言われた。「裕福な者が神の国にはいるということは、何と難しいことでしょう」金持ちが神の国にはいるよりは、ラクダが針の穴を通るほうがもっとやさしい。

なあんてね。なんでここにラクダが出てくるかって言うと、イエスはほら、砂漠があるあっちの方のひとだろ。だから、みんなが知ってる大きな動物というとラクダしかいないから、それでラクダを例に出したわけだ。

タクミ　……

カイジ　俺の話、聞いてる？
タクミ　聞いてますよ。
カイジ　だったら相槌くらい打てよ。へーとか、ホーとか。楽しく語り合えばビールもうまい、と。そういうことだろ。そういう理屈でみんな世の中渡ってンだよ。大体きみって男は……、あれ？　ひょっとして、さっきの話を気にしてるわけ？
タクミ　さっきの話？
カイジ　だから、あずさが男と
タクミ　昔の話でしょ、それは。
カイジ　いやいや、それがどうもそうでもないらしいんだよ。昨日の夜、あいつそこのキッチンで電話してたんだ。別に立ち聞きするつもりはなかったんだけど、声を落としてヒソヒソやってるから気になって。で、その相手というのがどうも

タクミ、いきなりカイジの首を絞める。

カイジ　あ、なにをする！
タクミ　うるさいんだよ。ひとが黙ってりゃ、ベラベラベラベラいい気になって喋りやがって
カイジ　苦しい、やめろ。父と母を敬え、義兄(あに)も敬え。やめてェー

プツンと映画のフィルムが切れたように、暗くなる。
暗い中で、携帯電話の着信音が鳴る。

タクミの声　はい、角中です。
あんなの声　わたし、分かる？　この間、工房にお邪魔したチョーです。
タクミの声　あ、先日はどうも。
あんなの声　一度会いたいのことだけど、大丈夫？
タクミの声　ご用件は？
あんなの声　お仕事のお願いあるの。
タクミの声　月琴ならこの間
あんなの声　それとは別のお仕事。
タクミの声　なんですか？
あんなの声　会ったとき話すよ。明日、大丈夫？

タクミの声　明日は一日中工房にいますけど

あんなの声　工房ダメ。誰にも聞かれたくないのことだから。夜八時、うちの会社のオフィスまで出向いてほしいの。いいね、待ってるよ、バイバイ。

あんなからの電話のバックに流れていた音楽が、会話中から徐々にヴォリュームを上げて　……

4

マオのオフィス。あんながタクミの工房を訪ねた日から数日後の夜。

タクミがひとり。けん玉で遊んでいる。

帽子をかぶった男（リュウ）が、椅子を一脚持って現れる。

リュウ　この会社の人間は？

タクミ　いや、誰も？

リュウ　あなたひとりか？

タクミ　ええ。

リュウ　ひどいね。八時に客来るから椅子必要言われて、わたし持ってきたのに。あ、あなた八時の客か？

タクミ　そうです。

リュウ　来るの早いね。まだ八時の十分前よ。

タクミ　道に迷うといけないと思って家を早めに出たら、すぐにここが分かったんで。

リュウ　あなた、見上げた男ね。気に入った、素晴らしい。（と、握手を求める）
タクミ　（それに応じて）失礼ですが、あなたはここの……？
リュウ　関係ない。椅子を持ってきたただのオヤジ。これ、どこに置いたらいいか？
タクミ　わたしに聞かれても
リュウ　座るの、あなたよ。……あんな、その椅子座る。ここでいいか？　あなたここ座る。（と座って）少し近すぎるか？（と、デスクから少し離して）いや、正面きついな、照れるわ。横に置く？　右か？　いや、窓のそと気になるだから、うん？　どうして横向いて話す？首疲れるのこと。これ、どうか。後ろ向き。男は背中で勝負する。ハッ。これで話出来るか？　なに考えてる。ああ、わたし分からないよ。（と、椅子を放り投げ）あなた好きにする、あなた決める。わたし帰る。あとはヨロシク。（と、出て行く）
タクミ　（見送って）喋るだけ喋って　……

タクミ、椅子を適当なところに置いて、デスクの椅子に座る。

タクミ　（改めて室内を見回し）……なんの会社だよ。

マオが現れる。タクミ、それに気づき、椅子から離れる。

マオ　あ、そのままで。わたしはすぐに帰りますから。これ（けん玉）を取りに戻ったんです。（と、手にして）会社でも家でも、暇を見つけてはやってるんですが、ちっとも上手くならない。
タクミ　それだけ出来れば大したものですよ。
マオ　いやいや、この程度では。せっかくのけん玉に顔向けが出来ない。
タクミ　もう少しひもを短くした方がいいかも知れない。
マオ　椅子、持ってきたんですね。

タクミ　ええ、ちょっと乱暴なオヤジさんが。
マオ　（けん玉を続けながら）あんなはもうすぐ戻るはずです。
タクミ　この会社、お出入り自由なんですね。鍵もかかってなかった。
マオ　ごらんの通り、盗まれて困るようなものはなにも置いてませんからね。別に経費を節約してるわけじゃないんですよ。電話とパソコンがあれば仕事は出来るんで。椅子も、椅子なんかあると用もないのに長居をする輩がいて、仕事の邪魔になるからそれで。
タクミ　仕事ってなんですか？
マオ　主に中国からの旅行者を
タクミ　いや、この会社のではなく
マオ　ああ、あんながあなたに頼んだ
タクミ　ええ。
マオ　聞いてないんです、今日あなたがここへ来ること以外はなにも。彼女がどこでなにをしようといちいちわたしに報告する義務はないし、わたしも知りたいとは思ってないんで。
タクミ　あなたの秘書でしょ。
マオ　勤務中はね。でも会社の仕事が終わればもう……。（けん玉、失敗し）ひも、どれくらい短くすればいいのかな。
タクミ　二センチくらい。ひもの長さは使う人の身長で決めるんですよ。それはわたしに合わせてあるんで。やり方はネットで検索すれば分かります。
マオ　なるほど。
タクミ　便利な世の中になりましたよ。ネットを開けば大方のことは分かるんだから。実は、そのけん玉もユーチューブを見ながら作ったんです。それから、お預かりしている月琴も
マオ　おいおい。
タクミ　だって、月琴なんてこれまで触れたこともなかったし
マオ　この野郎、騙しやがったな。
タクミ　（笑って）大丈夫ですよ。胴に入ってる棹の根元のところが割れてて、そこを接着すればいいだけだから。今日持って来られたらよかっ

たんですが、まだ接着部分が乾いてなかったんで。

マオ　いまはこれ（けん玉）にかかりっきりなんで、あっちはいつでも。

タクミ　そんなにゆっくり構えてもいられないみたいなんです。

マオ　大口の注文でも？

タクミ　からだの方がよくないんです。昨日、病院へ行って検査の結果を聞いてきたんですが、免疫系に問題があるようだからもう一度、時間をかけて検査したいと言われて。

マオ　なんですか、免疫系って。

タクミ　さあ。説明されたけど分からない。分かったのはやっかいな病気らしいってことだけで。だから、それまでに出来る仕事は済ませておきたいんですよ。

あんなが現れる。男物のカバンを手にして。

あんな　お待ちどう様でした。

マオ　おお、八時きっかりだ。

あんな　わたし半分日本人。時間厳守。当たり前よ。

マオ　どうしたんだ、そのカバン。

あんな　男物、カッコいいだから。でも、安物。中古品。

マオ　いい趣味だ。（タクミに）じゃ、わたしはこれで。

あんな　帰るの？

マオ　（持っているけん玉を示し）忙しいんだよ、俺は。（と、出て行く）

タクミ　…わたしに仕事というのは？

あんな　もう。慌てない慌てない。秋は夜長でしょ。落ち着いて、座って話しましょ。（と、椅子をデスクの手前に移動し）どうぞ。（と、デスクの椅子に座る）

タクミ　（椅子に座るが）ちょっと近すぎませんか。

あんな　ほかの誰にも聞かれたくないの話だから…。わかたよ、わたしそっち行けばいいのこと。

あんな、自分の椅子をデスクの前に移動。タクミも椅子をあんなと向き合うようにして、座る。
ふたり、見詰め合う。

あんな これ、お見合いか？
タクミ ダメでしょ、わたしは結婚してるし。
あんな どうしたらいい？
タクミ さっきも同じことを聞かれた、これを持ってきたおじさんに。
あんな 帽子かぶてたのひと？
タクミ ええ。それで、分からないってアタマ抱えて、コレ放り投げて帰ってしまった。
あんな アホか。（と、笑って）あのひと、いつも帽子かぶてる。なぜか分かる？　教えてあげる、いい？　これここだけの話。中日戦争のときね、あのひと日本兵に捕まって、アタマの皮剥かれて、あの帽子、その傷跡隠すためのこと。酷い話よ。うそほんと、それ分からないだけど。
タクミ 人間はそこまでいくってことですよ、戦争ともなれば。
あんな 角中さんも？
タクミ 俺には無理だ。指先にトゲが刺さっただけで心臓が止まりそうになる怖がりだから。
あんな わたし知てるよ。暴力をふるうひと、みんな怖がり。
タクミ そういうひともいる。そうじゃないひともいる。
あんな そうだ、小津式でいきましょ。
タクミ オヅシキ？
あんな オギノ式違うよ。小津安二郎、映画監督、『東京物語』、知らない？
タクミ なんですか、いきなり。
あんな 本論に戻るのこと。立って。

タクミ、立ち上がる。と、あんな、ふたつの椅子を正面に向けて並べる。

あんな 座って。

タクミがその言葉に従うと、あんなも座る。

あんな　あのね、小津監督の映画、いつも時々、こうして並んで座るね。だから、あんまり相手の顔見ないで喋るのこと。だから、タイトル忘れただけど、男と女恋人、ラーメン屋入るだけど満員だから、ふたり、目の前に壁あるの席に座って、壁見ながらラーメン食べながら話す。わたし超ウケタよ。小津監督の映画、大好き。中国の日本語学校の図書館のDVD借りて見ただけど。小津監督の出るひと、喋る、「ああ」「そう」「まあ」「へえ」「はいはい」。みんな、ひとこと。長い台詞もちろんあるだけど、分からない言葉あるだけど、小津監督の映画、見れば分かる、いま嬉しい、いま哀しい、全部見てれば分かるようにつくてるのよ。『麦秋』見てる?

タクミ　いや。

あんな　あのね、おじいさんとおばあさん、公園のベンチにこうして並んで座ってるの。ふたり、夫婦よ。座ってね、サンドイッチね、こうしてふたり一緒にね

タクミ　もういいでしょ、映画の話は。

あんな　小津さん、嫌いか?

タクミ　そろそろ仕事の話を聞かせてくれませんか。

あんな　ああ。そうそう、ウムウム、はいはい。

タクミ　なにを作ればいいんですか。それとも修理かなにか

あんな　消してほしい。

タクミ　消す?　なにを?

あんな　(バッグから数枚の写真を取り出し)こいつ。

タクミ　(受け取って、見て)…本気で言ってるのか。

あんな　ずいぶん驚いてるね。ネズミ捕りでもする思った?

タクミ　誰なんだ、この男。

あんな　ネズミ以下の男よ。消しゴムの消しカス程度の

タクミ　なにをしたんだ、この男がきみに。

あんな　なにも。関係ない、わたし知らないのひとだから。

タクミ　そんな男をなぜ?

あんな　いろいろ事情あるだけど、角中さん、関係ないのこと、知る必要ないね。あなた消す、それでいいだから。

タクミ　（立ち上がり）帰る。

あんな　ダメ。

タクミ　俺はギター屋だ。そんな仕事、受けあうわけないだろ。

あんな　ダメ。（と、引きとめ）あなたイエス言うまで帰さない、約束しただから。

タクミ　約束？　誰と。

あんな　言わない。

タクミ　マオか？

あんな　マオさん、関係ない。あなた紹介しただけ。

タクミ　マオが俺を？

あんな　堅気で、律儀で、度胸あって、お金に困ってるの男、誰か知らない？　って言ったら、あなたのことを教えてくれたのよ。

タクミ　俺のどこを見てそんなこと。確かに俺は、あんた達と違ってまっとうな暮らしをしているが、胸をはれるほど律儀でもないし、さっき話した通り、度胸のかけらもない臆病者なんだ。

あんな　自分は自分からいちばん遠い他人よ。わたし、あなたのことなんでも知ってる、多分、あなた以上に。全部調べたの。あなたが若い頃、どんなことをしてたのか。いまの仕事はいつ始めて、いま妊娠五ヶ月の奥さんとはどこで知り合って、家のローンはどれだけ残ってて、昨日病院でどんな検査結果を

タクミ　（途中で遮り）ちょっと待て。

あんな　なに？

タクミ　そのことば……

あんな　わたしのことばがどうかして？

タクミ　日本語、フツーに話せるのか。

あんな　もちのろんよ。わたしの母は日本語しか話せないから、家で母と話すときはいつも日本語使ってたわ、あなたが言うフツーの。

タクミ　だったらどうしてあんなカタコトの

あんな　可愛いってみんな言うから。モテルから。きっと可哀そうだと思うのね、男がみんな優し

くしてくれるから。母は京都生まれだから、京都弁かて使えるえ。

タクミ　…誰なんだ、きみは。

あんな　ストップ！　質問タイムはここまで。聞けば聞くほど決断が鈍るだけよ。to be, or not to be. やるかやらないか、あなたはこれだけを答えればいいの。

タクミ　答えはさっき伝えたはずだ。

あんな、カバンから紙包みを出して、机の上に置く。

あんな　五百万あるわ。成功したらプラス一千万。自分のからだのことを考えたら、引き受けた方がいいと思うけど。残される奥さんと生まれてくる子供のためにも。

タクミ　大きなお世話だ。

あんな　そうね。でも、アナタノコトカ好キタカラ〜

タクミ　なんとも思わないのか。

あんな　なに？

タクミ　こんな、人殺しの片棒なんか担いで。

あんな　アタボーって言葉、知ってる？　昔の江戸っ子が使ったのよ。「当たり前だよ、べらぼーめ」を縮めて、「アタボーヨッ」って言うの。

タクミ　…誰なんだ、きみは。

あんな　わたし、張あんな言います。日本三年前来ました。年齢二十五歳です。日本三年前来ました。働きながら勉強してるマジメな苦学生。よろしくお願いします。

タクミ　……

あんな　なに見てるか。

タクミ　きみの腹の中、アタマの中。

あんな　見える？

タクミ　見えないから見てる。

あんな　やめて。お見合いじゃないだから。

あんな、再びカバンから前とは別の紙包みを取り出して机の上に置く。

あんな　中国製のトカレフ。

タクミ　誰がやると言った。

あんな　その気になったから帰らないんでしょ。
タクミ　……
あんな　やるのよ、あなたは。
　あんな、紙包みをとく。中からトカレフが。手に取って。
あんな　初めてでしょ。教えてあげるわ。
タクミ　使ったことがあるのか。
あんな　勉強したのよ、ユーチューブを見て。
タクミ　ユーチューブ？
あんな　嘘に決まってるでしょ。昨日、教えて貰ったのよ。
タクミ　誰に？
あんな　失敗は許されない。素人がヒットさせるためには至近距離で撃つの。抱きついて、左手を相手の首に回して銃口を心臓にあてて引き金をひく。出来るわね。
タクミ　分からない、やってみるまでは。
あんな　練習しましょう。
タクミ　（手を差し出し）トカレフ。
あんな　まだ早い。これでやるのよ、これで。（と、指で拳銃の形を作り）
タクミ　（それを真似て）これで？　なんか恥ずかしいんですけど。
あんな　いいの、練習なんだからそれで。（と、タクミから距離をとり）あなたもそっちの壁際まで離れて。いい？　わたしが消しゴムのカスよ。ちょっと。トカレフは胸ポケットにしまって。それじゃバレバレでしょ。
タクミ　あ、そうか。
あんな　隣にボディーガードみたいなのがいるけど、そんなの気にしないで。顔を見られないように、うつむき加減で歩いてきて。慌てないで、ゆっくり。三メートルくらいまで近づいたら、ライオンが獲物に飛びかかるように相手に抱きついて引き金を引くの。分かった？
タクミ　（段取りを確認し）……。よし。
　ふたり、歩きだす。距離が縮まった瞬間、タクミはあんなに抱きつく。

しばし、そのままの体勢で。

あんな　トカレフは？

タクミ　抜くひまがなかった。

あんな　…撃ったらすぐに逃げなきゃ。（と、離れて）

タクミ、胸ポケットからゆっくり指トカレフを抜く。しばらくその指の形を維持。

あんな　消しカスは木曜の夜には必ず、伊勢崎町の「ルル」ってクラブに行くの。八時頃にやって来て、大体十時くらいには店を出るわ。そこを狙うの。（と、カバンから紙を取り出して）これがそのクラブと逃げ道の地図。（と、タクミに渡す）その道を使えば絶対に逃げ切れるわ。やったらすぐにわたしに電話して。お金の用意をしなきゃいけないから。最悪、相手が死ななくても三ヶ月、寝たきりに出来れば成功だって。わたしからの話はこれだけよ。他になにか聞いておきたいことがあれば…

タクミ　やった後、トカレフはどうすればいい？

あんな　聞いておくわ。今日中に連絡する。

タクミ　分かった。

あんな、トカレフとお金を手早く紙に包んで、地図と一緒にカバンに戻す。

タクミ　なんだか自分が自分じゃないみたいだ。

あんな　あれもこれもみんな夢だと思えば少しは気が楽になるかもしれない。

あんな、カバンをタクミに渡す。

タクミ　（受け取って）これから仕事に出かけるサラリーマンみたいだ。（と、苦笑し）

あんな　あなた、行ってらっしゃい。

タクミ　今日は取引先の接待で帰りは遅くなるから。（と、去ろうとしたところへ）

リュウが現れる。手にちょっとお洒落な紙袋。

リュウ　あいや、あなた、素晴らしいのひと、帰り支度か？
タクミ　ええ、もう商談は終わったんで。
リュウ　腹すかしてるに違いないだから、これ、サンドウィッチ持ってきたよ。（と、紙袋を示す）
あんな　それダメよ。家で奥さん、夜食作って待ってるだから。
リュウ　サンドウィッチ、男のベツバラよ。一緒においしい紅茶も、ホレ。
あんな　リュウさん、しつこい。角中さん困てるだから。（タクミに）いいから帰って。
タクミ　すみません、失礼します。（と、消える）
あんな　（見送って）…サンドウィッチ、食べていい？
リュウ　さっき食べたばかり。まだ食べるか。
あんな　育ち盛りよ。
リュウ　ふん。
あんな　なに、ふんって。
リュウ　鼻も糞するのよ、時々。
あんな　（食べながら）……引き受けてくれたわ。
リュウ　知ってる。
あんな　どうして？
リュウ　テレビで見てた。
あんな　（手を止めて）…テレビ？
リュウ　この部屋、隠しカメラ置いてる。
あんな　嘘。（見回して）どこに？
リュウ　場所どこ分からないから隠しカメラ。教えるバカどこにいる。
あんな　…怒ってるの？
リュウ　どうしてわたし、怒る？
あんな　見てたんでしょ、テレビで、わたしたちのラブシーンを。
リュウ　ハッ。
あんな　ね、「麦秋ごっこ」しよ。
リュウ　なにか、それ？
あんな　いつもお餅食べながらやってるアレよ。
リュウ　……
あんな　どうしてだろう？　あの映画のあのシーンを見ると涙が出てくる。憧れてるのかな。年取ったらあんなおばあちゃんになりたいって、あんなおじいちゃんがいつも傍にいてくれたらいいのにって。

カチンコが鳴る。映画『麦秋』の音楽が流れる。
ふたりは並んで椅子に座り、同じタイミングでサンドウィッチを口に運ぶ。「麦秋ごっこ」が始まる。

リュウ　しかし、なんだねえ、うちも今が一番いい時かも知れないねえ　…。これで紀子でも嫁に行けばまた寂しくなるし　…

あんな　そうですねえ　…。専務さんのお話、どうなんでしょう？

リュウ　ウム　…よきゃいいが　…。もうやらなきゃいけないよ。

あんな　ええ　……

リュウ　早いもんだ　…。康一が嫁を貰う、孫が生まれる、紀子が嫁に行く。　…今が一番楽しい時かも知れないよ。

あんな　そうでしょうか　…でもこれからだってまだ…

リュウ　いやア、欲を言やアきりがないよ。　…ああ、今日はいい日曜だった　……

あんな　ちょいとあなた。　……（と向こうの空をさす）

リュウ　ウム？（と見る）

あんな　あ、ゴム風船が　…

リュウ　どっかで、飛ばした子が、きっと泣いてるねえ　…。康一にもあったじゃないか、こんなことが　……

あんな　ええ　……

見上げているふたり。
ふたりを包むように、ゆっくりと暗くなる。暗いなかで音楽が続いている。
突如、銃声一発！　音楽、とまる。往来を車が行き交う音が　……

5

引き続き、前シーンの車の音が聞こえている。

タクミの住まい兼工房。客間。前シーンから数日後。深夜。

中央奥のドアからカイジが現れ、手にした毛布をソファの背にかけ、下手に消える。

カイジの声　なにやってるんだ。

あずさの声　見れば分かるでしょ。

カイジの声　こんな夜遅くに掃除なんか

あずさの声　こんな時間にしか出来ないのよ。

カイジの声　もう寝ろよ、明日も朝早いんだろ。

あずさの声　ちょっと、邪魔！

カイジ、缶ビールを手に戻って来る。ソファに座る。

カイジ　（飲んで）遅いな、タクミくん。もう十二時だ。どこ行ってるの？

あずさの声　仕事。

カイジ　だから、仕事でどこへ行ってンだって。

あずさの声　知らない。

カイジ　知らないって、聞けばいいだろ。なんで聞かないの？　病院の検査結果だってちゃんと聞いてないんだろ。心配なんだろ。なんで聞かないの？　お前がちゃんと聞かないからタクミくんも二言三言で、

台詞の途中であずさが現れ、持っていた雑巾をカイジにぶつける。

カイジ　なにすンだ。

あずさ　うるさいのよ。

カイジ　暴力はよせ、落ち着け。落ち着いてお腹の子供のことも考えろ。五ヶ月過ぎれば母親の喜怒哀楽を察知するんだから。

あずさ　（ソファに座り）ああ　…（と、地獄のようなため息をつく）

カイジ　予定日いつだっけ？

あずさ　来年の二月二十五日。

カイジ　カー。あと半年足らずであずさもお母ちゃんか。

あずさ　そんなの。それまで何があるか分からないでしょ。

カイジ　なにかあったら俺が守ってやるよ。

あずさ　……。

カイジ　子供かあ。いいなあ、子供は。

あずさ　どこが？

カイジ　働かなくっていいしさ。

あずさ　よく言うよ、働く気もない人間が。

カイジ　ほらまたそれだ。ひとの顔見りゃ働け働けって。やめてくれる？　そういうの。休むのも仕事なの。慌てず騒がず、いつか俺の出番が来たときのためにじっくり力を蓄える、今はそういう時期なんだから。

あずさ　わたし子供の頃ずっと、中学くらいまでかな、兄さんは大人になったら周囲のひとがびっくりするような、それがなんなのかは分からなかったけど、なにか大きな仕事をするんじゃないかと思ってた。勉強も出来たし運動も万能で、高校の文化祭のとき、兄さんはバンドのボーカルで、一緒に行ったクラスの友達が、体育館のステージで歌ってる兄さんのこと、かっこいいってキャーキャー騒いでた。わたしそれが、恥ずかしいけど嬉しくて……

カイジ　懐かしいなあ、カイジの青春。

あずさ　なのに、なんで？

カイジ　時代？　やっぱ時代が悪いんじゃないの。

あずさ　今年のお正月、家に帰ったときこの話を母さんにしたら、なんて言ったと思う？　口が達者な男は出世出来ないんだよって。

カイジ　イテッ。きついよ、母ちゃん。

あずさ　この間、納富くんがすぐには兄さんだって分からなかったのは、そういうことなのよ。

カイジ　なんだよ、そういうことって。

あずさ　兄さん、昔に比べるとなんだか華がなくなったねって。

カイジ　（舌打ちをして）あの野郎。

あずさ　……。

カイジ　アタマ来た。ビール追加だ。飲まなきゃやってられないよ。（と、立ち上がり）

カイジ、下手にあるキッチンに行こうとすると。

あずさ　わたし、寂しい　…
カイジ　？　なんか言った？
あずさ　……（俯いている）
カイジ　（戻ってきて）…泣いてるのか、お前。
あずさ　なんで？　なんでこんなになっちゃったのよ。なんで？　どうして？（と、拳でカイジのからだを叩く）
カイジ　イテ。イテテ。痛いよ、お前。分かった、分かったから。

あずさ、泣きながらなおも叩き続ける。
マスクをしたタクミが下手から現れる。目の前の様を見て立ち止まる。

カイジ　お帰り。

あずさ、黙って足早に下手に消える。

カイジ　大丈夫、なんでもないから　…。なに、風邪？
タクミ　あ、いや　……。（と、マスクを外す）
カイジ　あのさ、俺がこんなことを言っても説得力ないかも知れないけど、もう少しあずさに気を使ってやってくれるかな。多分、マタニティブルーってやつだと思うけど、ちょっと情緒不安定なんだ。
タクミ　仕事の方が忙しくって　…
カイジ　こんな遅くまで誰と会ってたの？
タクミ　誰って　…
カイジ　仕事関係の誰かと会ってたんだろ。マオ？
タクミ　違います。
カイジ　じゃ、秘書の方？
タクミ　違いますよ。
カイジ　だったらいいんだけど。タクミくんもひとの親になるんだからさ、自分のからだのことだってあるし、あんまり無茶なことしないでほしいんだ。

カイジ　分かってます。

タクミ　ごめん、偉そうなこと言って。

タクミ　いえ……

あずさ、戻って来る。

あずさ　お腹すいてる？

タクミ　いや、もう寝るわ。

あずさ　寝る前にお風呂入って。汗でシーツが汚れるの嫌だから。

タクミ　…大丈夫か、お前。

あずさ　あなたの方こそ。

タクミ　俺は大丈夫だよ。

あずさ　（お腹に手をあて）わたしも平気よ。お腹の赤ちゃんも。

タクミ　そう。だったら…。再検査、来週の水曜になったから。

あずさ　入院するの？

タクミ　一応。

あずさ　分かった。

タクミ　（カイジに）おやすみなさい。

あずさ　お風呂、入らなくていいから。

タクミ　悪い。

タクミ、中央ドアの向こうに消える。あずさも下手に消える。

ひとり残されたカイジは、缶ビールを飲み干し、そして、下手に移動。

カイジ　もう寝ろよ。

あずさの声　あと少しだから。

カイジ　……

あずさの声　なに？　ビール？

カイジ　もう寝るから。

あずさの声　遠慮することないのに。

カイジ　…お前さ、まさかあいつと、納富とあれから会ったりしてないよな。いや、さっきあいつの名前が出たからそれで。なにもなきゃいいんだ。おやすみ。

ぼんやり明るくなると、携帯電話を耳にあてて、タクミが立っている。
ソファにカイジはいない。

タクミ　すみません、夜分遅く。……ええ。手ごたえがあったんで多分……。分かりました。おやすみなさい。

暗くなる。

カイジ、ソファに戻り毛布をかぶって横になる。
あずさが現れる。カイジ、その気配を感じ、毛布から顔を出す。

カイジ　……どうした？
あずさ　ごめんなさい。
カイジ　なにが？
あずさ　わたし、会ったの。
カイジ　え？
あずさ　二度目は彼の部屋に行って……
カイジ　寝たの？

あずさ、軽くうなずく。

カイジ　ダメだよ、そんなことしたら……（と、呟くように）

暗くなる。少し間。

6

前シーンと同じ場所。その二日後の夕方。
ソファに座っているあずさ。目でなにか追っている。蚊だ。両手で叩く。外す。テーブルにはコーヒーカップ。
トイレの水の流れる音が聞こえる。あずさ、もう一度、叩く。ヒット。
下手から納富が現れる。

あずさ　ほら。（と、納富に掌を見せる）
納富　なに？
あずさ　わたしの血。蚊がいたの。
納富　（コーヒーを飲み）アチッ。
あずさ　三度目よ。
納富　なにが？
あずさ　トイレ。
納富　緊張してるのかもしれない。
あずさ　（台拭きで掌の血を拭きながら）もう十月なのに……
納富　兄さんは？　出かけてるの？
あずさ　北海道。
納富　旅行？
あずさ　牧場めぐりだって。いいところがあったらそこで働くんだって。動物がいい、汚れた人間たちの中で暮らすのはもううんざりだって。
納富　汚れた人間か。きっと俺たちのこと、いや、僕のことを言ってるんだ。
あずさ　ほっとけばいいのよ、あんなひと。
納富　でも、兄さんに怒られなかったら、今日こうしてここに来る勇気なんか出なかった。

工房から聞こえる月琴の音は、ときどき途切れる。その度にふたりは鋭敏に反応し、声をひそめたり黙ったりする。

あずさ　帰ってもいいのよ、このまま。
納富　バカ言うなよ。
あずさ　でも……、なんて言うの？　あのひとに。

納富　言うことはひとつだよ。
あずさ　言えるの？
納富　言えるさ。
あずさ　怖い。
納富　大丈夫だよ。大丈夫さ。
あずさ　わたしもどっか行こうかな、遠いところへ。
納富　…後悔してるの？
あずさ　なんでこんなことになったんだろう？
納富　ここまで来たらもう後には戻れないよ。
あずさ　わたし、タクミさんをひとりに出来ない、可哀そうで。
納富　俺は？　俺はひとりになっても可哀そうじゃないの？
あずさ　だって、あのひと病気なのよ。
納富　いまさら何言ってンだ。決めたじゃないか、ふたりで、一緒になろうって。
あずさ　どうすればいいの？　わたしは。
納富　だから　……
あずさ　いいの？　わたしで。
納富　いいんだ。
あずさ　ほんとに？
納富　ほんとだよ。
あずさ　ほんとに？　ほんとにこんなわたしでいいの？
納富　……
あずさ　あ、面倒くさいって顔してる。
納富　してないよ。
あずさ　してる、こんな女はうんざりだって思ってる。
納富　思ってないよ！（と、思わず声を荒げる）…ごめん。
あずさ　不安なの、わたし。
納富　俺だって同じだよ。彼がどういう態度に出るか、それを考えると。工房にあったあの大きなノミでお腹をブスッと刺されたりしたら…
あずさ　それならそれで　…
納富　よせよ。
あずさ　わたし達、間違ったことしてない？
納富　してないよ。
あずさ　ふたりでうまくやっていけるの？

納富　ふたりじゃない、三人だ。お腹の子供と三人で俺たちは
あずさ　…納富くんが分からない。
納富　なにが？　俺のどこが分からないんだ。
あずさ　だってわたし達ずっと、十年以上も会ってなかったのよ。
納富　五年前に同窓会で会ってる。
あずさ　でもあの時はほとんど喋らなかったし。分かってる？　わたしはもう昔のわたしとは違うのよ。
納富　昔と同じだったら好きにならなかったよ、きっと。
あずさ　わたしのどこがいいの？　だってわたし達、一ヶ月前にここで会ってそれから二回、あわせてまだ三回しか会ってないのよ。
納富　今日も入れれば四回。
あずさ　同じでしょ、三回も四回も。
納富　違う。オーストラリア先住民のアボリジニは、四以上の数字は沢山なんだ。一・二・三の次は沢山なんだ。だから、俺たちはこの一ヶ月足らずの間に沢山いっぱい
あずさ　黙って。（と、遮り）来るから。

納富、慌ててネクタイを締め直し、たかと思うと、今度は緩め……
中央のドアからタクミが現れる。

タクミ　どうも、お待たせしてしまって。
納富　こちらこそ、急にお邪魔を…
タクミ　納富さんでしたっけ？
納富　ええ。
タクミ　角中です。いつもあずさがお世話になってるそうで。
納富　お世話だなんてそんな……（と、額の汗を拭く）
タクミ　どうぞ。（と、納富にソファを示し）
納富　失礼します。（と、座る）
タクミ　（あずさに）なにか冷たいもの、（納富に）ビールでいいですか？
納富　いえ、アルコールは…

タクミ　あ、車でしたね。じゃ、冷たい水で。

あずさ、下手のキッチンに消える。

タクミ　フー、疲れた。（と、座る）
納富　すみません、お疲れのところ。
タクミ　いや、そんなつもりで……。今日中に仕上げたい仕事があってそれで……
納富　さっきあちらで弾かれてた？
タクミ　月琴って中国の古い楽器です。胴がお月様みたいに真ん丸なんですよ。だから英語でも、ムーンギターって言うらしいんですが。
納富　なるほど……。（と言って、何度も頷く）
タクミ　しばらくアメリカの方に行ってらしたそうで。
納富　カナダです。カナダのトロント支店に五年ばかり……。（と、指でテーブルに、Moon guitarと書く）

タクミ、時計を見る。
あずさ、現れて、持ってきた水をテーブルの上に置く。

納富　すみません。（と、コップの水を一気飲み）すみません、もう一杯。
タクミ　よかったら、これ。（と自分の水を）
納富　すみません。（と、再び一気に）
あずさ　（それを見て）犬みたい。
タクミ　犬はコップで水を飲まないよ。
納富　実は、実はわたし、奥さんと高校時代に付き合ってたんです。
タクミ　聞いてます。卒業してからは遠距離恋愛だったとか。
納富　すみません。
タクミ　謝られても。昔の話でしょ、結婚してからどうこうしてンならともかく……

納富、思わずあずさの顔を見る。

あずさ　兄さんから聞いたの？
タクミ　他に誰がいる。でも、聞いたのはそれだけだ。

もっと他に話したいことがあったみたいだけどそんな昔の話を聞かされたって。て言うか、こっちにだってほじくり返せばあずさに知られたくない話は山ほどあるんだ。でも、時間が経てばみんないい思い出になりますよ。いや、そうはいかない話もあるか……

玄関のチャイム。
玄関に向かおうとするあずさを制して。

タクミ　いや、俺の客。（と、下手に消える）
納富　どうしよう。角中さんは俺たちのこと知ってるんだ。知ってて、知ってるからあんな話をしたんだ、いい思い出にならない話もあるって。
あずさ　だから？　また謝るの？　納富くん、さっきなんべんすみませんて言ったか知ってる？　今度はなに、土下座でもするの？
納富　半沢直樹じゃないんだ、俺は。

タクミ、戻って来る。

タクミ　どうぞ。
あんなが現れる。リュウが持ってきたあの紙袋を手に。

あんな　こちら、奥さんね。
タクミ　こちらはかみさんの高校時代の友達のノートミさん。
あんな　なんでそれ……？
タクミ　そやから角中さん関係、なんでも知ってる言うたやろ。初めまして。わたし、アジアントゥーリスト・マオの張あんな言います。
あんな　（あずさに）悪い、仕事の話があるんだ。ちょっとの間でいいから席外してくれるかな。
タクミ
納富　そういうことでしたらわたしはこれで
あずさ　帰るの？
タクミ　わたしになにか話したいことがあるって
納富　今日はお忙しいみたいなんでまた別の機会に

タクミ　……

あずさ　（あずさに）いいの？

あんな　いいんでしょ、当人がいいって言ってンだから。

納富　ごめんなさい、わたし追い出したみたいで。

あずさ　いえ。失礼します。

　待って、そこまで送るから。（と、テーブルの上を片付けながら）

　納富とあずさ、下手に消える。

あんな　（見送って）……あのふたり、出来てるよ。

タクミ　そんな話をしに来たンじゃないんだろ。

あんな　（笑って）怒らない怒らない。ハイ、お土産。（と、紙袋をテーブルの上に置く）銀行振り込みアシつくだから、「いつもニコニコ現金払い」よ。

タクミ　（紙袋の中を見て）確かに。

あんな　なぜ中身調べない？　新聞紙かもよ。十万二十万、わたし抜いてるかもよ。

タクミ　信用してる。

あんな　（笑って）ダメよ。わたしいいひとじゃないだから。（いきなり）好き。（と、タクミにしなだれかかる）

タクミ　なにすンだ。（と振りほどく）

あんな　（笑って）冗談よ、お芝居。知らない？　吉本。関西出張行ったのとき、テレビで見たよ。わたし超ウケテ。

タクミ　車の中に誰かいたな。

あんな　見られた？

タクミ　帽子を被ってた。

あんな　そう、日本兵にアタマの皮剥かれたのひと。わたしの愛人。

タクミ　愛人？

あんな　リュウさん、わたしたちのこと疑ってる。嫉妬深いだから今日も一緒について来たのこと。

タクミ　言えばいいだろ、なんにもないって。

あんな　言っても聞かない。リュウさん、ときどき耳悪くなる。いつもニコニコしてるだけど、ときどき人間変わる。でも仮面ライダー違うよ。

タクミ　そうだ。（と、中央ドアに消える）
あんな　えっ、怒ったのこと？　わたしやりすぎか？
（と、二歩三歩、ドアの方へ）

　タクミ、前にあんなが持っていた男物のカバンを持って、戻って来る。

タクミ　（それを差し出し）返すよ。
あんな　なに？
タクミ　トカレフ。
あんな　もう少し預かって。あなた持ってる、わたし持ってるより安全だから。それに、もしもの時、トカレフある、心強いだから。
タクミ　もしもの時？
あんな　怖いリュウさん、嫉妬に狂ってあなた襲うの時よ。
タクミ　まさか　……
あんな　（笑って）冗談よ。リュウさん、そんなアホなことしないよ。
タクミ　仕事を依頼したのはあの男か。
あんな　それ、聞かないの約束。わたしそれ貰う。（と、手を差し出す）
タクミ　（渡さず、あんなの顔をじっと見ている）……
あんな　やめて。そんなに見詰められたら惚れてまうやろ。
タクミ　怖くないのか？
あんな　怖い？　なにが？
タクミ　だから、ああいう男とこういう仕事をしてること。
あんな　マオさんも言うよ、ときどき同じこと、リュウさんとは手を切れって。でも、わたし恵まれてるよ。ラッキーガール。もっとヤバイことしてる中国人の女の子、何人も知ってる。みんな好きでやってるじゃないだけど、密入国の子、就業ビザないだからまともな仕事ないのよ。それに、角中さん、中国の一人っ子政策知ってるでしょ。わたし、三つ上の兄さんいる。てことは？　ほんとは生まれてはいけない子供よ。でもここにいる？　なぜ？　両親、母親、女の子ほしい、それで親戚から

タクミ　お金かき集めてお役人渡して、だからわたしここにいる。お金なければ殺されてるか売られているか。わたし一度死んでる。だから怖いことなにもないのよ。それに、危ない橋渡る、ワクワクするだから、生きてる感じするだから。

あんな　せっかく拾った命なんだから、もっと自分を大切にしろよ。（と、カバンを渡す）

タクミ　（受け取り）角中さん、それちょっと臭い台詞ね。でも、（と、カバンを離し）好き。（と、しなだれかかる）

あんな　だからやめろって。（と、振りほどこうとするが）

タクミ　（離れず）どっか遠くへ連れてって、わたしを。日本じゃない、中国でもない、もっと遠いところ……

下手から。

リュウの声　あんな、なにしてるか。

ふたり、離れる。リュウが現れる。

リュウ　あんな、遅い。わたしせっかちの男、忘れたらダメよ。

タクミ　すみません、わたしがグズグズしてて

リュウ　NONO。あなた素晴らしいのひと、わたし知ってる、謝ることなにもないね。（あんなに）用事、済んだか？

あんな　ワンラ（完了）。

リュウ　OK。お前もう用ないだから、ここ出て行く。わたし、ちょっとだけ角中さんに話したいことある。

あんな　話？　なに？

リュウ　おまえ、関係ない。グンカン！（早く出て行け！）

あんな　車の中で待ってるよ。

リュウ　話、一分で終わる。

あんな　（タクミに）バイバイ。（と、カバンを持って、下手に去る）

リュウ　邪魔者、消えたね。（と、あんながいなくなった

のを確認し）改めまして。わたし、リュウ・シュンショウ言います。よろしく。（と、手を差し出す）

タクミ　どうも。（と、それに応えて、握手）

リュウ　（その手を離さず）あなたにもうひとつ仕事ある。時間ないだから手短に言う。この間の男の組織、殺し、わたしの組織の仕業じゃないか疑ってる。もちろん、証拠ない。でも、なにか手打たないと戦争始まる。戦争ダメ。ふたつの組織、共倒れ、バカげてるよ。だから、わたしの組織の者、ひとり消せば、疑い晴れる。他の組織の仕業か、思うのこと。それでふたつの組織、戦争始めれば、潰しあい、共倒れ。わたしそれ高みの見物。万々歳。分かるでしょ。

タクミ　（リュウの手を丁寧に外し）あなたと違って計算が苦手なんですよ。

リュウ　大丈夫。今度の仕事、前より簡単。あなた二度目、もう慣れてる。楽チンよ。ＯＫ？

タクミ　ＮＯ。

リュウ　どうして？　楽チン仕事でギャラ、前と同じ払うのことよ。

タクミ　千五百万あればもう十分ですよ。

リュウ　角中さん。奥さんのお腹の子供、大人なるまで養育費、幾らかかる、それ考えなければダメよ。あなた死ぬ。子供どうなる？

タクミ　……

リュウ　話、先に進めましょ。消してほしいのひと、あなた知てるひと。

タクミ　誰だ。

リュウ　あんなよ。

タクミ　あんなって、あの？

リュウ　そう。

タクミ　どうして彼女を……？

リュウ　理由、いま話したでしょ、消すのこと簡単だからよ。

タクミ　あんなは愛人じゃないのか、あんたの。

リュウ　愛人沢山いる。あんなの代わり沢山いる。あんな消えてもわたし全然寂しくないのこと。

タクミ　…最低だな、あんた。

リュウ　（笑って）最低？　ならばコツコツ最高目指すね。目標出来て嬉しいのことよ。
タクミ　百年かかるわ。
リュウ　中国三千年の歴史。百年短い、あっという間よ。
タクミ　あんたいま幾つだ。
リュウ　（笑って）幾つになっても心は少年よ。
タクミ　帰ってくれ、もう。
リュウ　OKね。
タクミ　NOって言ったらNOなんだよ。
リュウ　あなた断ったら、わたし困る、わたしの組織困る、あなた困る、あなたの奥さん困る。それからお腹の赤ちゃん困る。
タクミ　……どういう意味だ。

リュウ、いかにも愉快そうに笑う。
あずさが戻って来る。

リュウ　あいや、一分過ぎてる。あんなカンカンよ。では、いまの話、よろしく。（あずさに）奥さん、お腹に子供ね、お大事に。（と、消える。以下は声だけ）あいや、満月出てるよ。
あずさ　仕事？
タクミ　うん。
あずさ　明後日、手術よ。
タクミ　分かってる。
あずさ　あんまり無理してほしくないんだけどな。
タクミ　大丈夫だよ。
あずさ　…なにを考えてるの？
タクミ　ちょっと、仕事の段取りを……
あずさ　お腹すいてる？
タクミ　うん。まあ…
あずさ　ピザでいい？
タクミ　ピザか…。
あずさ　なんにも用意してないの。外へ食べに行ってもいいんだけど。
タクミ　小学生の頃、アレ流行ったんだよな。ピザピザピザって十回言わせて、肘を指して、ここなんて言う？　って遊び。
あずさ　知ってる。わたしはまだ幼稚園だったけど。

じゃ、こういうの知ってる？　ニシンニシンニシンって十回言うの。

タクミ　知らない。

あずさ　じゃ、言ってみて。

タクミ　ニシンニシンニシン　……（十回繰り返す）

あずさ　では問題。赤ちゃんが生まれることをなんと言うでしょう。

タクミ　妊娠じゃないの？

あずさ　ひっかかった。赤ちゃんが生まれるのは出産でしょ。

タクミ　（舌打ちし）なんだ、それ。

あずさ　（笑って）…着替えて。

タクミ　ええっ？

あずさ　外へ食べに行こ。久しぶりに駅前の「彩華」。

タクミ　中華はダメだ。

あずさ　じゃ、どこがいいの？

タクミ　どこでもいいよ、中華以外なら。

あずさ　そうと決めたら善は急げだ。ね、早く早く。

タクミ　うっせーなあ。（と、奥に消える）

あずさ、テーブル周りを片付けようとして、ソファ脇の紙袋に気づく。

そして中を確認し、きれいな包装紙で包まれた札束（五百万）と思しきモノを取り出す。そしてもうひとつ。

タクミが戻って来る。（着替えはしてない）

あずさ　（慌てて札束を紙袋に入れ）…なに、これ？

タクミ　なんでもないよ。（と、奪おうとするが）

あずさ　（渡さず）だってお金でしょ。どうしたの？　こんなに。

タクミ　……

あずさ　仕事っていったいなにをしてるの？

タクミ　……

あずさ　わたしに言えない仕事なの？

タクミ　……

あずさ　どうして黙ってるの？　誰よ、さっきまでいたあの人たち、誰なの?!

とその時、刺客かと思わせるような勢いで入って

きた納富。急ブレーキをかけたその勢いのまま、
土下座する。

納富 すみません。お願いです。奥さんと、アズと別れて下さい！

暗くなる。

7

同じ場所。翌日の昼下がり。
タクミがソファに座って、月琴を弾いている。曲は『きらきら星』。
下手に立ってそれを聴いているマオ。曲、終わる。

マオ （拍手して）完璧。ありがとう。

ふたり、握手。

タクミ （ケースに月琴を入れながら）中国でもＡＢＣって歌うのか。
マオ 知らない、中国の学校に行ってたわけじゃないから。
タクミ なんでマオって名乗ってンだ、中国人でもないのに。
マオ 俺の親父は中国残留孤児なんだ。
タクミ 知ってるよ、あんたが残留孤児二世だってこ

とは。

マオ　でも、俺は怒羅権にはいなかった。あんたが聞いた俺の噂は間違ってる。怒羅権にいたダチとつるんでただけで、俺は

タクミ　（遮って）いいよ、そんな昔話は。俺が聞いてるのは

マオ　なんで俺はマオなのかって話だ。

タクミ　そうだよ。

マオ　親父は中国にいた時、文化大革命でひどい目にあったらしいんだ。いったいなにがどうひどかったのか、知りたくもないから聞かなかったが、子供ながらに、とにかく毛沢東が大嫌いだってことだけは分かった。俺は親父が嫌いだった。ガキの時から二日に一回は殴られてた。姉ちゃんと弟がいたが、殴られるのは俺だけなんだ。殴られるたび、なんで俺だけ？　って思ってたよ。それがある日、そうかと思い当たることがあった。まあ、ガキのアタマで思いつくことだから今になれば笑い話だが、きっと親父は、俺が毛沢東に似てるから、その仕返しに俺のことを殴るんじゃないかって。それを仲間に話したらそれ以来、みんなが俺をモウの中国語読みで、マオって呼ぶようになったんだ。

タクミ　それからずっと？

マオ　ああ。学校で教師が出席とるときも、「マオ・ユエシャン」て呼ばないと返事をしなかった。

タクミ　面倒くせぇガキだな。

マオ　ひとのことを言えるのか。

タクミ　わたしはずっとマジメ一筋ですよ。（月琴の入ったケースを差し出し）せっかく直したんだから、大切になさって下さい。

マオ　（受け取って）幾ら？　代金。

タクミ　いいよ。結構なお話を聞かせていただいたし。

マオ　借りは作りたくないんだ。

タクミ　あんたのおかげで結構な仕事をさせていただいて、結構な金をもう貰ってる。

マオ　…恨んでるのか、俺を。

タクミ　少なくとも感謝はしてない。

マオ　あんたがあの仕事を引き受けるとは思ってな

かった。

タクミ　そんな男をどうして紹介したんだ。

マオ　最初にここで会ったとき、あんた俺に喧嘩をふっかけてきただろ。

タクミ　なんのことだ。

マオ　さっきも話した、あんたは俺の悪い噂を知ってるって言ったんだよ。

タクミ　…あの程度のことで？

マオ　こう見えて、俺は根に持つタイプなんだ。

タクミ　その仕返しに？

マオ　ちょっとした悪戯のつもりだったんだが

…

タクミ　そのちょっとした悪戯が、いまとんでもない方向に転がりだしてンだ。

マオ　とんでもない方向？

タクミ　昨日ここにリュウって男がやって来て、あんなを殺せって。

マオ　あんなを？

タクミ　断ったら、俺だけじゃなく、かみさんも危ないことになるって。まあ、脅しだとは思うが

……

マオ　脅しじゃない、本気だ。本気じゃなかったらあんたに直接会って話なんかしない。

タクミ　クソッ。

マオ　しかし、どうしてあんなを？

タクミ　グダグダ話してたが、要するに組織防衛のためらしい。あんなはあんたの愛人じゃないのかって聞いたら、愛人は他に幾人もいるって笑ってた。あの下司野郎。

マオ　分かった。あとは俺がなんとかする。

タクミ　なんとかするって、どうするつもりだ。

マオ　それをいま考えてンだよ。

タクミ　俺も借りは嫌いなんだ。

マオ　ほう。

タクミ　降りかかってきた火の粉は自分で払う。あんたの手は借りない。

マオ　（携帯電話を取り出し）寝言はベッドの中で言ってくれ。（電話をかける）もしもし、あんなか？俺だ。どっかから電話は？　シケてンな。（時計を見て）じゃ、悪いけど新横浜まで来てく

れるか。東口改札に三時半。いや、手ぶらでいい。バカ、そっちの手ブラじゃないよ。うるさい。そんな話の相手をしてる暇はないんだ。（と、切る）

タクミ　あんなを呼び出してどうするつもりだ。

マオ　逃がすんだよ。

タクミ　逃がす？　どこへ？

マオ　それもいま考えてンの！

タクミ　リュウとはどういう関係だ。

マオ　俺の会社のお得意様だ。彼の組織の手引きで、中国からやって来た密入国者に仕事の世話をしたり、マネーロンダリングもやってる。あんなはリュウの紹介でうちの会社に来たんだ。

タクミ　まさか、俺に代わってあんなを……

マオ　おい、俺を誰だと思ってンだ。あんなは俺の会社のたったひとりの社員だぞ、そんなことするわけないだろ。下らないことを言ってないで、あんたも早く女房を呼び出して、ふたりで何処へ逃げたらいいか相談するんだ。

タクミ　あずさは今朝、長野の実家に帰った。

マオ　実家で不幸でもあったのか。

タクミ　いや、俺たちふたりの間でいろいろ……

マオ　どんな家庭の事情があったか知らないが、だったらあんたも奥さんの実家へ行って、そこに二、三日いればいい。二、三日あればなんとかカタがつけられる。

タクミ　カタは自分でつける。断ることだって出来た話を俺が引き受けたからこんなことになったんだ。あんたは小指の爪の先くらいの責任を感じてくれたらそれで十分だよ。

マオ　責任？　そんな言葉は俺の辞書には載ってないんだ。身近な人間がヤバイことに巻き込まれてるのを、黙ってほっとくわけにはいかない。理由はそれだけだ。毛沢東も言ってる、「無抵抗は我々の命取りになる。我々の目標は敵に抵抗させないことだ」って。

タクミ　……

マオ　なんだ。納得いかないって面してンな。

タクミ　スポーツ選手がよく、ゾーンに入ったって言うだろ。集中力が極限まで高まって、野球のマオ、立ち止まって、上着のポケットからけん玉を取り出す。

マオ　悪いけど、紐を短くしてくれ。不器用だから自分じゃ出来ないんだ。（と、投げる）

タクミ　（受け取って）分かった。

マオ　これで貸し借りなしだ。奥さんによろしく。

マオ、月琴を手に、去る。

ひとり残されたタクミ、しばらくけん玉で遊び、そして、工房に消える。……耳に携帯電話をあて、戻って来る。

タクミ　あ、わたし、明日からそちらで入院することになってる角中と申しますが、ちょっと事情が出来まして明日は伺えないことに……。すみません。その件についてはまた改めてご相談を……。ありがとうございます。よろしくお願いします。（切る）

バッターがピッチャーの投げた球が止まって見えた時とか、サッカーの選手が、自分の意志とは関係なくからだが勝手に動いてシュートを決めてしまった時とかに。あの時の俺もきっとゾーンに入ってたんだ。相手の男が店から出てきたのを見た時、俺と男の間に一本の直線が引かれて、緊張感もなにもない、俺はただその線をたどって歩いて行くだけでよかった。トカレフの引き金を引いたとき確かな手ごたえを感じたが、でもその手ごたえを感じているのはこの俺ではなく、俺とは別の誰かが感じているような気がして……

マオ　そんな経験は一度で十分だ。二度やったらきっと癖になる。帰るよ。新横浜であんなが待ってる。

タクミ　それからどうするんだ。

マオ　とりあえず会社に戻って、こいつ（月琴）を弾きながら考えるよ、平和的解決方法を。（と、行きかけるが）

タクミ、フーとため息ひとつ。少し間。もう一度、電話をかける。

タクミ　……（なかなか出ない）あ、もしもし、タクミですけど。ご無沙汰してます。あ、いえ、…すみません、あずさいましたらお願いします。……（待っている）

暗くなる。波の音が聞こえる。

8

なにもない空間。ここはどこだろう？

波の音が聞こえるから、海の近くなのだろうか？

いや、それは室内に流れる癒しのＢＧＭなのかも知れない。夜。

マオとリュウが向き合うように立っている。ともに柔和な面持ちで。

しかし、親しい会話を交わしあうにはいささか離れすぎている、その距離はどうしたことか？

リュウ　あのギター職人、おまえのなにか？
マオ　友人です。
リュウ　なるほど。友人大切にする、社員のあんな大切にする、これとてもよいこと。素晴らしいのこと。でも、わたし、お前のボス、父親と同じ。友人より社員より、父親敬う、これ当たり前、中国の常識。
マオ　分かってます。だからわたしは、ボスとボスの組織のためを思って言ってるんです。いま警戒しなきゃいけないのは、水龍会ではなく馬頭でもなく、警察なんですよ。警察は次の殺しを待ってる。二度目の殺しをきっかけにして、横浜の闇社会を一気に殲滅しようと、手ぐすね引いて待ってるんです。だからこの間の殺しの捜査もおざなりなんですよ。

リュウ　警察動く前に、わたしやられたらどうする？

マオ　わたしが守ります。

リュウ　マオ、それ嘘でも嬉しいの言葉。でも、わたし守るのおまえ、わたし守るの前に、おまえ消されたらどうする？

マオ　それは……

リュウ　マオ、困てるよ。（と言って、愉快そうに笑う）

マオ　誰が俺を狙うんですか？

リュウ　明日なに起きるか誰にも分からない。車に轢かれる、毒入り餃子食べる、空から隕石降ってくる、この世界なんでもありよ。昨日は忠実な番犬も今日はご主人様噛むことあるだから。

マオ　ボスに抵抗してるわけじゃない、俺はただご忠告申し上げているだけで

リュウ　マオ、おまえ勘違いしてる。自分のこと何様思てるか。おまえの代わり、世の中いっぱいいるのこと。おまえいなくてもわたしなにも困らない。ご忠告？　百年早いわ！

マオ　百年待ってたらお互い生きちゃいないよ。

リュウ　わたし、殺されても死なない。三度死んで四度生き返った不死身の男よ。（と言って、愉快そうに笑う）

マオ　あんたおかしなことを言ってる。

リュウ　おかしければおまえも笑えばいいのこと。

マオ　そんな不死身の男が、どうして水龍会の反撃を怖がるのか？

リュウ　マオ、こういう言葉知てるか。「どんな事物にも矛盾ある。矛盾なければ世界はない」。

マオ　毛沢東の言葉だ。

リュウ　その通り。あんなクソ野郎のマオ・ツォートンでも、時々こんないいこと言う。矛盾あるから人間よ。

マオ　もう一度確認させて下さい。もしも角中が断ったらどうなるんですか。

リュウ　あの男、消して、誰か別の人間探して、あんな消すだけよ。

マオ　どうしても？

リュウ　マオ、わたし最近忘れぽくなてるのこと。いま、わたし間違ってました、ごめんなさい、おまえ謝るならば、わたし今日ここで話したことみんな忘れるのこと、多分。

マオ　だったらついでに、昨日あいつに会って話したことも忘れて貰えませんか。

リュウ　……おまえ、仏の顔も三度よ。

マオ　親父が亡くなったとき、俺は留置所にいて、だから死に目に会えなかった。それがいまだに残念で。会ってたら仏の顔にツバでも吐いて

リュウ　（遮って）失せろ。おまえの顔、もう見たくないだから。いまから十数えるその間、わたしの前から消え失せるのこと。明日中に、会社たたんで横浜から消えうせるのこと。……一つ、二つ、三つ

マオ、リュウの顔を見たまま、動かない。

リュウ　わたしのことば、聞こえなかたか？

マオ　マオ・ツォートンいわく「共産主義は愛にあらず、敵を叩き潰すハンマーなり」。

リュウ　…貴様、どういうつもりか。

マオ　ボスが本当に血の通った人間なのかどうか、試してみたいんですよ。

リュウ　正気か？　おまえ、あの男にどんな義理ある。

マオ　義理じゃない、友情だ。

リュウ　リャオカイ（了解）。分かたよ、おまえバカのこと。バカ信じてたわたしもバカ。バカとバカ、幾ら話してもラチあかないのこと。時間の無駄。わたし帰るよ。

マオ　あんな　……。

リュウの後方にあんなが現れる。

リュウ　（振り返り）あいや。どうしてわたしここにいる、分かった？
あんな　リュウさんのこと、わたしなんでも知てるよ。帰り遅いから迎えに来たよ。
リュウ　あんな、誰かさんと違ってお利口さん、素晴らしいの女。
あんな　リュウさん。

あんなは右手にトカレフを持っているが、リュウはそれに気づかず。
あんなはリュウに駆け寄り抱きついて、彼の胸元にトカレフの銃口を当てて引き金を引く。
銃声。
リュウ、胸に手をあて、ゆっくりと一歩二歩後ずさる。

リュウ　この世界、なんでもありのこと……

リュウ、倒れる。
マオは突然のことに驚き、改めてあんなを見る。

あんな　話、みんな聞いてたよ。
マオ　どうしてあのまま博多に行かなかったんだ。
あんな　ひとりの旅行詰まらない。マオさんと一緒に行きたい思ったからよ。

マオ、フッと空を見る。

マオ　あ、あそこ……（と、はるか彼方を指差す）
あんな　なに？（と、マオに近づきその指先を見る）
マオ　ＵＦＯだ。
あんな　違う。あれは風船よ。きっとどこかで、子供が泣いてるわ。
リュウ　（倒れたままで）それわたしの台詞よ……（と、息絶えた？）

肩を並べてはるか彼方を見ているふたりを包むように、暗くなる。

9

同じ場所？　前シーンからいったいどれだけの時間が過ぎたのか。そして、ここはどこなのかも定かではない。

中央にあずさが座っていて、手に持った封筒の封を切り、中から手紙を取り出し、そして、読む。

あずさ　前略　北海道に渡って、はや一ヶ月。どこでどうしているのやら、兄思いのおまえゆえ、さぞや心配しておろう。早く手紙の一本もと思っていたのですが、毎日が忙しうて思うにまかせず、こんなに遅くなってしまいました。いつもいつもご心配をおかけし、申し訳ありません。兄はいま、日高の浦河町にある花田牧場というところでお世話になっています。先週、初雪が降りました。福岡からやって来た、わたしより三ヶ月先輩の下柳くんは、毎日寒い寒いと悲鳴を上げていますが、わたしたちの田舎の下諏訪の冬の寒さに比べたら、ぬるま湯につかっているようなものです。でも、仕事の厳しさは想像以上のもので、朝は五時起き。馬房の掃除、朝晩の餌やり、馬の手入れ、それから、作業着は糞まみれになるので、毎日洗濯をしなければならず、夜も十二時前には寝られません。最初の一週間は、ほんとに疲れ果て、死んだように熟睡。目覚ましが鳴っても気がつかず、遅刻して怒られてばかりでしたが、いまはもう大丈夫。馬に触れ、馬がそれに応えて甘えてきてくれたときには、疲れも辛さも吹っ飛んでしまいます。三十八にしてやっとめぐり会えたわたしの天職。兄はつくづく幸運な男だと思わずにはいられません。おお、自分のことばかり書いている。

カイジが現れる。背中に大きなリュック。あずさはそれに気づかない。

あずさ　そちらはどうですか。お腹の赤ちゃんは元気に育っていますか。出産予定日は二月の二十五日と記憶していますが、その頃はうちの牧場も出産ラッシュの予定で忙しく、帰れそうにないのが残念です。元気な赤ちゃんを産んで下さい。そして、甥になるのか姪になるのか分かりませんが、自分でも信じられないほどたくましくなった、兄のこの腕で抱かせて下さい。タクミくんによろしく。いまは深夜の一時半。瞼が重くなってきたのでこれでペンを置きます。おやすみ。わが最愛の妹あずさへ　不肖の兄　カイジより

あずさ、カイジに気づく。

あずさ　兄さん　…！

カイジ　不肖の兄、ただいま帰ってまいりました。

あずさ　どうしたのいったい　…

カイジ　その手紙書いたら、もう帰りたくて堪らなくなってさ。それで、うん、帰って来た。

あずさ　天職は？　捨てたの？

カイジ　天職？

あずさ　ほら、ここんとこ。

カイジ　（手紙を覗き込み）ああ、確かに　……

あずさ　自分で書いたんでしょ。

カイジ　覚えてないな。夢でも見てたのかもしれない。

あずさ　信じられない。

カイジ　タクミくんは？

あずさ　病院。先週手術が無事終わって、いまは術後の経過を見てるみたい。

カイジ　大丈夫なの？

あずさ　うん。肌つやもいいし、前より元気になってる。

カイジ　それはそれは

あずさ　なに？

カイジ　いや、長いこと会ってない間に、お腹、ずいぶん大きくなったなと思って。

あずさ　小さくなったら大変でしょ。

カイジ　万事めでたしめでたしか。

あずさ　うん。

カイジ　ああ、睡魔が襲ってきた。ちょっと横になっていいかな。
あずさ　ベッド使っていいから。
カイジ　悪い。

カイジ、消える。
あずさ、もう一度手紙を見て、読んでいる。
どこからか、月琴の音が聞こえてくる。

おしまい

［引用・参考資料一覧］

映画

『アメリカの友人』ヴィム・ヴェンダース 監督
『麦秋』小津安二郎 監督

著書

城戸久枝『あの戦争から遠く離れて』（情報センター出版局）
灩井通眞『人はなぜ探偵になるのか――損害保険調査員の事件簿』（朝日文庫）
小野登志郎『怒羅権　新宿歌舞伎町最新ファイル』（文春文庫）
森田靖郎『東京チャイニーズ』（講談社文庫）
溝口敦『溶けていく暴力団』（講談社＋α新書）
橋爪大三郎×大澤真幸×宮台真司『おどろきの中国』（講談社現代新書）
内田樹『街場の中国論』（ミシマ社）

歌詞

『愛して頂戴ね』西条八十 作詞

他に、種々のウェブを参考にしました。感謝！

天地無用の劇作家・竹内銃一郎の戯曲、あるいはエロティックな遊戯について

土橋淳志

竹内銃一郎は八時半通信別冊『ＬＥＡＦ』vol.６、７（一九九七年収録）に掲載された対談において「何か『自分の位置』みたいなものを固定しないようにっていうか」「あるいは劇場も『大きい劇場でやる、それから小さい劇場でやる』とか。それから作品も『たくさん出るものをやる、一人しか出ないものをやる』とかいうふうに、なるべく散らすようにっていうのをすごく考えてるな」と語っていて、実際、この『竹内銃一郎集成』vol.Ⅰ〜Ⅲを読んで頂ければわかるように、有言実行の人といえる。竹内の書く戯曲は、時折その中に姿を現す「桜」や「月」のように時の移ろいにより刻々と姿を変えるともいえ、場合によっては解説者泣かせの劇作家とも言えるだろう。しかし、「多彩な戯曲を書いた作家である」ではいくらなんでも芸がないので、今回この解説を書くにあたり、この竹内銃一郎集成に収めきれなかった過去の戯曲も含めて読み返して気づいた、竹内の「散らしきれなかった」もしくは「あえて散らさなかった」傾向を踏まえつつ、この『耳ノ鍵』に収められた四本の戯曲について書くこととした。しばしお付き合いのほどを。

『少年巨人』

「強者どもが消えた後のスタジアム。或いは、柱時計の振り子も踊る、煽情的なリヴィングルーム」の「彼方に審判が現れて、右手を上げて声高く『プレーボール!』」というト書きからはじまる竹内銃一郎の戯曲『少年巨人』（一九七八年初演、当時は竹内純一郎名義）。前述の対談によると早熟な竹内は小学校の頃に三本ほど学芸会用に傑作戯曲を書き、シナリオ研究所では大和屋竺氏に師事して映画のシナリオを数本書いたそうだが、実質的な小劇場デビュー作といえば斜光社の旗揚げ公演の為に書かれたこの『少年巨人』と言えるだろう。

柱にロープで括りつけられた新・ミスター（長男らしき男）を、旧・ミスター（父親らしき男）が千本ノックと称してバットで、のっけから最後まで殴り続ける。とにかく延々と殴りまくる戯曲で上演時の文字通り俳優の体を張った演技がしのばれるが、その原因がどうもナボナというお菓子を新・ミスターが盗み食いしたことだというのだから、これいかにも針小棒大だ。

前述の対談によると、執筆当時、「ミスター」の愛称で呼ばれ「自らの限界を知るに至り」「わが巨人軍は永遠に不滅です」の名言を残して引退、直後に監督に就任したもののチームが低迷し、世間から猛烈な批判にさらされていた長嶋茂雄に関心を持ち、「こんなに上がったのに、こんなに落とされちゃった人を主人公にして何か書けないかと思った」と述懐している。確かに、旧・ミスターは冒頭からマシン（次男らしき男）に自分を「ミスタ」と呼ばせており、殴打の中で名前を尋ねられた新・ミスターも自らを「ミスター」であり「巨人軍の王」と称していて、二人のナボナという丸くて白いもの（白球）を巡る争いは、当時の長嶋茂雄と王貞治になぞらえた、老いた父親と若い息子の世代交代の物語とも読めるだろう。

しかし、争いの原因である長男らしき男が盗み喰いしたお菓子のナボナが、どうやら母親らしき女性の隠語となってくると、これはにわかに雲行きが怪しくなってくる。盗み食いとはもちろんこれは性交の暗喩であり、思わず「エディプス・コンプレックス」などと呟きたくなるところをぐっと堪えて、ここはひとまず竹内の最初期の戯曲にも近親相姦という「只ならぬ関係」が既に盛り込まれていることに留意したい。

また、同じ古代ギリシャ繋がりでは、柱に縛り付けられた長男らしき男は、吟遊詩人ホメーロスの叙事詩『オデュッセイア』に登場する英雄オデュッセウスが、海の魔物セイレーンの歌声から身を守るため部下に自身を船のマストに縛り付けさせた姿とも重なり、そこから「サイレン」の一語を呼び寄せ、クライマックスの伏線を張りつつ、障子の向こうに潜む「女という魔物」の存在を意識させるなど、このあたりの古典を引用する竹内のテクニックはデビュー作にして冴えわたっているが、ここで注目したいのは、「サイレン」から導き出されるこの戯曲のある種のゲーム性だ。まず、戯曲を最後まで読めばわかるように、本当に新・ミスターが長男で、旧・ミスターが父親、マシンが次男であるかどうかは、実ははっきりしない。役割演技、もしくは「プレイ」を行っていた可能性があるのだ。そして、旧・ミスターとマシンのコント風のやりとりがあるのも、このある種のゲーム性と関係しているのではないだろうか。L・メイベルはその著書『メタシアター』の中で、現代演劇は「失敗した悲劇」か「メタシアター」にならざるを得ないと書いていて、「ゲーム」という言葉が馴染まないのないのなら「メタシアター」に置き換えてもいいが、この戯曲が「プレーボール」ではじまり「サイレン」で終わっている以上、やはり戯曲中に展開されているのは、ゲームでありプレイであると考えたい。

そして更に付け加えるなら、それは非常にエロティックなゲームなのだ。

戯曲中にはジャリの『超男性』からもテキストが引用されていて、新・ミスターの「ナポナを食べた」という主張と、旧・ミスターの「お前は食べていない」という主張は、『超男性』の列車と自転車の「一万マイル競争」のように平行線をたどり、それはやがて、新・ミスターの「俺は底なし」で「計算機を持ってくれれば千個が万個まで食べてやるぞ」という主張と、それに対する旧・ミスターの「人間は力以上のことをやろうとすれば失敗する」「なぜそんなに背伸びする」という主張の平行線に移行し、終盤に引用されている長嶋茂雄の引退セレモニーにおけるスピーチの「永遠」と「限界」のフレーズもここに共鳴している。

この「無限と有限の葛藤」ともいうべき命題は以後の竹内の戯曲に少なからず登場することになり、これには演劇の「俳優と観客が限られた時間と空間を共有する形式」が、他のジャンルの表現よりも、より人間の有限性を認識しやすいという竹内の洞察が反映されていると思われるが、更に『少年巨人』においては劇中にバットで俳優を殴打し続けるという、極限の身体の酷使が人間の有限性を現前化しつつ、前述したとおりこれはある種のプレイでもあるので、審判もしくは観客がいないゲームは無限に続けられるのと同様に、有限性を突破するような無限であり夢幻の時間がそこに垣間見られるという非常にアンビバレントな構造となっている。しかも、その殴打はプレイでもあるがゆえに、クライマックスに向かうにつれ、ある種の愛撫のようなエロティックさを帯びてゆくのだ。新・ミスターが劇中で「バッティング」を「ペッティング」と思わず言い間違ってしまうのも無理はない。
もしも、セイレーンという海の魔物が登場していなかったら、この男三人の、扇情的なリビングルームで繰り広げられる愛の遊戯はいつまで続くかわからなかっただろう。空恐ろしいばかりだが、幸か不幸か演劇には観客が存在するわけで、前述したとおり試合終了のサイレンが鳴り響き、この『少年巨人』という戯曲はひとまず終わりを迎えることになる。そして、その海の魔物の歌声の残響は、再び三人の男たちの遊戯を中断させるために『あの大鴉、さえも』（一九八〇年初演）のクライマックスにも響くことになるだろう。

『マダラ姫』

ある北国の海辺の別荘。その大きく開いた窓から海の見渡せるリビングで顔を合わせる、失踪した劇作家・班目正午を探しに来た演出家の心・平と女優のさき、劇作家の妹の婚約者を名乗る社会生物学者・吉村、近くの町で起きた女子高生惨殺事件の捜査にやってきた刑事二人、謎めいた正午の双子の妹・あさひ。そしてリビングに隣接するのはその扉が無気味に固く閉ざされた「開かずの間」・班目正午の書斎。刑事たちが帰った後、宅急便で送られてきた箱の中から「切断された人間の手首」の精巧な作り物が発見される。正午の手に似ているという、その手首の手のひらには「anybody, sets down.」（みんな沈め?・）の文字が。果たして誰がこんな手の込んだを悪戯を仕掛けたのか? 失踪した班目正午の行方は？　というのが『マダラ姫』（二〇〇四年初演）の前半の筋書きである。

「切断された身体」の登場は『オカリナ Jack & Betty』（二〇一一年初演）を彷彿とさせるだろうし、「閉ざされた扉」の前で右往左往する登場人物たちは『あの大鴉、さえも』との類似を指摘できるだろう。しかし、まずここでは『Moon guiter』と同じく「役割演技」が『マダラ姫』という戯曲の重要な要素であることについて書いておかねばなるまい。

例えば、隣町の演劇部の女子高生二人が、大人たちを油断させ、鮮やかともいえる手並みで重要参考人の「指紋」や「筆跡」を採取してしまうのは何故か。それはおそらく、前述したような無気味な、そして想像力を掻き立てる道具立て・状況においては、本職の刑事たち以外の登場人物たちも、それぞれが謎を解き明かす素人探偵として、探偵のロールプレイ（役割演技）を強いられることになるからだ。つまり、『マダラ姫』事件に巻き込まれた登場人物は誰しもが、何者かの仕掛けた悪戯（プレイ）のプレイヤーとして振舞わざるを得ない。そして、それこそが悪戯を仕掛けた何者かの「set up」（企み）と言えるだろう。

例えば、演出家の心・平は演技の専門家だけあって正統派の、なかなかに手ごわいプレイヤーと言える。演出家の七つ道具を駆使するところなどは古典的探偵（小林少年！）を彷彿とさせて堂に入ったものだ。一方、吉村はニセ社会生物学者であることが早々に露見してしまうなどプレイヤーとしてはかなり弱い方といえるが、弱者であることを逆手にとって展開を攪拌する重要な役割を担うところが面白い。女優のさきもまた特殊なプレイヤーといえるので後述することにして、何といっても『マダラ姫』における最強のプレイヤーといえば班目正午だろう。いや、「だった」というのが正確かもしれない。何故なら、あさひの証言を信じるならば、正午は女性でありながら周りの誰にも気づかれず完璧に男性を演じ続けてきた（しかも、「いろんな面倒があったけど、それをひとつひとつクリアしていくのがゲームみたいで楽しかった」）のであり、その正午が、二年前に女性として生きてきた双子の妹・あさひと再会、自分が誰だかわからなくなり、プレイを継続できなくなったことが、この『マダラ姫』事件の発端であるからだ。そして、妹のあさひがその最強のプレイヤーの座を一人二役という痛ましい形で引き継いだというのが、エピローグにおいて心・平の手に渡る戯曲に姿を変えて明らかになる、ひとまずの「事の真相」と言えるだろう。

それならば、「開かずの間」・班目正午の書斎は、一体何をその内側に秘めていたのだろうか。前述のひとまずの事の真相を導いた、吉村の証言を信じるなら、そこにはプレイを継続できなくなった（有限と死）班目正午が横たわっているだろうし、あさひの証言を信じるなら「I am a enigma.」、私という謎に取り憑かれた班目正午が『マダラ姫』という戯曲・謎を「無限」に生み出し続けているのだろう。どちらにせよ、班目正午の書斎は双子である正午・あさひ以外の立ち入りを禁じられた秘密の場所なので、戯曲中においてその内部が心・平たちや、観客に最後まで明らかになることはない。

だが、双子以外に唯一、秘密の場所へ足を踏み入れた人物がいることも忘れてはならない。女優のさきだ。彼女は何故、立ち入りを許されたのだろうか。あさひ曰く「男子禁制」だけがその理由ではあるまい。おそらく、さきは女優という演技のプロであり、なおかつ、その名の通り「現実」と「夢」に引き裂かれた存在であるがゆえに、いちはやく『マダラ姫』の「メタシアター」性、「人生は夢であり世界は舞台である」という法則（ゲームのルール）に気づいたのだ。あさひが刑事に睡眠薬入りの血液のように赤い液体（トマトジュース）を飲ませ「不届きな夢」に誘った際も、「どこにハケル？」という舞台用語を使用したり、その後に「そろそろ私の出番かなと思って息をひそめて待っていたら、あの刑事が」「下手の袖からしゃしゃり出てきたのよ」などと口にするのはその兆候をよく現しているといえるだろう。

そして、あさひは「開かずの間」に、さきを閉じ込めた後、その行方を尋ねる心・平に対して「夢のお散歩でもしてるんでしょ」と答える。そう、おそらく「開かずの間」・正午の書斎は「夢」の世界とつながっているのだ。

『マダラ姫』以前に竹内が書いた、ある二人の自称少女（片方は魚類研究所で働いている）が「開かずの間」に閉じ込められるという二人芝居『かごの鳥』（一九八七初演）にこんなくだりがある。

「うたた寝から目覚めた子供が、柔らかな母親の膝枕からそっと抜け出し、地下室へ、あるいは屋根裏部屋へと足を運ぶのは、もうひとつ別の、秘密の夢を見るために他ならない。一方には底なしの暗闇、他方には過剰な光。一方には重苦しいまでの共鳴、他方にはまばゆいばかりのさんざめき。地下室においては家は水の中にあり、屋根裏部屋においては家は風の中にある。

日常空間、即ち、中間領域からはみ出したそれらの場所を、私は夢見る空間、夢中空間と名付けよう。子供はそこで、時には鳥に、あるいは魚になるだろう」

「夢見る者を支えている物質とはなにか。それは雲でも芝草でもなく、水なのだ。水はわれわれを寝かしつける。水はわれわれに母なるものを返してくれる」

この『かごの鳥』という戯曲は、『満ちる』の項でも書いた竹内の戯曲に「妊婦」そのものが登場し始めた『伝染　泣きたいジャスミン男の夜』と同じ年に書かれていて、そういった意味でも興味深いが、何より『マダラ姫』においては、冒頭でニセ社会生物学者・吉村がホンソメワケベラという環境により性転換する魚について熱弁していたことを思い出させてくれる。「性が移ろいゆく存在」は「正午とあさひの双子」との類似を指摘できるだろうし、彼らの秘密の場所「開かずの間」は魚たちが暮らす「海」、そして『満ちる』で健一が「流れる血液の音と波のよせる音が似ている」と語った、かつて誰しもが液体に浮かびながら「夢」を見ていた場所とも繋がるだろう。

そして『マダラ姫』のラストで、心・平が手にしたはずの班目正午の原稿（事の真相）が満月のまばゆい光によって、吹き飛ばされ、花見の後に姿を消したという正午自身のように空中を舞ってしまうのは、過去の対談で「自分の位置を固定しないように」、「なるべく散らすように」戯曲を書いてきたという竹内が、ただひとつの「事の真相」を許さなかったというだけでなく、再び姿を現したあさひの、そして竹内の、演劇という「夢の散歩」への誘いに他ならない。そして、その夢の散歩道は「開かずの間」・班目正午の書斎のように、魚たちの暮らす「海」と、満ち欠けする月の浮かぶ「空」と繋がっている。

例えば、『東京大仏心中』（一九九二年初演）の「人間の耳の奥の小さな海」を、『みず色の空、そら色の水』（一九九三年初演）という題名の戯曲を、そして、「水平線の向こうでは海と空がつながってい」て「川を下って海を越え、それから空へと上っていく」という『ラメラ』（二〇〇九年初演）の幻想的なメコン川下りを思い出して頂きたい。竹内の戯曲において、地にあるはずのものが天にあり、天にあるはずのものが地にあることも珍しくないのだから、「事の真相」などという「日常空間、即ち、中間領域」などは、ほんの一瞬（MOMENT）しか存在を許されなくとも仕方あるまい。『マダラ姫』であさひが最後に届ける、空から落ちてきて凶器に変わるという「絹ごしの月」のように、竹内銑一郎は油断も隙も無い「天地無用」の劇作家なのだから。

『満ちる』

とある離島の民宿の食堂を舞台に、かつては鬼才として鳴らした映画監督・父親の健一と、今や父親よりメジャーになってしまった脚本家・娘の満ちる、この二人の関係を軸とした映画作りを巡る戯曲『満ちる』（二〇一二年初演）は、まずは『少年巨人』に引き続き、ある一筋縄ではいかない親子の世代交代の物語とも読めるだろう。また、『少年巨人』において新・ミスターと旧・ミスターの対立、平行線に託されていた「無限と有限の葛藤」が、『満ちる』においては齢七十三にして朝からビフテキを喰らい、「若い女と暮らし」「性の不一致で別れ」、周囲に「化け物」「不死身」などと呼ばれる父・健一の、劇中における「老い」と「死」に託されているとも読める。

だがやはり『少年巨人』との共通点としてここで指摘しておきたいのは近親相姦という「危うい関係」がこの戯曲にも織り込まれていることだろう。もちろんその中心となるのは、ラストシーンで父親の骨壺にキスをしてしまう娘・満ちる、と父親・健一の関係だ。思わず「エレクトラ・コンプレックス」などと呟きたくなるのは再びぐっと堪えつつも、竹内の戯曲に近親相姦という「危うい関係」が登場するのは珍しくなく、むしろ多いと言えることには改めて注目したい。刊行されている戯曲集等を確認したところ、特に一九八八年以降はだいたい二作に一作のペースで親族間の「危うい関係」が登場しているはずなのだ。

竹内は前述の対談で、『満ちる』と同じく「父親と娘」の関係を題材にした二人芝居『東京大仏心中』について、「全然知らない他人が、あなたが好きだとか嫌いだとかいうのと違って、父と娘だったら言ってみれば社会性を乗り越えて、あなたが好きだって言わなきゃいけないから、その方が禁止事項を超えるということで単純にエネルギーがいるし。エネルギーがいるということはものすごくエロチックなことでしょ」と語っている。

なるほど、当然のこととはいえ竹内は戯曲を上演の設計図として厳密に認識していて、そこには当然ながら俳優の演技に対する「負荷」が織り込み済みなのだと、ひとまずは納得できる。そして『満ちる』においては、父親と娘の関係だけではなく、健一の子供ではないかと疑わしき男性、つまり腹違いの兄妹かもしれない雅史と大地が登場し、満ちるとの三角関係をほのめかしたり、父親である健一も負けじと雅史の姉・幸恵（この女性もまた健一の娘かもしれない）との間に子を成してしまうなど、対談で言及されている「エネルギーが必要かつエロチックな関係」が複数用意されている点が、二人芝居の『東京大仏心中』とはまた異なる魅力ある「父–娘もの」の戯曲と言えるだろう。（タイプとしては「母–息子–妹もの」かつ同じ「映画もの」の竹内の戯曲『チュニジアの歌姫』（一九九七年初演）の方が『満ちる』に近いかもしれない。ちなみに『チュニジアの歌姫』には、健一のポジションにあたる母・マルグリットが「無限と有限の葛藤」を蜃気楼（光の反射）になり不滅になるというウルトラCで乗り越える圧巻のラストがあるので是非こちらも読んで頂きたい）

また、もちろん『満ちる』には近親相姦だけでなく、雅史の妻・妊婦の緑がプロデューサー見習の堤と駆け落ちするなど、その絶妙な人物配置から多彩な三角関係が織りなされていて、ルネ・ジラールを引用するなら社会的規範と対立する「欲望」に溢れ、また、サッカーに例えるなら多彩なパスコース（トライアングル）が俳優を魅惑しつつ、その力量を試される戯曲となっているのだが、ここで『満ちる』から少し離れて書いておきたいのは、その「妊婦」についてである。

刊行されている竹内の戯曲集等によると、「妊婦」が初登場となる『伝染 泣きたいジャスミン男の夜』（一九八七年初演）以降に書かれた十八本の戯曲のうち、実に十本に「妊婦」が登場しているのだ。この統計が多いか少ないかは判断の分かれるところかもしれない。しかし、『恋愛日記２』（一九八六年初演）以前の十七本には「妊婦」は一人も登場していないはずなので、これはやはり竹内の戯曲において、この前後に何か変化があったと考えるのが妥当だろう。

詳しくはもう少し後の項に書くことにするとして、その手掛かりは『満ちる』の中にも残されている。例えば、娘・満ちるの名前の由来についての以下のくだりだ。

「きみは何で満ちるって名前になったのか、知ってる？」「潮が満ちてる時間に生まれたからでしょ」「それはそうなんだけど。監督が亡くなる一ヶ月くらい前にお見舞いに行ったら、そんな話をしてくれて。大地、お前、波の音を聞くとなんだか懐かしい気持ちにならないかって言うんだ。ハイと答えると、それはお前だけじゃない、人間はみんなそうなんだ。どうしてだかわかるか。それはな、母親の胎内で流れる血液の音と波のよせる音が似ているからなんだ。だから、波の音を聞くと誰でもみんな、昔母親の腹の中にいた時のことを思い出して、懐かしさにかられるんだよって」

この「母親の胎内で流れる血液の音」と「波の音」の類似は、「妊婦」と「海」の類似に繋がることになり、そういえば、竹内の戯曲には『檸檬』（一九七八年初演）の「潮騒の聞こえるふるさと」や、『食卓㊙法（てーぶるまなー）溶ける魚』（一九八一年初演）のウナギが夢を見る「暗い海の底」、あるいは『あの大鴉、さえも』の「上弦の月」や『恋愛日記2』の「月のように現れる男、レオ」や「満開の桜」のように、時の移ろいにより「満ち欠けするもの」がたびたび登場してきたこと思い出させてくれるだろう。つまり、「妊婦」はその初期の頃から別の姿かたちで竹内の戯曲に存在してきたのではないだろうか。

そう考えると何故、「時代が変わったのよ」と父親に告げる『満ちる』の主人公の名前が「満ちる」で、健一が亡くなる前にそんなことを言い残したのかも理解できる。それは、ラストシーンで死してもなお誰もいない部屋に「カット！　ＯＫ！」の声を響かせるような、文字通り不死身で「無限」になってしまうような父親・健一に対抗するには、梶原のような小娘では足りない。かつて『今は昔、栄養映画館』（一九八三年初演）の「あと五分」の強烈な無時間性、「無限」を終わらせたのは「雨」であり、「津波」ならぬ「洪水」だったことを思い出して頂きたい。満ちるが、健一とお互いに認め合う存在になり得るには、既に母親として満ち欠けした存在であり、なおかつ、健一曰く「あいつは満ちるじゃなくて津波だな」とまで言わしめるような「海の化身」である必要があったと言えるのではないだろうか。

そういった意味でも『少年巨人』と同じく『満ちる』もまた、人間であるがゆえに有限であるはずの俳優に求める竹内の要求の高さに、改めて驚かされる戯曲と言えるだろう。

『Moon guiter』

『満ちる』の項で書きそびれたが、『満ちる』のラストで最後に誰もいない部屋に、死んだはずの健一の「カット！　ＯＫ！」の声が響き、そして「まあ、こんなもんだろ」と続くのは、前述したとおり、健一が「無限」になったという解釈と同時に、『少年巨人』の項でも触れた竹内の戯曲における「メタシアター」性が垣間見られたという解釈も可能だろう。つまり、全ては生きているか死んでいるかもわからない父親・健一の筋書き通りだったというわけだ。

竹内の戯曲における「メタシアター」性に関しては、登場人物が明らかなロールプレイ（役割演技）をするものだけでも『ドッペルゲンガー殺人事件』（一九七七年初演）の「おとり捜査」、『恋愛日記２』の「ままごと」、『ひまわり』（一九八八年初演）の「父親の代役」、『あたま山心中』（一九八九年初演）のほぼ全編、『眠れ、巴里』（一九九四年初演）のほぼ全編、など枚挙に暇がない。

そして『Moon guiter』（二〇一四年初演）もまた、そうした登場人物の役割演技が展開の重要なカギとなる戯曲と言える。

物語は、横浜で怪しい旅行会社を営む中国残留孤児二世のマオがボスである夜の実業家・リュウから仕事の依頼を受けるところからはじまる。対立する組織のターゲットを拳銃で撃つ人物（いわゆる鉄砲玉）を探せという。しかもその人物は「お金に困っていて度胸のある」堅気でないといけないというのだ。マオが目を付けたのは偶然（壊れた月琴の修理）知り合ったギター職人の角中で、マオは自身の秘書でリュウの代理人でもある女性・あんなに角中を紹介するというのが前半の筋書きだ。

当然、角中は容易に仕事を引き受けない。ここで面白いのは、あんなの説得の方法だ。あんなは在日中国人として普段は片言の日本語を話しているのだが、ここで突如、流暢な日本語を話しはじめる。なんと彼女は普段から生存戦略として「片言の日本語しか話せない留学生」という役割演技をしていたのだ。角中はそんなあんなに戸惑いつつも興味を持ち、結果としてギター職人でありながら「殺し屋の役割を演じる」仕事を引き受けることになる。つまり、あんなはその身をもって「演じること」のお手本を示したというわけだ。もちろん、あんなの女性としての魅力が角中を惹きつけたということもあるだろう。しかし、あんなの女性としての魅力自体もおそらく「何かを演じる者」の魅力と不可分であり、このあたりは「何かを演じる者」の魅力に熟知した竹内の人物設定の巧みなところと言わざるを得ない。

こうして角中は「昼の世界」から「夜の世界」に飛び込むことになり、ここにもまた「エネルギーが必要かつエロチックな関係」と竹内が語った近親相姦にも通ずる社会的規範に反した「越境」が生まれることになるのだが（しかもこの「越境」は共演者をマオに変えて再び「昼の世界」に戻る際にも繰り返される。この角中の「往復」と、的確に配置された、妊娠中の角中の妻・あずさなどの「昼の世界」の住人たち、不死身の夜の実業家・リュウなどの「夜の世界」の住人たちとの関わり合いがこの戯曲の肝のひとつであろう）、それにしても、どうしても気になるのは、どうして竹内は前述したような役割演技を頻繁に戯曲に取り入れるのかということである。

『少年巨人』の項で、L・メイベルが現代演劇は「失敗した悲劇」か「メタシアター」にならざるを得ないと書いていることに触れた。その原因と結果についてスーザン・ソンタグは著書『悲劇の死』の中でメイベルを引用しつつこう書いている。

「ひとことで言えば、自意識のせいである。第一に劇作家の自意識、第二に主人公の自意識である。『自意識を欠いた人物というものを実感を持って信ずることが、西洋の劇作家にはできない』」「ちょうどギリシャの演劇的想像力が悲劇に専念したのと同程度に、西欧の演劇的想像力はメタシアター、すなわち自意識を持った人物の自己劇化を描く演劇、人生は夢であり世界は舞台であるという基本的比喩の上に成立する演劇――に専有されてきたのである」

おそらく竹内は『少年巨人』にもみられるように、その最初期の頃からメタシアターの要素を取り込むことによって、「悲劇」を書こうとして「失敗した悲劇」（ソンタグによる代表例は自然主義的＝感傷主義的な演劇）を書いてしまうことを意識的に、そして巧みに回避してきたと思われる（しかも『少年巨人』ではギリシャ悲劇を引用しつつ）。その理由については（メイベルやソンタグを参照したわけではないだろう）、戯曲を「桜」のように「散らしつつ」書いてきたという竹内の自意識に訊いてみるしかない。

ただ一つだけ言えるのは、「人生は夢であり世界は舞台である」

これほど、竹内の書いてきた多くの戯曲に相応しい文句はないだろう。

殺しのレッスンを終えた後、角中が「なんだか自分が自分じゃないみたいだ」と呟き、あんなが「あれもこれもみんな夢だと思えば少しは気が楽になるかもしれないわ」と答えるのも無理はないのだ。

以上が筆者による、『耳ノ鍵』に収められた戯曲四本の解説となる。最後に。竹内銃一郎氏は筆者にとって大恩師にあたる人物で、解説内であっても呼び捨てにすることは躊躇われたが、内容を鑑み敬称を略することにした。また、『耳ノ鍵』に収められていない戯曲、更には『竹内銃一郎集成』にも収めきれなかった竹内氏の戯曲を数多く参照したのは、筆者の、戯曲を「劇作家の生まれや家庭環境」もしくは「劇作家の生きた時代背景」に還元するタイプの解説を避けたいという方針と、何よりも、この『耳ノ鍵』を読んだ読者に、他の巻にも、そして過去に刊行された竹内氏の他の戯曲集にも手をのばして頂きたいという思いからである。学生の頃に初めて上演されるのを見た竹内氏の戯曲『檸檬』は今回読み返してみてもかなり面白い戯曲であったたし、『東京大仏心中』や『あの大鴉、さえも』もやはり傑作としか言いようがない。この『竹内銃一郎集成』の刊行をきっかけに、更に多くの劇場で竹内氏の戯曲が上演されることを願う。

つちはし・あつし（A級MissingLink・劇作家・演出家）

思い出

『少年巨人』は、今から四十七年前、わたしが二十八歳の時に書かれた作品である。

本作がわたしの〝実質処女作〟だと考えているのは、この作品以前にも、六、七本の映画シナリオ（全て映画化されず）及び三本の戯曲を書いているが、演劇になんの関心もなかったわたしが「しばらく演劇に関わってみても……？」と思ったのは、（沢田）情児から「ふたりで劇団を……」という誘いがあったからだった。

本作の主人公を演じた沢田情児が亡くなってもう何年になるのだろう？ 彼と彼の〈職場の友〉だった西村克己（現在の木場勝己）と会わなければ、わたしが演劇に関わることはありえなかったし、文献にある尾形亀之助、A・ジャリ、その他からの引用、そしてこれ以後の多くの作品にも引用が多いのは、「読者・観客のことは二の次、三の次でいい。作品は、現在の自分の最大関心事はなんなのかを自問し、それを核に書くべし」という、わたしの唯一の師・大和屋（竺）さんの助言に従った結果であり、「本作にわたしのすべてが詰まっている」という意味からも、『少年巨人』こそわたしの代表作とも言えよう。

『マダラ姫』は、目下のところ佐野（史郎）さんと始めたＪＩＳ企画の最後の作品となっている。マン・レイの作品を軸に物語が進行しているのは、公演から三ヶ月前に出かけた、「マン・レイ展」に尋常ならざる刺激を受けたからだった。

稽古が始まって一週間ほど、この芝居で初めて出会った加藤紀子さんのあまりの美しさに戸惑って、彼女をまともに見られなかったこと、そして、三十年ほど前に作られた映画『カレンダー・レクイエム　黄色い銃声』（監督：伴睦人）で共演した石井暄一さんとの久しぶりの再会も楽しく懐かしく、ワタシ的には上々の作品だと思っていたのだが、演劇雑誌に掲載された某氏の厳しい（？）劇評に、怒りというより「わたしの作劇は多くのひとには理解されない？」と相当なショックを受けて、これを機に、そもそも好きで始めたわけでもない芝居とおさらばすべきでは……と、かなり真剣に考え、この時点ですでに決まっていた翌年の一本を最後にするはずだったのだが……。

『満ちる』は、松本（修）くんから、『Moon guitar』は土橋（淳志）くんから、それぞれの劇団、ＭＯＤＥとA級MissingLinkのための新作依頼があり、それに応えて書かれた作品だが、両作には意外ともいえる共通項がある。『満ちる』は、映画製作にまつわる話だが、『Moon guitar』も、ヴィム・ヴェンダースの『アメリカの友人』をベースにしているのだ。

『満ちる』は執筆以前にすまけいさんの出演が決まり、それがわたしにとって大きな励ましとなった。「すまけい、凄い！」とわたしに思わせたのは、『光る女』（監督：相米慎二）である。物語の詳細はさておき、話の終盤、まだ二十代だったプロレスラーの武藤敬司演じる主人公と、悪役を演じる、もう五十歳を過ぎていたすまさんが、ガッツリ組み合ってかなりの長時間を闘ったのである、ひぇー！『満ちる』で彼が演じる映画監督は、当時も今もわたしが大好きな、ハワード・ホークスをモデルとしている。

『Moon guitar』は『アメリカの友人』をベースに書かれた作品で、タクミがかなりの重病を抱えたギター職人で、彼のところに月琴の修理の依頼でやって来たマオが、タクミに殺人を依頼して……という話は、ほぼほぼ『アメリカの友人』をなぞっている。演出の土橋くんは、わたしが近畿大学にいた時に知り合い、担当していた講義のひとつ「演劇批評」で彼が書いた「小津安二郎論」に驚き、さらに、彼の劇団で上演された、わたしの愚作『悲惨な戦争』における彼の演出に仰天したので、本作の舞台にわたしが唸ってしまったのは、当然と言えば当然の〈出来事〉だったのである。また見たい！

二〇二三年四月十一日　ここらで止めてもいいコロナ？

竹内銃一郎

［初演の記録］　※『少年巨人』『マダラ姫』の演出は竹内が担当

『少年巨人』斜光社旗揚げ公演

一九七六年四月十三日〜十五日
　於：茗荷谷極楽園球場（林泉寺・境内）
　　四月十七日〜十八日
　於：阿佐ヶ谷失楽園球場（アルス・ノーヴァ）

スタッフ　照明：白井良直
　音響：市来邦比古・工藤静男
　舞台監督：和田史朗
　宣伝美術：遠藤たえ子
　制作：大木寛・志村恵子
　挿入歌　作詞：沢田情児　作曲：大塚ぐお

キャスト　旧・ミスター：西村克己
　新・ミスター：沢田情児
　マシン：十河満
　ナボナ：山口みちよ
　審判：宮武四郎

『マダラ姫』M&Oplaysプロデュース　J-S企画公演

二〇〇四年十二月三日〜十二日
　於：紀伊国屋サザンシアター

スタッフ　舞台美術：大沢佐智子
　照明：吉倉栄一
　音響：熊野大輔
　衣装：加藤寿子
　舞台監督：青木義博
　演出助手：相田剛志
　宣伝美術：扇谷正郎
　宣伝イラスト：高橋常政
　宣伝写真：田中亜紀
　制作：大矢亜由美

キャスト　あさひ：加藤紀子
　吉村：小日向文世
　心・平：佐野史郎
　さき：広岡由里子
　米良：石井愃一
　桜井：鈴木リョウジ
　つかさ：塚本三直恵
　由香：栗栖千尋

『満ちる』MODE公演

二〇一二年三月二十二日～三十一日
於：座・高円寺1
スタッフ　演出：松本修
舞台美術：島次郎
照明：大野道乃
音響：藤田赤目
衣装：半田悦子
舞台監督：森下紀彦
宣伝美術：大久保篤
キャスト　健一：すまけい
満ちる：山田キヌヲ
大地：若松力
ノリヲ：小嶋尚樹
堤：岡部尚
雅史：中田春介
幸恵：中地美佐子
緑：山田美佳
真理：大崎由利子

『Moon Guitar』A級MissigLink公演（AI・HALL提携
リスペクト・フォー・マスターズ）

二〇一四年十月二十三日～二十六日
於：AI・HALL
スタッフ　演出：土橋淳志
舞台美術：西田聖
照明：海老原美幸
音響：奥村朋代
舞台監督：今井康平
メイク：KAORI HUKUMOTO
宣伝美術：清水俊洋
映像撮影：竹崎博人
制作：尾崎雅久
キャスト　タクミ：松原一純
あずさ：横田江美
カイジ：福山俊朗
納富：細見聡秀
マオ：松嵜佑一
あんな：林田あゆみ
リュウ：石塚博章

著者略歴

竹内銃一郎（たけうち・じゅういちろう）

1947年、愛知県半田市生まれ。早稲田大学第一文学部中退。

1976年、沢田情児（故人）、西村克己（現・木場勝己）と、斜光社を結成（1979年解散）。1980年、木場、小出修士、森川隆一等と劇団秘法零番館を結成（1988年解散）。以後、佐野史郎とのユニット・JIS企画、劇団東京乾電池、狂言師・茂山正邦（現・十四世茂山千五郎）らとの「伝統の現在」シリーズ、彩の国さいたま芸術劇場、水戸芸術館、AI･HALL、大野城まどかぴあ等の公共ホールで活動を展開。2008年、近畿大学の学生6人とDRY BONESを結成（2013年解散）。2017年よりキノG-7を起ち上げ現在まで活動を継続している。

1981年『あの大鴉、さえも』で第25回岸田國士戯曲賞、1995年『月ノ光』の作・演出で第30回紀伊國屋演劇賞・個人賞、1996年同作で第47回読売文学賞（戯曲・シナリオ賞）、同年JIS企画『月ノ光』、扇町ミュージアムスクエアプロデュース『坂の上の家』、劇団東京乾電池『みず色の空、そら色の水』『氷の涯』、彩の国さいたま芸術劇場『新・ハロー、グッバイ』の演出で第3回読売演劇大賞優秀演出家賞、1998年『今宵かぎりは…』（新国立劇場）、『風立ちぬ』（劇団東京乾電池）で第49回芸術選奨文部科学大臣賞を受賞。

著書に、『竹内銃一郎戯曲集①～④』（而立書房）、『Z』『月ノ光』（ともに三一書房）、『大和屋竺映画論集　悪魔に委ねよ』（荒井晴彦、福間健二とともに編集委員、ワイズ出版）などがある。

竹内銃一郎集成 全5巻ラインナップ

Volume			
I	花ノ紋	『恋愛日記'86春』『風立ちぬ』他2篇	2021年5月（既刊）
II	カップルズ	『今は昔、栄養映画館』『氷の涯』他4篇	2022年1月（既刊）
III	耳ノ鍵	『マダラ姫』『満ちる』他2篇	2023年5月（既刊）
IV	引用ノ快	『ラストワルツ』『みず色の空、そら色の水』他3篇	2023年（予定）
V	コスモス狂	『ラメラ』『チュニジアの歌姫』他3篇	2024年（予定）

*刊行時期、タイトル、収録作品は予定となります。

竹内銃一郎集成

Volume III

耳ノ鍵

発行日　2023年5月25日　初版第一刷

著者　竹内銃一郎

発行者　松本久木

発行所　松本工房

住所　大阪府大阪市都島区網島町12-11

雅叙園ハイツ1010号室

電話　06-6356-7701

FAX　06-6356-7702

URL　https://matsumotokobo.com

編集協力　小堀　純

装幀・組版　松本久木

印刷　シナノ書籍印刷株式会社

製本　誠製本株式会社

表紙加工　太成二葉産業株式会社

カバー製作　株式会社モリシタ

Printed in Japan

ISBN978-4-910067-15-5 C0074